JN053902

小学館文庫

突きの鬼一　鉄扇

鈴木英治

小学館

目次

第一章　7
第二章　57
第三章　196
第四章　259

突きの鬼一（おにいち）　鉄扇（てつせん）

登場人物

百目鬼一郎太宣継（月野鬼一）　博打好きの美濃北山藩前藩主。秘剣滝止の遣い手。

重二郎　一郎太の弟。江戸に出奔した兄の跡を継いだ現藩主。心根がやさしい。

桜香院　重二郎を偏愛。実の嫡男・一郎太抹殺を黒岩監物に命じる。万太夫に殺される。

神酒五十八　江戸家老。桜香院の画策で国家老に格下げとなる。一郎太の力強い後ろ盾。

神酒藍蔵　五十八の嫡男。一郎太の幼馴染み。一郎太と寝食を共にする忠義の家臣。

興梠弥佑　五十八の小姓。華奢で、目元の涼しい美男だが、天下無双の剣の達人。

照元斎　弥佑の父。通称は興梠田右衛門。江戸で道場を営む。神酒五十八の知人。

黒岩監物　北山藩国家老。重二郎の岳父。桜香院と結託して、一郎太を襲う。

槐屋徳兵衛　駒込土物店を差配する草創名主。一郎太に命を救われる。

志乃　父親の徳兵衛に妾を持てと言い出す、さばけた娘。神酒藍蔵と相思相愛の仲。

飯盛下総守忠純　一郎太と肝胆相照らす北町奉行。

新田与五右衛門　二百石取りの御家人。御広敷膳所台所頭。奪眼剣の遣い手。

厚山鯛三　徒目付。新田与五右衛門の不正を探索。

臼田耕助　徒目付。新田与五右衛門の不正を探索。

糸山玄蕃　目付。厚山鯛三と臼田耕助の上役。

東御万太夫　羽摺りの頭。黒岩監物の命で一郎太の命を狙うが、結局は監物を殺害。

第一章

一

椨（たぶのき）は海岸近くでよく見かけるが、まさか海からかなり離れた根津（ねづ）の地に、高さ五丈に及ぶ大木があるとは思わなかった。

枝と葉を扇の形にたっぷりと茂らせたその姿は、見上げる者を圧倒する迫力がある。

——まさしく霊木（れいぼく）だな。

なにかがこの木に棲（す）み着いているのが椎葉虎南（しいばこなん）にはわかる。守り神であろう。

この栴は、すでに齢(よわい)五百年を超えているのではあるまいか。

――つまり、京に足利(あしかが)将軍がおった頃からこの地にあるのだな。そういえば、椎葉流忍術は創始されてちょうど五百年になるらしい。よい符合ではないか。ひそむがよい、と守り神がいってくれているのであろう。

今は午(ひる)の八つを少し過ぎた頃だが、人通りはほとんどなく、あたりは静寂が支配していた。

もっとも、仮に誰かがそばにいたところで、関係なかった。虎南の動きを追える者など、いるはずがない。

一切の反動をつけることなく、虎南は跳躍した。幹に取りつくや、するすると登り、ほんの数瞬で栴のてっぺんに到達した。

ほう、と嘆声が口から漏れ出た。瓦屋根(かわらやね)が延々と連なる江戸の町は絶景としかいいようがない。

やはり高いところはよい、と枝に腰かけてにんまりとした。即座に表情を引き締め、眼差(まなざ)しを十五間ほど先に移す。

一軒の瀟洒(しょうしゃ)な家が目に入ってきた。敷地は広々とし、庭には茶の木らしいものまで植わっているが、建物自体はあまり大きくはない。しかし、相当の金がかかっているのが一目でわかる。

あの家で、百目鬼一郎太は従者の神酒藍蔵とともに暮らしている。一郎太たちが世話になっている槐屋の家作を、提供してもらっているらしいのだ。槐屋の店は、あの家から一町ほどしか離れていない。

家を凝視した虎南は息を止め、精神を一統した。

——あの家に興梠弥佑はいるのか。

一郎太を倒すのに、用心棒としてついている男が最大の強敵になると、虎南は踏んでいる。体つきはひょろりとして頼りないようだが、忍びの術を会得している上、恐ろしいまでの剣の遣い手といっていい。弥佑を最初に除かなければ、一郎太殺しはまず成就しないだろう。

——弥佑を始末することができれば、一郎太を殺るのはさして難しくない。用心棒を務めている以上、弥佑が一郎太のそばを離れるわけがない。

——しかし……。

おかしいな、と虎南は首をひねった。こうして一郎太の住処に目を据えていても、弥佑らしい気配はない。一郎太と従者らしい者の気配は、ここまで届いている。

いくら弥佑が忍びの術を会得しているからといって、なにもない平時に気配をわざわざ消すはずがない。

——あの家に弥佑はおらぬ。

虎南は断じた。ならば、今こそ一郎太を亡き者にする絶好の機会なのではないか。一郎太も藍蔵もなかなかの腕前であるのはまちがいないようだが、二人をまとめて殺すのは、大した手間ではないだろう。

——一郎太と藍蔵がわしに敵するはずもない。よし、やるとするか。

今からあの家に忍び込み、一郎太たち二人をあの世に送るのだ。

——いや、やめておいたほうがよい。

虎南はすぐさま考え直した。なにか悪い予感がある。殺れると思ったそのときに限り、よくないことが起きるものだ。

——弥佑があらわれるにちがいない。

まだ焦ることはない、と虎南は自らに言い聞かせた。今はじっくりと構えていればよい。さすれば、一郎太を殺る機会は必ず訪れよう。

身動き一つせずに、虎南は一郎太の住処を見つめ続けた。

やがて日が大きく傾き、江戸の町は橙色に染め上げられた。日が西の空へと没していく。

江戸の町は徐々に暗くなり、すべての瓦屋根が闇色に包まれた。家々に灯されたおびただしい明かりが、ことのほか美しい。

——貧しく薄汚い者どもがうごめく町だが、夜はそのすべてをのみ込むのだな……。

実に器が大きいものよ。

そんなことを虎南が思ったとき、一郎太の家につながる路地を、町方らしい同心が入っていくのが見えた。中間を一人連れている。

同心は一郎太の家の戸口に立ち、訪いを入れたようだ。すぐに応えがあって戸が開いたらしく、同心の姿は家の中に消えた。

町方同心が来るなど、と虎南は冷静に考えた。なにがあったのだろう。

答えが出る前に、同心とともに一郎太と藍蔵が外に出てきた。泡を食った様子で、一郎太たちが足早に歩き出す。あのあわてぶりは尋常ではない。

——あとをつけるとするか。

虎南はためらうことなく立ち上がり、枝を蹴った。一気に五丈の高さを飛び降り、音もなく地面に着地する。

懐から手ぬぐいを取り出してほっかむりをし、歩き出した。間を置かずに虎南は一郎太たちの姿を視界に捉えた。十間ばかりを隔てて、あとをついていく。

住処から一町半ばかり行ったところで一郎太たちは辻を曲がり、狭い路地に入っていった。ほっかむりを深くかぶり直し、虎南も慎重に続いた。

たくさんの提灯が灯された路地の奥では、野次馬たちがわいわいと騒いでいた。野次馬たちから聞こえる話の中身からして、どうやら誰か若侍が殺されたようだ。

わざわざ同心が知らせに来たことから、一郎太たちの知人と考えて、まずまちがいないだろう。

——若侍か。誰が死んだというのか……。

心中で虎南は首を傾(かし)げた。

二

前を行く北町奉行所　定町廻(じょうまちまわ)り同心の服部左門(はっとりさもん)が振り返り、百目鬼一郎太に目を当てる。

左門の中間を務める伊輪吉(いわきち)が足を止め、提灯を掲げた。

「こちらです」

立ち止まった左門が手のひらで指し示したのは、一本の路地である。左門から目を離し、一郎太は狭い路地を見つめた。

——この路地の奥で弥佑が死んでいるのか。

心の臓がずきりと痛み、一郎太はこれまで以上に全身が重くなったのを感じた。歩を進ませたくなかったが、そういうわけにはいかない。弥佑が本当に殺されてしまったのか、確かめなければならなかった。

従者で友垣の神酒藍蔵が唇を嚙み締め、沈痛そうな目で一郎太を見る。

「月野さま、まいりましょう」

藍蔵に促され、わかった、と一郎太は首を縦に振った。江戸では本名を名乗らず、月野鬼一で通している。

一郎太は辻を右に曲がり、両側を商家の塀が迫っている路地に入った。

十間ほど離れた先に数多くの提灯が灯され、そのあたりは夕刻ほどの明るさが保たれていた。大勢の野次馬がこちらに背を向け、わいわいと騒ぎ合っている。

大股に進んだ伊輪吉が提灯を高々とかざして、町方だ、通してくれ、と鋭い声をかけると、野次馬の壁があっという間に二つに割れた。その瞬間、一郎太の視界に、人の形をした筵の盛り上がりが入り込んだ。

――あの筵の下で弥佑が……。

胸が詰まり、一郎太は重しのついたような足取りで筵に近づいて立ち止まった。

筵の前に立った左門に、目つきが悪くすさんだ顔つきをした四十過ぎの男が、お疲れさまでございます、と頭を下げた。

「甲兵衛、さすがに早いな」

「いえ、これもあっしの務めですから」

「おぬしがいてくれて、俺はとても助かっておるぞ」

「畏れ入りやす」

うむ、とうなずいてみせた左門が甲兵衛を一郎太と藍蔵に紹介した。甲兵衛は、左門が使っている岡っ引だという。

甲兵衛が律儀に一郎太たちに挨拶してきた。悪相はしているが、気のよい男なのかもしれない。一郎太も挨拶を返した。藍蔵もそれに倣う。

つとかがみ込んだ左門が、筵の端をつかんだ。気持ちを落ち着けるためか、呼吸を繰り返している。それを見て、一郎太も深く息を吸い込んだ。

一郎太の横に立つ藍蔵は目を閉じ、すでに覚悟を決めたような表情をしていた。

「今から弥佑どのの骸をご覧いただきますが、月野さま、よろしいですか」

優しげな声できいて、左門が一郎太を見上げる。一郎太に、もはや迷いはなかった。頼む、との思いを込めて顎を引く。ためらうことなく左門が筵をめくった。

小柄な男が地面にうつぶせていた。横顔が見えている。目は閉じており、安らかに眠っているように思えた。

紛れもなく興梠弥佑である。むう、と一郎太の口からうめき声が漏れ出た。

なにかのまちがいであったら、と考えていたが、その願いは叶わなかった。

弥佑は、正面から袈裟懸けに一刀両断されたらしく、着物が真っ二つに切れている。筵が取られたことで、ひどい血なまぐささが立ち上ってきている。

血のにおいには慣れているが、一郎太はいつもとちがうものを感じ、胸が悪くなった。

「俺にもよく見せてくれ」

気持ち悪さを抑え込んで左門の横にかがみ込み、一郎太は青白い顔を見つめた。肩に触れてみたが、ひどく冷たく、ぬくもりらしいものは感じられなかった。

——明らかに息をしておらぬ。これでは胸に手を置いても、鼓動は感じ取れぬであろう。

まことに死んでしまったのだ、との思いに心をわしづかみにされ、一郎太は茫然（ぼうぜん）とするしかなかったが、なんとか合掌した。それにしても、と歯を食いしばって思った。

——弥佑を倒せるなど、相手は恐ろしいほどの遣い手だ。だが、このような腕の遣い手が、そこいらにいるわけがない。

一郎太たちがいま住んでいる家から、ここまで二町もない。弥佑は一郎太の警固をするために、近所に隠れ家を持っていた。

——弥佑は隠れ家への帰路、何者かに殺害されたにちがいあるまい……。

その隠れ家がどこにあるのか一郎太は知らないが、探し出すのは、さして難しいこととは思えない。

——隠れ家には、弥佑を殺した者に関する手がかりがなにかあるかもしれぬ。

ふう、と一郎太は息を吐き出した。

——しかし、なにゆえ弥佑は殺されなければならなかったのだ。誰かから怨みを買っていたのか……。

唇を嚙んで一郎太は思案した。

——それとも、俺に怨みを持つ者が弥佑を手にかけたのか。

忍び集団の羽摺りの頭だった東御万太夫に短筒で右胸を撃たれ、弥佑は命に関わるほどの重傷を負った。運よく死は免れたが、その傷は完治したとはいいがたかった。

その上、つい最近も刺客と戦って空き家の屋根から落ちた。その家の庭で気を失っていた弥佑を見つけた一郎太と藍蔵は、佐久間小路にある明貫という医者が開いている医療所へ担ぎ込んだ。

明貫には三日のあいだ静養をしていなければ命はないとまでいわれたにもかかわらず、弥佑は医療所をこっそりと抜け出して、一郎太の危急を救ったりした。

それだけの無理を重ねてきたのである。本調子であるはずがなかった。

——弥佑は俺のせいで死んだのだ。

深いため息をつき、一郎太はがくりとうなだれたが、すぐに面を上げて背後を振り返った。なにか背筋をぞくりとさせるような風が吹き込んできたのを、感じたのだ。

「月野どの、検死医師がお見えです」

左門が控えめな声をかけてきた。一郎太は立ち上がり、改めて背後を見やった。野次馬たちの壁が割れ、頭を丸めて十徳を着た男がこちらに近づいてくるのが見えた。助手らしい若者が、提灯で医者の足元を照らしている。

一郎太はその医者の顔に見覚えがあった。東御万太夫が送り込んできた刺客だと知らずに、一郎太はお竹という女の怪我をあの医者に治してもらったのだ。そのときの代金は、槐屋のあるじ徳兵衛と折半した。医者の名は、確か源篤というはずである。

——あの医者が、毛を逆立てるような気配を漂わせたのか。まさかそのようなことはあるまい……。

源篤と肩を並べて歩き、なにやら話し込んでいる男がいるのに一郎太は気づいた。おっ、と目をみはった。

——弥佑の父上ではないか。

まちがいない。市谷で剣術道場の斜香流道場を営む興梠照元斎である。

——市谷からだというのに、ずいぶんと来るのが早いな。むろん、左門が手の者を走らせたのだろうが。もしや照元斎が、俺に寒けを覚えさせたのか。

照元斎は、すさまじいまでの忍びの術を我が物にしている。忍びは物の怪も同然の者だといわれるくらいだから、そのようなことがあっても不思議はない。

——しかし照元斎は、あの医者となにを話していたのだろう。

今はもう話はしていない。一郎太は少し進んで、足を止めた照元斎と相対した。新たな重苦しさが全身を包み込み、喉が嗄れて、うまく声が出そうにない。

「照元斎……」

なんとか呼ぶことができたが、これ以上、言葉が続かなかった。済まぬ、との思いを込めて低頭する。

「月野さま、そのような真似をすることはございませぬ」

照元斎の声はかすれていた。表情もこわばり、頬が引きつっている。

なにゆえそのような顔をしているのだ、と顔を上げた一郎太は照元斎を見直した。

——弥佑を失った悲しみの色ともちがうような気がするが……。

「では、検死をはじめさせていただきます」

左門に向かって一礼した源篤がしゃがみ込み、弥佑の体を改めはじめた。助手が提灯で横たわる弥佑を照らしている。

刃物ですっぱりと二つにされた着物を手で広げ、源篤が弥佑の体を丁寧に調べている。さらに、弥佑の顎を持ち上げ、首筋をじっと見据えた。

——斬られたのは胸なのに、なにゆえ首筋を見ているのか……。

なにかわけがあるにちがいない、と一郎太は腰を曲げて目を凝らした。はっきりとはわからなかったが、ぽつんと赤い点が首にあるように思えた。

──針だろうか……。

顎から手を放した源篤は、弥佑の顔に目を近づけた。顔色を検分しているようだ。

ふむ、と軽く息をついて立ち上がる。助手が差し出した手ぬぐいで手を揉むように拭いてから、左門に顔を向けた。

「この仏が殺されたのは、おそらく今日の夕方くらいでしょう。遅くとも、日暮れを少し過ぎた頃ではないでしょうか。せいぜい半刻ほどしかたっておりません」

──半刻前まで、弥佑はまちがいなく生きていたのだ。その刻限に戻れる術があれば、どんなによいだろう。さすれば、危機が迫っていることを弥佑に教えてやれるのに。いや、俺が弥佑の危機を救うことができた……。

息をしていない弥佑を直視できず、一郎太は顔をそむけた。

「それから、仏の首筋に針の穴のような跡があります」

源篤が言葉を続けた。一郎太は源篤を凝視した。

「それはなんですか」

すかさず左門がたずねた。源篤が答える前に、照元斎が眉根を寄せて断じる。

「毒針でしょう」

やはり針なのか、と一郎太は思った。

「吹矢か」

一郎太は照元斎に問うた。はい、と照元斎が首肯する。

「多分、せがれは背後など三方向から吹矢の毒針を浴びせられ、毒で身動きができなくなったところを、前からばっさりと殺られたのではないでしょうか」

「では、刺客は全部で四人いるということか」

驚いて一郎太は照元斎に質した。

「そうなのかしれませぬが……」

照元斎は煮え切らない答え方をした。とにかく、と一郎太は思った。

――弥佑が四人の刺客に襲われたのは、まちがいなさそうだ。なんの策も施すことなく、正面から弥佑を斬れる者は、江戸広しといえどもまずおらぬ。だから、相手は毒針という策を弄してきたのではないか。

――四人もの刺客に襲われれば、本調子でなかった弥佑が殺られてしまったのも、仕方がないことなのかもしれぬ。

吹矢といえば、と一郎太は思い出した。東御万太夫が送り込んだ黄龍が得手にしていたが、毒針を放ったのは忍びなのだろうか。

――もしや、東御万太夫の復讐ではあるまいな。

それはなかろう、と一郎太は即座に打ち消した。一人として生き残っていないはずだ。仏心をかなぐり捨てて、羽摺りの者はことごとくあの世に送り込んだ。

東御万太夫は、百目鬼家の国家老を務めていた黒岩監物が、一郎太殺しを依頼した忍びである。木曽御嶽山の麓に本拠を持つ羽摺りという忍び集団の頭領だった。

恐ろしいまでの術の遣い手だったが、羽摺りの里での戦いにおいて、一郎太は万太夫に勝利した。万太夫はこの世を去った。いくら忍びが化物といえども、生き返ることはないだろう。

万太夫の死で、美濃北山に三万石を領している百目鬼家におけるすべての争いに決着をつけ、一郎太は堂々と江戸にやってきたのだ。百目鬼家の家督は弟の重二郎に継いでもらい、今は楽隠居の身である。

三

路地を進む同心付きの中間が大声を発すると、集まって騒いでいた野次馬の垣が二つに割れた。

足を止めた虎南は、一郎太たちが垣のあいだを通り抜けていくのを見守った。

多くの提灯に照らされて、地面に広げられた筵の盛り上がりが目に映る。

虎南は慎重に近づき、一郎太たちの姿がよく見えるところで立ち止まった。一郎太はこちらに背を向けており、どんな表情をしているか、わからない。

ためらいのない手つきで同心が筵をはぐと、一郎太がしゃがみ込んで仏に手を触れた。そのままなにやら考え込んでいるようだ。やがて、仏から手を放して合掌した。

あの様子では、と虎南は思った。一郎太と親しい者が死んだのはまちがいない。

——若侍だというのなら、考えられるのは一人だ。

もし弥佑が死んだのなら、一郎太がひどい動揺ぶりを見せているのはおかしくはない。むしろ当然のことであろう。

だが、そんな都合のよいことが果たして起きるものなのか。虎南は首をひねるしかない。

——それにしても……。

一郎太の後ろ姿を見つめて虎南は、ぎゅっと拳(こぶし)を握り締めた。

——やつは油断しきっておる。今なら殺れるのではないか。

大勢の目があるとはいえ、一郎太だけを殺すのなら、さほど難しいことではない。やるか、と決断しかけたとき、背後から妙な気配が漂ってきた。

——なんだ。

虎南は眉をひそめたが、すぐにさりげなく振り向いた。

医者とおぼしき男ともう一人、六十を過ぎていると思える男が路地に入ってきた。その男が妙な気配を発しているようだ。医者と話し込んでいるその男には、表情というものがほとんど感じられなかった。

男から目を離し、虎南は顔を一郎太のほうへと戻した。男は今、虎南の横を通り抜けていこうとしている。

——この男、もしや忍びではあるまいか。形は侍のようにしか見えぬが……。

忍びとおぼしき男が足を止め、一郎太と挨拶をかわした。互いに顔見知りのようだが、二人のあいだにはぎごちなさが漂っている。一郎太が男を照元斎と呼んだのが耳に入った。

——照元斎とな……。

聞き覚えがある。興梠照元斎といえば、斜香流道場の道場主で、弥佑の父親だ。

あの男が照元斎であるなら、と虎南は思った。死んだのは弥佑と断定してもよい。

——しかし、本当に弥佑が死んだというのか。そんなに都合がよいことが、まことに起きるものなのか。

先ほどと同じことを虎南は考えた。いくら父親が駆けつけたとはいえ、殺し屋として弥佑の死をすんなりと信じ込むことはできず、虎南は一郎太たちの様子をさらにうかがった。

照元斎と一緒にやってきた医者が、検死をはじめた。やがて検死を終えて立ち上がったが、毒針と口にしたのが知れた。

――弥佑は毒針でやられたのか。だとしたら、いったい誰が弥佑を……。虎南には見当もつかなかったが、まあよい、とほくそ笑んだ。弥佑がいなくなったおかげで、一郎太を殺りやすくなった。

依頼者からは、いたぶって殺すようにいわれている。決して楽に殺すなと。望み通りにしてやろう、と一郎太に眼差しを注いで虎南はほくそ笑んだ。

四

小さく咳払い（せきばらい）をした源篤が、弥佑の顔を手のひらで指し示した。

「仏の唇は異様に紫がかっています」

源篤の説明に一郎太は聞き入った。

「指先も紫色に変わっています。この二つは、息ができなかったことを示す兆候です」

それならさぞかし苦しかったのではないか、と一郎太は思った。それなのに、弥佑が安らかな顔をしているのが、どこかそぐわない気がした。

――息絶える寸前、俺が死顔を見ることになるのを弥佑は覚（さと）ったはずだ。気を使う男だったから、最期の最期でわざと穏やかな顔をつくったのではあるまいか……。

「弥佑を殺したのは、紛れもなくトリカブトの毒でしょう」

悔しげな顔で照元斎が断言した。トリカブトなら一郎太も知っている。この世で最も手に入れやすい毒であろう。

――なにゆえ弥佑が毒にやられて死なねばならぬのだ。俺が狙いなら、俺を襲えばよいではないか。

一郎太は怒りが急激に湧き上がり、全身が震えた。血が逆流している。

――必ず殺す。

一郎太は下手人を捜し出し、息の根を止めることを決意した。

――弥佑、必ず無念は晴らす。さすれば、そなたも成仏できるのではないか。俺ができるのはせめてそれだけだ。

いつしか源篤がそばからいなくなったことに、一郎太は気づいた。どうやら助手を連れて帰ったようだ。

左門もそばにいない。見ると、左門は、通報してきた者たちに事情を聞いているようだ。一郎太は左門に近づき、数人の男たちとのやりとりに耳を傾けた。そばに照元斎も寄ってきた。

この路地で斬り合いがはじまったと知って駆けつけた者たちの話では、弥佑を殺したのは頭巾をかぶった男らしい。弥佑を倒したあと、地面を探すような素振りをしていたという。その男の仲間であるはずの、他の三人の姿を見た者はいなかったようだ。

賊はなにを探していたのか、と一郎太は思ったが、それに対しても照元斎がすぐさま答えを口にした。

「毒針を探していたのでしょう。弥佑を殺した凶器がなんであるか、賊は知られたくなかったのではないかと……」

「身元につながるかもしれぬからか」

「さようにございます。毒針にはそれぞれの者が持つ工夫がございまして、徴と呼ぶべきものがございます」

「ほう、そういうものなのか……」

はい、と照元斎が首肯した。照元斎、と一郎太は声を新たにして呼びかけた。

「おぬしは、弥佑を殺した者に心当たりはないのか」

きかれて照元斎が目を落とす。

「おそらく、並外れた業前の忍びの仕業ではないかと存じます」

なんと、と一郎太は驚いた。やはり忍びだったのか。

――しかし東御万太夫に続いて、またしても忍びとは。もしや、始末しきれなかった羽摺りの者がいるのか。いや、いくら不意を衝いたからかもしれぬとはいえ、弥佑を屠れるほどの腕利きは、羽摺りにはもう残っておるまい……。

羽摺りの者の仕業ではない、と一郎太は結論づけた。

「照元斎、なにゆえ忍びの仕業だと思う」

「それがしに、賊の心当たりがあるからでございます」

「なんだと」

一郎太は驚愕したが、声が大きくなるのをかろうじて抑え込んだ。

「その心当たりというのは」

はい、と照元斎が点頭する。

「弥佑を殺った忍びは椎葉虎南という者ではないかと……」

「そやつは何者だ」

「忍びであること以外、ほとんどわかっておりませぬ。わかっているのは今のところ、名と歳くらいでございます」

「歳はいくつだ」

「おそらく六十前後ではないかと」

かなりの年寄りだな、と一郎太は思った。

「その椎葉虎南という忍びが、なにゆえ弥佑を殺したのだ」

照元斎が少しいいにくそうにした。その表情から一郎太は一瞬で覚った。

「やはり俺のせいなのだな……」

照元斎が悲しげに眼差しを地面に下げる。

「椎葉は、殺し屋ではないかと思われます。誰かから頼まれ、月野さまを亡き者にするつもりでしょうが、警固についている弥佑が邪魔で、先に除いたのではないかと、それがしは勘考いたします」

やはりそうであったか、と一郎太は歯噛みした。殺し屋の虎南も許せないが、むざむざと弥佑を死なせてしまったおのれも歯がゆくてならない。

「月野さま、とにかく身辺に注意するようにしてください」

真剣な顔そのものの照元斎にいわれた。うむ、とうなずこうとしたが、一郎太は、おや、と内心で首を傾げた。どうしたわけか照元斎の体が、小刻みに揺れているように見えたからだ。唇も震えている。

――もしや照元斎ほどの男が、怖気を震っているのか……。それは椎葉虎南が恐ろしいゆえか。

「どうしたのだ、照元斎」

一郎太は気遣って呼びかけた。照元斎がはっとして一郎太を見る。

「ああ、いえ、ちと昔のことを思い出してしまいまして……」

ささやくような声で照元斎が答えた。

「もしやそなたは以前、椎葉虎南と関わったことがあるのか」

一郎太も小声でたずねた。

「月野さま、申し訳ありませぬが、それについては、いずれお話しいたします。今はどうかご勘弁願います」

きっと照元斎は、虎南と戦ったことがあるのだろう。もしやそのときに散々にやられ、恐怖が骨の髄にまでしみこんでいるのか。

だが、仮に照元斎が完膚なきまでやられたとして、こうして生きているのはなにゆえなのか。考えてもわかるはずがない。照元斎が話してくれるまで待てばよい。

「うむ、承知した。それで照元斎、椎葉虎南という忍びは毒針を得手にしているのか」

一郎太は新たな問いをぶつけた。

「得手にしているのかどうかまではわかりませぬが、忍びである以上、精通しているのはまちがいないものと」

「そなたも毒には詳しいのか」

「それなりに、ではございますが……」

ところで、と一郎太は言葉を続けた。

「この近くにあると思うのだが、弥佑の隠れ家を知っているか」

「せがれのことなのにお恥ずかしい限りですが、存じませぬ」

「ふむ、そうか……」

あの、とどこか気まずそうな顔で照元斎がいった。

「椎葉虎南についてなにか明らかになることがあれば、必ず月野さまにお伝えいたします」

「よろしく頼む」

一郎太としては、なんとしても弥佑の仇を討たねばならない。

「月野さま、せがれを引き取ってもよろしゅうございますか」

照元斎にきかれ、一郎太は左門を見やった。

「はい、どうぞ、お引き取りください」

真摯な顔で左門が告げた。

「かたじけない」

左門に向かって照元斎が丁重に頭を下げた。

「こんなときに申し訳ないが、弥佑の葬儀はいつ行うことになる」

顔を上げた照元斎に一郎太はたずねた。

——せがれを失ったばかりの照元斎に、今きくようなことではないかもしれぬが、うやむやにできることでもない。

「できるだけ早くとは思っておりますが、明日というのは、まず無理にございましょう。おそらく明後日、菩提寺で執り行うことになるものと存じます」

「明後日だな。承知した。必ず参列いたす」

「ありがたきお言葉。葬儀の日取りが決まり次第、お知らせいたします。どうか、よろしくお願いいたします」

照元斎が深く辞儀した。その姿勢のまま、しばらく身じろぎしなかった。

泣いているのか、と一郎太は思った。ならば、今はそっとしておいてやるのがよい。

どのくらいそうしていたか、ふとどこからか時の鐘の音が響いてきた。あれは五つの鐘であろう。それを合図にしたかのように、照元斎が面を上げた。

しばらくなにもいわず黙って、弥佑の顔を見つめていた。鐘の音が鳴り終わり、夜空に尾を引くように消えていく。

軽く息をついた照元斎が物言わぬ弥佑をそっと起こして、背負った。

「では、これにて失礼いたします」

ゆっくりと歩き出し、照元斎が路地から出ていく。

その後ろ姿がひどく寂しげに感じられ、一郎太は、送っていこう、と声をかけようとしたが、喉に詰まったように言葉は出てこなかった。

案山子のようにただ突っ立って、照元斎を見送ることしかできなかった。

五

椎葉虎南という言葉が、不意に耳に届いた。いま照元斎が一郎太との会話で口にしたのだ。むっ、と虎南は瞠目しかけたが、すぐに表情を元に戻した。

——照元斎は、わしのことを知っておるのか。なにゆえだ。

照元斎の顔に見覚えはない。互いに似たような歳ではあるが、これまで一度も会ったことはないのではないか。

——いや、どこかで会ったことがあるのか。ふむ、思い出せぬ。認めたくはないが、思い出せぬというのは、わしも老いたということであろう……。

虎南は唇を噛みかけたが、それもやめた。虎南のことを一郎太に説明しているらしい照元斎は、どこかおびえているように見えた。

——あの顔つきを見る限り、やはりわしは照元斎と会ったことがあるのか。刃を交えたことはないだろう。戦った者は、すべてあの世に送っているからだ。もし戦っていたら、ここにいるはずがない。

とにかく照元斎は、虎南が殺し屋であり、一郎太殺しを請け負ったことを承知しているらしい。

——誰が一郎太殺しを頼んだのかまでは、心得ておらぬようだが……。しかし、まさかそこまで知られていようとは、容易ならぬ。

弥佑が死んだかもしれないとはいえ、相当の用心をしつつ、一郎太を狙わなければならなくなった。

——いや、待て。これは罠かもしれぬ。

虎南は冷静になって考えた。弥佑を死んだことにして、こちらをおびき出そうという魂胆なのではないか。

——わしが一郎太殺しを請け負ったことをやつらが知っているなら、そのような策を施しても不思議はない……。だがわしが一郎太殺しを請け負ったことを、やつらはどうやって知ったのだ。

忍びの技も伝授する道場を開いているくらいだから、照元斎は他の忍びの流派と深い結びつきがあるにちがいない。

——そのあたりから、わしが一郎太を狙っていることが漏れたのかもしれぬ。忍びどもの網は、縦横無尽に張り巡らされておる。すべて一人で動くわしとは無縁だが……。

弥佑が死んでいようと死んでいまいと、と虎南は思った。とにかく油断せぬことだ。

——弥佑が本当に死んだかどうか、この目で確かめねばならぬ。

弥佑の葬儀が明後日に行われることまで聞いて、虎南は路地をあとにした。

通りに出たとき、ちょうど五つの鐘が鳴りはじめた。

ひどく腹が減っていることに、虎南は気づいた。

——どこかで腹ごしらえをするか。

虎南はなにも食べずとも二十日は水だけで過ごせるのだが、今は別に空腹を我慢する必要はない。

ぶらぶらと歩いていると、一軒の煮売り酒屋が目についた。赤提灯が風にゆったりと揺れている。

——ここは谷中だな。天王寺古門前町あたりであろう。

甘い醤油のにおいがしている。魚を煮ているのだろう。鴨女と紺で染められている暖簾を払って、虎南は入った。ほっかむりはしたままだ。虎南も照元斎と同様、特徴のない相貌をしているが、煮売り酒屋の者に顔を見られたくなかった。

店は空いていたが、目つきの悪い五人組が奥の座敷に座り込み、だらしない恰好で酒を飲んでいた。客はその一組だけのようだ。

男たちからやや離れた長床几に座り、虎南は大根の煮つけと鯖の味噌煮を注文した。酒を飲む気は端からない。

ほっかむりを取ることなく注文の品をゆっくりと食した。うまい。舌に合う。

これはなかなか得がたい店だ、と虎南は気に入った。また来てもよい。追加を注文することもなく長床几を立ち、勘定を払って外に出た。またあの栴に登り、一郎太の家を見張るつもりでいる。

――弥佑の骸は、照元斎が道場に運ぶのであろうな。逆縁(ぎゃくえん)とは哀れなものよ。忍びともあろう者が子など持つから、そのような目に遭うのだ。

照元斎を嘲る言葉を胸の内で吐きながら歩みを進めていると、後ろから忍びやかに近づいてくる者がいることに気づいた。

――わしをつけておるらしい。

背中で気配をうかがうと、どうやら鴨女屋にいた五人のようだ。ははあ、と虎南は五人組の狙いを察した。

――わしをただの老いぼれと見て、金を奪おうというのか。笑止よな。

意を決したか、男たちが距離を詰めてきた。

「おい、そこの年寄り」

一人が虎南に声をかける。虎南は聞こえないふりをした。

「おい、おめえのことだ」

咎(とが)めるようにいって、一人が虎南の前に回り込んだ。虎南は驚いたように足を止めた。

　五人の男が虎南をぐるりと取り囲んだ。

「なにか用かな」

　のんびりとした口調で虎南はきいた。

「金をよこせ」

「ほう、おまえさん方、金がほしいのか」

「そうだ」

「働けばよい」

「働きたくはないのだ。おめえにせびるほうが手っ取り早い」

「だが、それは犯罪だぞ。お縄になっては、誰の得にもならぬ」

「お縄になんかなるものか」

「おまえさん方、やり慣れているのか」

「初めてじゃないのは確かだ」

「場数を踏んでいるようだが、わしから金が取れると思っておるのか」

「当たりめえだろう。おめえみてえな老いぼれ、赤子（あかご）の手をひねるようなものだ」

　――一人ではなにもできそうもない若造がなにをいっておるのか。まったくなめられたものだ……。

「こっちへ来い」

荒っぽく腕を取られ、虎南は狭い路地に引っ張り込まれた。男たちからは安酒のにおいがした。

「痛い目に遭いたくなきゃ、じいさん、とっとと金をよこしな」

虎南をにらみつけて長身の男がすごむ。

「財布を出せと、いってるんだ。聞こえねえわけじゃあるめえ。鴨女屋で代を払うところを見ていたから、金を持ってるのは知ってるんだ」

苛立ったのか男が手をさっと振り、虎南のほっかむりを、ぱしっとはたいた。よけるのはたやすかったが、虎南はかわさなかった。ほっかむりが背後に飛んでいきそうになったが、それをぱしっと手にする。

「馬鹿めが。わしの顔を見たな」

昂然と顎を上げて虎南は男たちを見回した。

「それがどうした」

長身の男がにやにやしている。

「おまえらは、してはならぬことをしたのだ」

長身の男を見返して虎南は静かに告げた。男がはは、と笑って虎南を見る。

「なにを大袈裟なことをいってやがる。おまえのような老いぼれの顔を見たからって、いってえなにが起きるってんだ。なにもできめえよ」

はしたのだ」

「老いぼれだからといって、なめるものではない。取り返しのつかぬことを、おまえ

「寝言はそこまでにしておけ」

「おまえらは、あの店で黙って安酒を飲んでおればよかったのだ。そうしておけば目を失うことには、ならなんだ」

「目を失うだと」

「そうよ」

懐に手を入れるやいなや、虎南は苦無（くない）を握った。地を蹴って男の懐に飛び込み、苦無を鋭く振った。

ぐあっ、と男が悲鳴を上げ、顔を押さえて地面に膝をつく。虎南の苦無は特に誂（あつら）えた物で、切っ先に触れれば、名刀のような鋭い切れ味を示す。

虎南は残りの四人にも次々に飛びかかり、苦無で男たちの両目を切り裂いていった。

ほんの数瞬の出来事だった。

見えない、なにも見えない、目が開かねえ、と男たちが地面を転げ回って叫んでいる。

——馬鹿どもめ。

泣きわめく男たちをひややかに眺めてから、虎南は苦無に目を当てた。一滴も血は

ついていない。

――わしから金を取ろうなど、どうせ町のごみのような連中だろう。これまでも皆に迷惑をかけていたに相違ない。同情する者など一人もおらぬ。親も含め、清々する者ばかりではないか。

苦無を懐にしまってほっかむりをし、虎南は何事もなかったかのように路地を去った。

六

愛おしそうに弥佑を背負い、照元斎が去っていく。

一郎太たちとともにその姿を見送った服部左門は、ほっと息をついた。

――かわいそうに……。これから一晩、弥佑どのとの別れを惜しむのではあるまいか。

自分にも統太郎という、十一歳のせがれがいる。生まれたのは左門がちょうど三十歳のときで、あと二年もすれば、北町奉行所に見習として出仕することになるだろう。

――もし統太郎が殺されたら、俺はいったいどんな気持ちになるだろう……。

すべてが儚く感じられ、死にたくなるのではないか。いや、殺した者へ仕返しをしなければ、死んでも死にきれまい。統太郎も成仏できないだろう。

ふっ、と左門は吐息を漏らした。

──まだ起きてもおらぬことで、熱くなっても仕方ない。しかし、照元斎どのはさすがに武芸者だけのことはある。弥佑どのが亡くなったからといって、取り乱すことなどまったくなかった……。

それでも、今も全身を憤怒の炎で焼かれているにちがいない。なんとしても、こたびの遺恨を晴らさなければ、この先、生きていけないのではあるまいか。

──せがれを殺されるというのは、それほどの大事なのだ。

「左門、どうかしたか」

横に立つ一郎太に、案じたようにきかれた。背筋を伸ばして左門はしゃんとした。

「ああ、照元斎どのの心には、すさまじいまでの怒りが渦巻いておるのだろうなと、思いまして……」

うむ、と一郎太が顎を引いた。

「物腰は実に落ち着いたものであったが、確かにその通りであろう」

一郎太が悲しげな瞳を、路地の出口へと向けた。左門もつられるように見た。照元斎の姿はすでに路地から消えていた。

「左門、これで俺たちは引き上げる。これから、弥佑を殺した者を捜しはじめようと思っている」

　えっ、と左門は意外な感を抱いた。

「今からでございますか。月野さま、もう五つを過ぎていると存じますが、下手人捜しの手立てがございますか」

「今からできそうなことは、弥佑の隠れ家を見つけ出すことであろう」

「ああ、照元斎どのにも弥佑どのの隠れ家のことをおききになっていましたね」

　一郎太がうなずいた。

「弥佑は、俺の用心棒を務めるためにこの近所に隠れ家を持っていたのだ。それがどこなのか、俺も藍蔵も知らぬのだが……」

「弥佑どのは、なにゆえ秘密にしていたのでございましょう」

「果たして秘密にしていたのかどうか。俺がきけば、きっと教えてくれていたような気はするが……」

「さようでございますか」

　一郎太を見つめて左門は相槌を打った。

「弥佑どのの隠れ家に、下手人につながる手がかりがあっても不思議はございませぬな」

「左門もそう思うか」

「はい、思います」

左門は力強く答えた。

「弥佑は俺のせいで死んだ。だから俺は、なんとしても、弥佑の無念を晴らさなければならぬのだ」

「それがしも手を尽くします」

「ありがたい。そなたが力を貸してくれるのなら、千人力だ」

「なんといっても殺しですから、それがしが手を尽くすのは至極当然のことでございますが、こたびの一件に限っては、ありったけの力を振りしぼる所存でおります。――あの、月野さま」

ふと気にかかったことがあり、左門は呼びかけた。

「もし下手人を見つけたら、斬り捨てるつもりでございますか」

「できれば無傷で捕らえ、そなたに引き渡したいが、そうはうまくいかぬかもしれぬ。刃向かえば、斬ることになるか……」

「さようにございますか」

「そなたも知っての通り、飯盛下総守(いいもりしもうさのかみ)どのから、町奉行所の手が届かぬ一件の探索をしてくれるよう、俺は頼まれたばかりだ」

左門はその場に同席していたから、そのことはよく知っている。

つい一刻ほど前のこと、北町奉行自身が一郎太の家をわざわざ訪ね、申し入れたのである。むろんただで働いてもらうわけではなく、役料として月に五十両もの金が、一郎太に支払われることになっている。それだけ飯盛は、一郎太の探索の腕を買っているのだ。

一郎太が言葉を続ける。

「町奉行所の手が届かぬ事件の探索を下総守どのが頼んできたのは、俺の一存で下手人に裁きを下しても構わぬとの含みがあるものと、俺は解しておる」

左門も、一郎太に汚れ仕事を押しつけたも同然であるのはわかっている。だからこそ、報酬が高額なのだ。

「だからといって、そうたやすく人を殺せるものではない。俺としても、できるなら殺さずに済ませたい。生かせる者は生かして捕らえる。どうしても手に負えぬ者だけ、斬ることになるであろう」

「照元斎どのがおっしゃるように、もし椎葉虎南が月野さまのお命を本当に狙っているのなら、そのときは殺すしか手はないかもしれませぬな」

「その通りだ。椎葉虎南という殺し屋は、それだけの手練（てだれ）であろうからな。自らの命を懸けて俺の命を狙ってくるのだ。捕らえてやろうなどという甘い考えでは、やられてしまう」

「恐ろしいまでの遣い手でございましょう。捕らえるというのは、まず無理だとそれがしも思います」

椎葉のことを語る照元斎の体や唇がわずかに震えていたように左門には見えたが、あれは勘ちがいだろうか。

――いや、そのようなことはあるまい。きっと照元斎どのは、椎葉と相まみえたことがあり、恐ろしい目に遭わされたのではあるまいか。

この推量にまちがいはないような気がした。きっとそのあたりのことは、一郎太も承知しているだろう。見逃すはずがないのだ。

「では左門、これでな。また会おう」

気持ちを入れ替えたような表情と声音で、一郎太が告げた。

「はい、どうか、お気をつけて」

左門は小腰をかがめた。うむ、と一郎太が応じた。

「よくわかっている。用心は欠かさぬ」

左門に会釈して、一郎太が歩き出す。藍蔵も左門に低頭してから一郎太に続いた。

左門は中間の伊輪吉とともに、岡っ引の甲兵衛に近づいた。

「俺たちは番所に戻る。おまえも引き上げて構わぬぞ」

「わかりました。あっしは、このあたりを少し清めてから帰りますよ」

「済まぬな。助かる」

「いえ、これも性分なんで」

「岡っ引にしておくのはもったいないような性分だ。では、またな」

お疲れさまでごぜえやした、と甲兵衛が丁寧に辞儀してきた。

甲兵衛のしわがれ声に送られて、左門は歩きはじめた。提灯を手にした伊輪吉が左門の先導をする。

路地をあとにして通りに出た。その道を北町奉行所に向かって進みはじめて半町も行かないとき、背後から駆け寄ってくる足音が聞こえた。

その足音にただならぬものを感じた左門が振り返るのと、近づいてきた者が声をかけてきたのがほぼ同時だった。

「服部さま」

左門の間近で足を止めたのは、一人の若者である。

左門は、せわしい呼吸を繰り返しているその若者に見覚えがあった。

「おぬしは谷中の者だったな」

若者が手に持つ提灯が激しく揺れていたが、それもやがてやんだ。

「はい。天王寺古門前町に住む今太と申します」

ああ、と左門は思い出した。谷中天王寺古門前町の自身番で働いている小者である。

町はここからすぐ近くだ。

「近くで人殺しがあったと聞いて、服部さまがまだこのあたりにいらっしゃればいいなと思いながら、急ぎに急いでここまで来たのです」

「なにかあったのだな」

はい、と今太が首を縦に振った。

「町内の路地で、五人の男が怪我を負わせられまして……」

「五人の男が……。詳しく話してくれ。ああ、走りながらでよいぞ」

承知いたしました、と今太が天王寺古門町の方向へ駆け出す。左門は伊輪吉を促し、今太の後ろについた。

「それで五人の怪我の具合はどうだ」

左門は今太の背中に問いをぶつけた。

「それが五人とも、目を潰されたみたいなんです」

今太が振り向いて語った。

「目を潰されただと……」

――それはまた尋常ではない。

「下手人は捕まったのか」

「いえ、捕まっていません」

「下手人が誰か、わかっているのか」

「わかっていません」

「逃げたのか」

「そうではないかと。町の住人が路地で五人が苦しんでいるのを見つけたときには、下手人らしき者はどこにも見当たらなかったそうですから」

「五人の目が潰されたといったが、治りそうなのか」

「それもわかりません」

「医者は呼んだか」

「あっしとは別の者が、近くの医者のところに走りました」

「治ればよいが……」

――しかし、無慈悲な真似をする者がいるものだ。恐ろしい世の中になったとしかいいようがない。

「目をやられた五人組は何者だ」

「遊び人みたいな連中ですよ」

どこか素っ気ない口調で今太が答えた。五人はあまり好かれていないようだな、と左門は感じた。

「服部さま、こちらです」

足を緩めた今太が一本の路地を指さした。

「わかった」

「では、まいりましょう」

一礼して今太が路地に入っていく。伊輪吉を従えて左門はあとに続いた。

路地に入って三間ほど行ったところで、今太が足を止めた。左門も立ち止まった。

伊輪吉が左門の前に出て、提灯を掲げる。

商家の塀に背をもたれさせた五人の男がうつむいて、力なげに座り込んでいた。五人とも顔に晒(さら)しを巻いている。医者の手当ては、すでに終わっているようだ。

なんともすさまじいものだな、と左門はうなだれている五人を見つめた。鉄気(かなけ)臭さが鼻をついているのは、男たちから流れた血がこの付近の地面を汚しているからだろう。

十徳を羽織った坊主頭の男が、左門に近づいてきた。

「あっ、源篤先生」

左門は驚きの声を発した。うむ、と源篤がうなずいてみせる。

「やはり服部どのが見えましたか」

「源篤先生、検死を終えられたばかりなのに……」

「医療所に戻って茶を飲んでのんびりしておりましたら、この町の者が駆け込んでまいりましてね」

「それはお疲れさまでです。あの、その五人は目をやられたと聞きましたが……」

きかれて源篤が五人に一瞥を投げた。

「まことにかわいそうなことですよ。鋭い刃物で両眼を切り裂かれております」

「五人ともですか」

「さようです。同じ凶器で、まるで同じように切り裂かれています。下手人はすさまじいまでの手練ですね」

「手練ですか」

先ほど虎南のことを聞いたばかりだ。

――まさかこの男たちの目をやったのは、椎葉虎南ではないのか。

ありえないことではない。なにしろ虎南は一郎太を狙っている。近くにいるのは確実なのだ。

「傷は治るのですか」

小声で左門がきくと、源篤が難しげな顔になった。左門と同じように、ささやき声で返してきた。

「傷は治りましょうが、二度と目が見えるようにはなりません」

「さようですか……」

五人は同じ町内の者からは煙たがられていた連中かもしれないが、この先ずっと目が見えないというのは、さすがに哀れみを覚えざるを得なかった。

――ここまで残酷な真似ができる者が、この世にいるのだな。まったく気が滅入る。

「凶器は鋭い刃物とおっしゃいましたが、匕首でしょうか」

「匕首のようにも見えますが、なにか別の物かもしれません。手前には正直、よくわかりません」

「さようですか。源篤先生、そこの五人に話を聞いても大丈夫ですか」

「ええ、もう大丈夫ですよ。血は止まっていますから」

「わかりました。ありがとうございます」

左門は源篤に礼をいった。頭を下げて源篤が助手とともに路地を出ていく。

それを見送って、左門は五人の男に近づいた。最も手前に座っている男に声をかける。

「俺は服部左門という。北町奉行所の定町廻りを務めており、このあたりを縄張としている」

晒しが巻かれた顔を男が上げた。晒しにはうっすらと血がついている。

男はおびえているように見えた。その顔が先ほどの照元斎に重なった。

「事情を聞かせてくれぬか」

優しい声で左門は申し出た。

「ええ、構いませんぜ」

どこか虚勢を張ったような物腰だ。左門は男のそばにしゃがみ込んだ。

「誰にやられた」

さっそく問いをはじめた。

「老いぼれですよ」

口元をゆがめて男が答えた。

「見知った者か」

「いいえ、ちがいます。初めて見る顔でした」

「その歳を取った男だが、いくつくらいに見えた」

「あれは、六十は過ぎていたんじゃありやせんかね」

照元斎や虎南と同じくらいということか。

「相手は一人だったか」

「さようで」

面白くなさそうな顔で男がうなずく。

「なぜおまえたちは、目をやられるような羽目になった」

「金ですよ」

「金というと、その年寄りから脅し取ろうとしたのか」

「借りようとしただけですよ」

どこか拗ねたような口調で男がいった。

「その年寄りだが、この町の住人ではないのだな」

「ちがいますね。もし住人なら、一度くらい顔を見かけたことがあると思いやすから……」

ふむ、とつぶやいて左門は腕組みをした。

「おまえたちは、その年寄りをこの路地に引っ張り込んだのか」

「ええ、おっしゃる通りですよ」

投げやりな口調で男が認めた。

「よくわかりますね。さすが町方の旦那だ」

「この路地は、寺の塀に突き当たって行き止まりになっている。この路地沿いに住んでいるならともかく、そうでない者は連れ込まれぬ限り、立ち入ろうとせぬ。あとは、立ち小便で入るくらいか」

「まあ、さようでしょうねえ」

「その年寄りだが、おまえたちはどこで目をつけた」

「目をつけたとおっしゃいますと」

「そこの道を歩いているところをいきなりこの路地に引っ張り込んだわけではあるまい。どこかでその年寄りを見かけ、金を取ろうと考えたのではないのか」

「そこまでお見通しですかい」

男が寂しげな微笑を見せた。

「鴨女屋ですよ。あっしらが飲んでいるところに、あの老いぼれが一人で入ってきたんですよ」

「煮売り酒屋の鴨女屋だな」

「さようです。酒は口にしなかったんですが、老いぼれだし、与しやすそうに見えたんですよ。しかし、それはとんでもねえ過ちでしたよ。ありゃ、まさしく化物です。人じゃありませんや」

男がぶるりと怖気を震った。

「年寄りの人相を覚えているか」

男がごくりと唾を飲み込んだ。

「いえ、あまり。ほっかむりをしていたんですが、それを取ってやったら、怒ったらしく顔つきががらりと変わりましてね」

男の体がまたしても震えを帯びた。

「その年寄りは、顔を見られるのがそんなにいやだったのか」

「鴨女屋でもほっかむりをしたまま、食べていましたし、わしの顔を見るなど、してはならぬことをしたのだといっていましたから。そうなんじゃありませんか」

「わかることだけでいい。年寄りの人相を話してくれぬか」

わかりました、と男が疲れたように答えた。

「頭は白髪ばかりでしたよ。ああ、そういえば、左の眉に刀傷があったような……」

男が覚えているのはそのくらいだった。他の四人にもきいてみたが、覚えていることはなかった。

左門は、年寄りが使った凶器についてもたずねてみた。四人はほとんど見ていなかったが、最後にやられた男が少しだけ覚えていた。

「なにか尖(とが)った物でしたぜ。あれは、棒手裏剣(ぼうしゆりけん)というんですかね。それによく似ていたような気がしますぜ」

棒手裏剣か、と左門は思った。やはり忍びが使う物ではないか。

——下手人は椎葉虎南ではないか。

きっとそうだ、と左門は確信を抱いた。

——棒手裏剣は、おそらく苦無と呼ばれる物ではないか。

「しかし、老いぼれとは思えない身動きでしたよ」

小さくかぶりを振ってから、男ががくりと首を折った。

「なぜあっしらは、あんな男に手を出してしまったんだろう」

馬鹿なことをしちまった、と男が絶望したような声を放った。

それに呼応したかのように、最初に話を聞いた男が頭を抱え込んだ。

「あんなことをしなきゃ、俺は目を失うようなことにならなかった。まったく馬鹿なことをしたものだ。もう死にたい……」

年寄りの人相書をつくりたかったが、仮に描いたところで、似ているかどうか確かめることはできない。

――年寄りが五人の目を潰したのは、怒っただけではなく、おそらくそういう狙いもあったのであろうな。

無慈悲な者としかいいようがない。ぞっとする。どういう育ち方をすれば、そこまで酷薄なやり方ができるのか。

伊輪吉とともに路地を出て、左門は鴨女屋に赴いた。店はまだ開いていた。

主人と小女（こおんな）に年寄りについて話を聞いたが、食事をしている最中もほっかむりをしていたために、ろくに顔を見ていないという。

なんの収穫もなく、左門は鴨女屋を出た。

――とんでもない夜になったものだ。これから番所に戻らなければならぬのか……。大儀よな。

左門はどっと疲れを覚えたが、もしかすると、とすぐに考え直した。

五人の男の目をやった年寄りはその手練ぶりからして、本当に椎葉虎南かもしれない。もし虎南だとしたら左眉に刀傷があるのがわかっただけでも、大きな手がかりではあるまいか。

よし、と左門は心中で大きくうなずいた。

――明日、そのことをさっそく月野さまにお話しいたそう。

体から疲れが少し抜け、左門は北町奉行所を目指す足取りが軽くなったのを感じた。

第二章

一

目が覚めた。

昨夜の疲れがまだ残っているのを、一郎太は覚えた。体が重く、布団にいつもより沈み込んでいるように思える。

いま何刻(なんどき)だろうか、と寝床に横たわったまま考えた。すぐに起き上がるのも大儀に感じられた。

雨戸の節穴から、幾筋もの光が射し込んできている。すでに五つを過ぎているのではあるまいか。

枕に頭を預けたまま一郎太は顔をゆがめた。

——油断した。少し寝過ぎたようだ。もし熟睡しているときに椎葉虎南に襲われていたら、どうなっていただろう。

いつまでも横になっていられない。しなければならないこともある。

よっこらしょ、と小さくつぶやいて一郎太は上体を起こし、布団の上にあぐらをかいた。いつでも手に取れるよう、刀は枕元に置いてある。

昨夜は、弥佑のことが頭を巡り、なかなか寝つけなかった。明け方になり、うとうとしていたら、一気に深い眠りに引き込まれたのである。

文机の前に移動し、一郎太は墨をすりはじめた。紙を用意し、筆を取った。絵心はほとんどないが、一枚の人相書を描き上げた。

——ふむ、まあ、似ているかな。

そっくりとはいえないが、悪くない出来だと一郎太は思った。人相書を文机の上に置いて立ち上がり、着替えを済ませた。

「月野さま、お目覚めですか」

襖がするすると横に動き、隣の部屋から藍蔵が顔をのぞかせた。用を足しに行こうか迷ったが、一郎太は再び布団にあぐらをかいた。

「月野さま、眠れましたか」

「よく眠った。寝過ぎたくらいだ」

「それはようございました。それがしは、月野さまにはゆっくり眠っていただけたらよいなと思っておりましたので……」

膝行して近づいてきた藍蔵の顔を、一郎太は見直した。どこか疲れているように見える。

「藍蔵、そなたは俺の用心棒をしてくれていたのか」

ぴんと来て一郎太はたずねた。

「もちろんにございます」

にっこりと笑ってみせたが、藍蔵がすぐに顔を引き締めた。

「弥佑どの亡き今、それがしが月野さまの用心棒を務めるしかありますまい。弥佑どのとは、腕がちがいすぎるかもしれませぬが……」

「その気持ちはありがたいが、ならば眠っておらぬのであろう」

いいえ、と元気よく藍蔵が答えた。

「部屋の壁にもたれて刀を抱き、目を閉じておりました。いざというときすぐさま動けるよう、眠りはわざと浅いものにしておりもうした」

「やはり、大して眠っておらぬのではないか。眠気はないか」

「ないといえば嘘になりもうす。しかし、このくらい大したことはありませぬ。慣れたものでございます」

「藍蔵、無理はしてくれるな」

いいえ、と藍蔵がすぐさまかぶりを振った。

「月野さまのためなら、それがしは無理をいたします。月野さまのためなら、命を捨ててもよいと思っております」

「それはならぬ」

強い口調で一郎太は命じた。

「なにゆえでございましょう」

前のめりになって藍蔵がきく。

「それがしは、月野さまの家臣でございますぞ。家臣が主君のために命を捨てるのは、当たり前のことでございましょう」

「俺は、もうそなたの主君ではない」

「確かに、月野さまは百目鬼家の殿さまをやめられもうしたが、それがしは今も月野さまに仕えておりもうす」

いや、と一郎太は藍蔵の言葉を瞬時に否定した。

「そなたは仕えているかもしれぬが、もう俺の家臣や従者などではない。友垣だ」

「そのお言葉はうれしゅうございますが……」

藍蔵が感激の面持ちになった。それに、と一郎太は語を継いだ。

「俺のために命を捨てることなど許さぬ。そのような者は、弥佑を最後とせねばならぬ。——藍蔵」

呼びかけて一郎太は藍蔵を見つめた。

「そなたは、ただの友垣ではないのだ。俺にとって無二の友垣だ。俺はそなたの死顔など見たくない。見る気もない。よいか、死ぬときは一緒だ」

「さ、さようにございますか。そのお言葉は、それがし、跳び上がらんばかりにうれしゅうございます」

目を赤らめ、藍蔵は泣きそうになっている。

「だから藍蔵、俺のために命を捨ててもよいなどと思うな。死ぬときは二人で逝くのだ。承知か」

「はっ、承知いたしましてございます」

畳に両手をついて藍蔵がこうべを垂れた。

「それでよい」

ふう、と息をついて一郎太は腕組みをした。気持ちが高ぶったか、しばらく藍蔵はかたまったように動かなかった。

やがて高ぶりがおさまってきたらしく、面(おもて)を上げて一郎太を見る。

「それにしても月野さま、だいぶお疲れのようでございますな」

うむ、と一郎太は顎を引いた。

「眠ったとはいえ、昨日の疲れはまだ抜けておらぬ」

「昨夜は遅くまで無理をしましたからな」

昨日は足を棒にして夜の四つ過ぎまで弥佑の隠れ家を探してみたのだが、結局、見つからなかった。

探索が無駄骨に終わったせいもあり、気持ちが萎えて、疲れがなかなか抜けていかないのだろう。そのことは一郎太もよくわかっている。

――弥佑の無念を晴らすのだ。気持ちを張らねばならぬ。

「弥佑どのも家を口入屋から周旋してもらったのでしょうから、口入屋を当たれれば、またちがったのでしょうが……」

あの刻限では、開いている口入屋は一つもなかったのだ。

「仕方あるまい。今日、がんばればよい」

「では月野さま、今日も弥佑どのの隠れ家を探すのでございますな」

「それなのだが……」

はい、と藍蔵が相槌を打ち、忠実な犬のような顔で一郎太の次の言葉を待つ。

「前にそなたにも話したが、母上の四十九日の法要が行われた日、天栄寺の境内で俺を襲ってきた頭巾の二本差がいた。あの侍について調べてみたい」

ああ、と藍蔵が声を上げた。

「迂闊にもそれがしはその侍のことを失念しておりましたが、さようでございましたな。とんでもない遣い手だったと、月野さまよりうかがいました」

「その通りだ。その侍は、我が愛刀摂津守順房を見た途端、恐れをなしたように引いていった」

「月野さまは、なにゆえその侍のことを調べてみたくなったのでございますか」

「昨夜、うつらうつらしているとき、あの侍が弥佑を殺したのではないか、不意にそんな考えが浮かんできた」

なるほど、と藍蔵がうなずいた。

「正直なところ、俺は椎葉虎南が下手人だと考えている。照元斎も椎葉虎南が下手人であるという確かな証を得ているからこそ、そこまで口にしたのであろう」

「さようでございましょう」

「ただし、あの侍をほったらかしにはしておけぬゆえ、その筋も追ってみたいのだ。

なにゆえ俺を襲ったのか、狙いも明かさなければならぬ。実はな、これを描いてみた」

文机の上の人相書を一郎太は手に取り、藍蔵に渡した。受け取った藍蔵が人相書に目を落とす。

「こういう目つきをしていたのでございますか。いかにも手練(てだれ)という感じでございますな」

「確かにな……」

「天栄寺で月野さまがその侍に襲われたとき、弥佑どのはおそばにいなかったのでございますな」

藍蔵が人相書を返してきた。手にした一郎太は丁寧に折りたたんだ。

「おらなんだ。だから、あの侍は俺と一対一でやり合うことになったのだ。それにもかかわらず、やつはあっさりと引いていった」

「妙でございますな。千載一遇の機会を逃すとは……」

うむ、と一郎太は肯(がえ)んじた。

「あのときはそなたもそばにおらなんだしな」

「申し訳ありませぬ」

恥じるように藍蔵が低頭した。

「羽摺りの者どもを退治したばかりでもあり、まさか月野さまを狙う者が他にもいるとは考えず、おそばを離れておりもうした」

「謝ることなどない。別に、そなたを責めているわけではないからな。俺も、あのときは気を緩めていた」

――そういえば、母上のことを考えていたら、お姿が見えたのだったな。成仏されたのだと思うが……。

あぐらを解いて一郎太は端座(たんざ)し直し、背筋を伸ばした。

「あの侍は忍びにはとても見えず、いま考えても、毒針を得手にしていたようには思えぬ」

「しかし月野さま」

間髪(かんはつ)を容(い)れず藍蔵が声を張った。

「忍びが侍の形(なり)をしていても、不思議はございませぬ。戦国の昔に活躍した服部半蔵(はっとりはんぞう)は忍びとして高名でございますが、戦場では武者として槍(やり)を手に奮戦したらしいではありませぬか」

「槍の半蔵とまで、いわれたらしいな」

「はい。ですので、形がどうだったかというのは、考えずともよいのではありませぬか」

「その通りだな」

「では、その侍について調べてみることにいたしましょう」

「よいのか、藍蔵」

「もちろんでございます。調べてみて、弥佑どのを亡き者にしたのがその侍でないとはっきりしたら、そのときは再び弥佑どのの隠れ家を探すことに戻れば、よいのではありませぬか」

「遠回りになるかもしれぬぞ」

「急がば回れという諺もございますし」

それを聞いて一郎太は眉をひそめた。

「藍蔵、その諺は、危険な近道をするより遠回りで安全な道を歩いたほうが結局早く目的地に着く、という意味だぞ」

「ああ、さようにございましたか。それがし、初めて知りもうした。しかし、細かいことはよろしいではありませぬか」

「細かいことか……。確かにそうかもしれぬ」

「とにかく、月野さまの勘はよく当たりますから、その侍について調べ出せば、きっとよい方向に探索が進むものとそれがしは信じておりもうす」

「勘がよいか。しかし藍蔵、俺は博打の賽の目が読めなくなったぞ」

「賽の目が読めたのは、勘ではございませぬ。賽の目が読めるのと、勘のよさは別物でございましょう」

　ふと藍蔵が、物思いに沈むような顔つきになった。

「弥佑どのの葬儀は、明日行うことに決まりましたかな」

「少なくとも、今日はなかろう」

「ならば、今日は探索に思い切り力を注ぐことができもうすな」

「よし、藍蔵。探索に勤(いそ)しもう。だが、その前に、弥佑の死を徳兵衛たちに知らせなければならぬな」

「ああ、さようにございますな」

　はた、と藍蔵が膝を打った。

「本来ならば、昨夜のうちに知らせておかねばならなんだが、俺は失念しておった」

「それがしもでございます」

　文机の上の人相書を懐(ふところ)にしまい、枕元の愛刀を手にした一郎太は立ち上がり、藍蔵とともに部屋を出た。厠(かわや)で小用を済ませ、手水場(ちょうずば)で顔を洗った。房楊枝(ふさようじ)を使い、歯を磨く。

　すべてが終わると、身も心もすっきりした。体の重さも減じたようだ。

「藍蔵、あまり腹も減っておらぬが、朝飯はどこかよさそうな一膳飯屋で食べることにいたそう」

「それはようございますな。やはり食べぬと、力が出ませぬからな」

廊下を歩き、一郎太は藍蔵と三和土(たたき)に下りた。そのときちょうど来客があった。障子戸(しょうじど)越しに、一郎太と藍蔵の名を呼んでいる。

「左門が来たようだな」

手を伸ばし、一郎太は戸を開けようとしたが、藍蔵が、なりませぬ、と遮った。

「それがしも服部どのだと存じますが、忍びは声色の術も使えましょう。用心に越したことはありませぬ」

一歩前に出た藍蔵が、どなたですか、ときいた。

「北町奉行所の服部でございます」

まちがいなく左門だと一郎太は確信したが、用心の姿勢を崩さずに藍蔵が三寸ほど戸を開け、外をうかがった。

「ああ、まことに服部どのだ」

藍蔵がほっとしたような声を発して戸を大きく開け、頭を下げた。

「失礼をいたしました」

藍蔵を見て左門がにこりと笑う。

「いえ、用心されるのは、とてもよいことでございましょう」

左門と中間の伊輪吉に、中へ入るよう藍蔵がいざなった。一礼して左門だけが三和土に足を踏み入れてきた。

一郎太は左門と挨拶を交わした。

「上がるか」

一郎太はきいたが、左門が首を横に振った。

「いえ、こちらでけっこうでございます」

「左門、朝早くやってきたのは、なにかあったゆえだな」

「おっしゃる通りでございます」

昨夜、一郎太たちと別れたあとに起きた一件を左門が話した。

なんと、と一郎太は驚くしかなかった。

「五人の男が、一人の年寄りによって一瞬で目をやられたというのか。それが椎葉虎南の仕業だと……」

はっ、と左門が首肯した。

「その年寄りは苦無らしき物を振るったようです。恐ろしいまでの手練で、五人には動きがまったく見えなかったらしいのです。そのような者は今のところ、椎葉虎南以外、考えられませぬ」

――その通りだ。やはり椎葉虎南はすぐそばにおるのだな。となると、弥佑を殺したのは椎葉だとしか思えぬ……。

顔を上げ、一郎太は左門をじっと見た。

「よくわかった。左門、俺に伝えねばならぬことがほかにあるか」

「その年寄りですが、左の眉に傷があったそうにございます」

「そうか、左の眉に傷がな。覚えておこう。左門、わざわざ知らせに来てくれて、かたじけなかった」

一郎太を見て左門が微笑する。

「月野さまは正義を貫かれるお方。この世において無二の存在であると、それがしは信じております。もし亡くなったりすれば、この世の善良な者たちが困り果てることになりましょう。ですので、それがしは月野さまのお役に立つために力を尽くす所存」

いくらなんでも買いかぶりすぎだと思ったが、一郎太はなにもいわなかった。

「では、それがしはこれにて失礼いたします。月野さま、どうか、くれぐれもご用心くださいませ」

「うむ、よくわかっておる」

辞儀をして戸口を抜けた左門が、伊輪吉を促して歩き出す。

「よし、俺たちも行くか」

はっ、と藍蔵が低頭し、戸に施錠する。一郎太は藍蔵とともに家をあとにした。

二

一町ほど歩いたところで、一郎太は足を止めた。

目の前に間口十間の巨大な建物があり、正面の屋根に掲げられた扁額が一郎太たちを見下ろしている。扁額には槐屋とあった。

風に揺れる暖簾を払い、一郎太と藍蔵は中に入った。

「いらっしゃいませ」

手代の参次が揉み手をしながら寄ってきた。

「あっ、これは、月野さま、神酒さま。おはようございます」

笑顔になって参次が丁寧に辞儀する。

「うむ、おはよう。参次、徳兵衛はいるか」

一郎太は店座敷の奥にある帳場に目を投げたが、いつもそこにいるはずのあるじの姿が見えない。

「あれ、いらっしゃいませんね。厠にでもいらしたのかな。手前が呼んでまいりましょう」

沓脱石（くつぬぎいし）から店座敷に上がろうとした参次が、あっ、と声を上げた。

「いらっしゃいました」

ちょうど内暖簾を払って、徳兵衛が店座敷に入ってきたところだった。すぐさま一郎太たちを認めたらしく、急いでそばにやってきた。端座して挨拶をする。

「おはようございます」

いつもながら血色がよく、健やかさを感じさせた。

「月野さま、神酒さま、よくいらしてくださいました。もう朝餉（あさげ）はお済みでございますか」

「いや、まだだが、俺たちはここでの朝餉を目当てに足を運んだわけではない」

「はい、それはよくわかっております」

笑みを消し、徳兵衛が真顔になった。

「なにかあったのでございますな。お二人のお顔が暗いように見受けられます」

このあたりはさすがだな、と一郎太は感じ入った。

「徳兵衛、落ち着いて話せる場所はないか」

「でしたら、客座敷にまいりますか。――ああ、いや、取引先と商売の話をする部屋がございます。そちらにまいりましょう」

一郎太たちは店座敷に上がった。先導する徳兵衛が内暖簾を払って一間も行かないところで足を止め、板戸をからりと開けた。

「客座敷に比べると狭いのですが、板戸ですし、壁も厚くしてあります。内密の話をするのには、この部屋のほうがよいのではないかと存じます」

四畳半だが、掃除が行き届いており、塵一つ落ちていない。先に部屋に入った徳兵衛が押入から座布団を出し、一郎太たちに座るよう勧めてきた。

武家は座布団を使わないというが、一郎太は楽なほうがありがたく、遠慮なく座布団に座した。藍蔵も一礼して座布団に座った。

一郎太は、畳の上に端座した徳兵衛に眼差しを注いだ。徳兵衛は一郎太の言葉を待つ風情である。

「実は弥佑が死んだのだ」

声を落として一郎太は徳兵衛に伝えた。

「なんですって」

徳兵衛が、その場で飛び上がらんばかりの驚愕ぶりを見せる。

「い、いつのことでございますか」

「昨夜のことだ」

「なにゆえ、そ、そのような仕儀になったのでございますか」

まなじりを裂かんばかりに目を大きくして、徳兵衛がきく。

「他言は無用にしてもらいたいのだが」

「もちろんでございます」

座り直して徳兵衛が背筋を伸ばす。

「俺のせいで弥佑は殺されたのだ」

そう前置きした一郎太は、昨日なにが起きたのか、つまびらかに語った。

「さようにございましたか……」

聞き終えて徳兵衛が暗澹たる表情になった。

「月野さまを狙う殺し屋に殺害された……。それはまた辛い出来事でございますな。あの、こんなことをうかがって申し訳ないのですが、興梠さまの葬儀はいつ行われるのでございますか」

「おそらく明日だろう。父親の照元斎の道場か、菩提寺で行うということだ」

「承知いたしました」

徳兵衛が深く頭を下げた。

「手前も参列させていただきます。葬儀の場所と刻限が決まりましたら、教えていただけませんでしょうか」

「必ず伝えよう。では徳兵衛、我らはこれで失礼する」

「えっ、もうでございますか」

徳兵衛が驚いて腰を浮かせた。

「用事は済んだゆえ。俺たちは、そなたに弥佑の死を伝えなければならぬと、こちらに寄らせてもらったのだ」

「さようでございましたか」

畳に置いた愛刀を手に一郎太は立ち上がった。徳兵衛が、あっ、と声を上げる。

「朝餉は召し上がっていかれませんか」

穏やかな目で一郎太は徳兵衛を見下ろした。

「申し訳ないが、今朝は遠慮しておこう。せっかくのおいしい食事が、ろくに味がわからぬのでは、あまりにもったいない」

「ああ、さようにございますか……」

徳兵衛は残念そうだが、仕方あるまいという顔をしている。

「徳兵衛、俺たちが無事に弥佑の無念を晴らし、こたびの一件が落着したら、またいつものように食べさせてくれぬか」

「わかりましてございます。その日が来るのを楽しみにしております」

「俺もだ。では、これでな」

愛刀を左手に持ったまま一郎太は部屋をあとにし、内暖簾を払った。店座敷を下りて沓脱石で雪駄(せった)を履く。

いち早く先に外に出た藍蔵が、怪しい者が近づいてこないか、警戒をはじめた。大丈夫だと判断したらしく、一郎太を手招いた。

ずいぶんと大袈裟なことをする、と思いつつ一郎太は通りに足を踏み出した。

――しかし藍蔵の俺を思う気持ちには、感謝しかない。

あたりを吹き渡る風はかすかに湿り気を帯び、どこか夏を感じさせるものがあった。澄み切った空に雲はほとんどなく、陽射しがかなり強かったが、このくらい暖かなほうが、動きが伸びやかになり、寒がりの一郎太には、むしろありがたかった。

徳兵衛の見送りを受けて、一郎太と藍蔵は天栄寺に向かって歩いた。

天栄寺は御成道沿いの少し小高いところに建っているために、かなり目立つ。すぐに一郎太の視界に入ってきた。

天栄寺まで残り一町ばかりまで来たところで、一郎太と藍蔵はあの侍について知る者がいないか、そのあたりの住人たちに聞き込みを行った。

手にした人相書を大勢の者に見てもらったが、一郎太を襲った侍のことを知っている者に会うことはできなかった。

一刻以上、天栄寺の付近を動き回ったのに、一郎太の腹は、相変わらず空かなかった。それよりも藍蔵のことが気にかかり、一郎太はたずねた。

「藍蔵、腹が減らぬか」

不思議そうに藍蔵が首を傾(かし)げる。

「それがどういうわけか、今日はあまり減りませぬ……」

「実は俺もだ。ならば、このまま聞き込みを続けてもよいか」

「もちろんでございます」

その後も天栄寺の周辺を藍蔵と一緒に聞き回ったが、あの侍に関する手がかりは、一つも得られなかった。

午(ひる)も八つ半を過ぎ、さすがに一郎太は腹が空きはじめていた。いや、すでに耐えがたいものになってきている。

――あの侍に関する手がかりは、今日は見つかりそうもないな。あの侍のことは、いったんあきらめるしかあるまい。貴重な時を無駄にしてしまった。俺の勘も大したことはないな……。

藍蔵、と一郎太は呼びかけた。

「二刻近くも聞き込んで、こんなことをいうのもなんだが、闇雲に動き回っても、無駄でしかない」

「はあ、さようにございますな」

濃い疲労の色を顔に浮かべて、藍蔵がうなずいた。

「藍蔵、腹が減らぬか」

一郎太は先ほどと同じ問いをした。

「さすがに空いてまいりました」

「ならば、どこかで腹ごしらえをするか」

「はい、そういたしましょう」

「この近くによい店があるかな」

「さて、どうでございましょうか」

藍蔵が鼻をうごめかせた。

「おや、よいにおいがいたしますな」

なに、と思い、嗅いでみたが、一郎太にはわからなかった。食い物に関して鼻はよく利くのだが、弥佑のことがやはりこたえているのか、今日はまるで駄目だ。

「なんのにおいがしているのだ」

「焼魚でございましょう」

「ほう。一膳飯屋が近くにあるのだな。においの方角はわかるか」

顎を上げ、藍蔵が鼻をくんくんさせた。

「こちらでございますな」

さっさと歩き出した藍蔵が、一本の路地に入り込んだ。

――藍蔵のやつ、俺の警固を忘れておるな。

一郎太自身、用心しながら藍蔵のあとをついていった。

五間ほどの長さの路地を抜けると、人通りの多い道が左右に走っていた。

「においの元は、あそこでございましょう」

路地の斜向かいに建つ一膳飯屋らしき店を、藍蔵がうれしげに指さした。醤油で煮染められたような色の暖簾がかかり、店が開いていることを示している。

ここまで来ると、一郎太にも焼魚のにおいがわかるようになっていた。

「どうやらそのようだ」

道を横断し、一郎太たちは店の前に立った。屋根に掲げられた看板には『めしや韋駄天』とあり、暖簾を払って中に入った。

いらっしゃいませ、と小女が元気のよい声を上げて寄ってきた。

「お好きなところにお座りください」

昼食と呼ぶにはだいぶ遅い刻限だが、何人かの男客が笑みを浮かべて食事をしていた。酒も飲んでいる。どうやら仕事を終えた大工たちのようだ。腕のよさを見せつけるために、大工はできるだけ早く仕事を切り上げるのを常としている。

右手に小上がりがあり、一郎太たちはそこに陣取った。一郎太は、小女が勧めてきた鯖の味噌煮と飯、味噌汁という献立にした。藍蔵も、同じ物でけっこうです、といった。ありがとうございます、と小女が注文を通しに厨房に向かう。

「それで月野さまは、これからいかがなさるおつもりですか」

顔を寄せて藍蔵が小声できいてきた。

「朝、家で打ち合わせた通りだ。弥佑の隠れ家探しに戻るとしよう」

「承知いたしました。では、口入屋を当たるのでございますな」

「それがよいだろうな」

一郎太が点頭したとき、注文の品がやってきた。さっそく一郎太たちは箸を手にした。

鯖の味噌煮は脂の甘さと旨さが素晴らしく、口に入れると身がとろけていく。濃い目に味付けされた味噌も、飯と実に合った。出汁が利いたわかめの味噌汁も美味だった。

「これは、またうまいですな」

「まったくだ。絶品といってよい」

一郎太と藍蔵は、あっという間に膳の上の物を平らげた。食べきるのがもったいないと思ったくらいだ。一郎太は満足して代を払った。藍蔵が先に外に出た。一郎太も続いた。

「月野さま、またまいりましょう」

暖簾を振り返って藍蔵がいった。

「ああ、必ず来なければならぬ」

満腹になったせいか、一郎太は塞いでいた心が少しだけ晴れたような気がした。

——こういうことの積み重ねで、人は死者をゆっくりと忘れていくのであろう。

これは仕方のないことだ、と一郎太は思った。別に薄情なのではない。親しい者を失って、どんなに深い悲しみに襲われようと、生きている者には目の前に暮らしがある。死者に引きずられるようにして、その場にとどまっているわけにはいかない。日々に追われるように前に進んでいかなければならない以上、死者の記憶が徐々に薄れていくのは、人が生まれつき備えている性質なのではないか。

——生得(せいとく)と呼ぶべきものだな。

そんなことを考えながら一郎太は、藍蔵とともに根津のほうへと道を戻った。弥佑の隠れ家があるはずの根津界隈(かいわい)の口入屋を、これからしらみ潰しにするつもりでいる。

一郎太たちは、最初に目についた口入屋を訪ねた。土間から一段上がった奥で、難しい顔で帳面とにらめっこをしていたあるじと話ができた。

「首が細く、なで肩、女のように華奢(きゃしゃ)で、目元涼しい美男ですか。御名は興梠弥佑さま」

考え込んだあるじが首をひねる。

「うちにいらしたことはないような気がしますが。その興梠さまは、歳(とし)はおいくつですか」

「二十歳をいくつも出ておらぬ」

「でしたら、まことに申し訳ないのですが、うちには来ていらっしゃいませんね」

「そうか。わかった。忙しいところ、手間を取らせて済まなかった」

礼をいって、一郎太と藍蔵はその口入屋をあとにした。

二町ほど行ったところで、次の口入屋が見つかった。あるじに同じ問いをぶつけたが、前の口入屋と同様に、弥佑に家を周旋してはいなかった。

しかし、三軒目の井潟屋という口入屋で、一郎太たちはよい手応えを得た。

「首が細く、なで肩、女のように華奢で、目元涼しい二十過ぎの美男でしたら、ぴったりのお方が前に見えましたよ」

あるじが自信たっぷりの顔で述べた。

「興梠弥佑というのだが、まちがいないか」

はい、とあるじが首を縦に振った。

「確かに興梠さまとおっしゃいました。珍しい御名でしたから、よく覚えておりますよ」

「弥佑に家を周旋したのか」

あの、と少し申し訳なさそうにあるじが声を放った。

「お答えする前に、よろしいですか。興梠さまがどうかされたのでしょうか」

当然の問いであろう、と思い、一郎太は告げた。

「実は殺されたのだ」

「ええっ。いつのことでございますか」

あるじが驚き、瞠目(どうもく)する。

「昨夜のことだ」

ああ、とあるじが合点がいったような表情になった。

「昨日、この近くで人殺しがあったとは聞きましたが、殺されたのは興梠さまだったのでございますか……」

信じられないというように首を左右に振り、あるじが嘆息する。

「あんなにお若い方が……。世の無常を感じます。あの、下手人は見つかったのでございますか」

「まだだ。俺たちは弥佑の友垣で、弥佑の無念を晴らそうとして動いているのだ。それだけでなく、北町奉行の飯盛下総守どのも、俺たちを頼みにしてくださっている」

「えっ、北のお奉行も……」

「そうだ。北町奉行所の同心服部左門にきいてくれれば、俺がいま話したことが嘘でないと、はっきりする」

「ああ、服部さま」

どうやらあるじは左門のことを見知っているようだ。

「毎日見廻りにいらしているので、よく存じております」

「俺たちが弥佑の家を調べようとしているのは、下手人につながる手がかりがあるかもしれぬと考えているからだ」

「ああ、さようにございますか」

「弥佑が借りた家を教えてくれぬか」

「わかりました。では、手前がご案内いたします」

文机の上にあった一冊の帳面に手を伸ばしたあるじが、奥に向かって声をかけた。

「ちょっと出かけてくるから、留守を頼むよ」

はーい、と女の声で返事があった。あるじの女房のようだ。

一郎太たちは、あるじとともに店を出た。

「おぬし、名はなんという」

通りを歩きながら一郎太はあるじにきいた。

「ああ、申し遅れました」

足を止め、あるじがぺこりと低頭した。

「手前は井潟屋のあるじの井一と申します。どうか、お見知り置きを」

一郎太たちも名乗り返した。

「興梠さまは、半年分の家賃を前払いしてくださっています」

再び歩き出した井一が、帳面をぺらぺらとめくっていく。

「興梠さまがうちにいらしたのは、去年の秋ですね。『寝に帰るだけのようなものだから、狭くても構わぬ。近所でよい家はないか』とおっしゃって」

帳面を閉じ、井一が前を向いた。

「ちょうど手頃な家が空いたばかりでしたので、早速ご紹介しましたところ、興梠さまは気に入ってくださり、すぐに貸し借りの手続きに入りました」

井潟屋から一町半ほど行った路地を入り、それから少し進んだところで、井一が立ち止まった。一郎太たちの目の前に、庭がついた一軒家が建っていた。

「こちらでございます」

井一が戸口に立つ。そこにはがっちりとした錠がかかっていた。

「これは、うちがつけた錠です。興梠さまには、これの鍵を預けて、使っていただいておりました」

懐から巾着を取り出し、井一がその中から一本の鍵をつまみ出した。その鍵を錠に差して回すと、かちゃりと小気味よい音がした。

錠を外し、井一が戸を開けようとする。

「しばしお待ちあれ」

井一の肩を軽くつかんで藍蔵が止めた。目をみはった井一が振り向く。

「あの、どうかされましたか」

「いや、ただの用心にござる。なにしろ、弥佑どのが殺されたばかりなので」

「ああ、さようでございますか……」

井一が後ろに下がる。前に出た藍蔵が静かに戸を開け、家の中に誰かいないか、気配を探っている。一郎太も精神を一統した。

「誰もおらぬようですな」

藍蔵にいわれて一郎太は、うむ、と同意した。中に人がいるような気配は、一切感じ取れなかった。

——もしこれで椎葉虎南が待ち受けているのであれば、照元斎のいう通り、すさまじいまでの術の遣い手なのだろう。東御万太夫など、足元にも及ばぬのかもしれぬ。

「入ります」

緊張した顔で宣し、藍蔵が三和土に足を踏み入れた。その場でじっと動かず、家の中の気配をさらにうかがっている。

「やはり誰もおらぬように思えます」

うむ、と一郎太は返事をした。

「まいりましょう」

一郎太たちは無人の家に上がり込んだ。

「あの、手前はここで失礼させていただきますので……」

井一が一郎太たちに声をかけ、辞儀する。

「ああ、忙しいところ済まなかった」

「鍵をお渡ししておきますので、お帰りの際は戸締まりをお願いいたします」

一郎太に鍵を手渡して、井一が去っていった。鍵を袂（たもと）に落とし込んで、一郎太は藍蔵と一緒に廊下を進んだ。

家の中に部屋は三つあった。あとは台所と厠である。

家の中はよく片付いていた。というより、ほとんど家財らしい物がなかった。最も奥の部屋に大きめの文机が鎮座していたが、それが唯一の家財ではないか。

文机の上に帳面が載っていることに、一郎太は気づいた。弥佑の覚書だろうか。なにが記されているのか、と手に取り、最初の一葉目を開いてみた。

『誰が新田与五右衛門（にったよごえもん）に漏らしたのか』

そんな言葉が目に飛び込んできた。これはなんだ、と一郎太は思案した。

——誰がなにを漏らしたというのか……。

そうか、と気づいた。与五右衛門は長いあいだ悪事をはたらきながらも、なかなか捕まらなかった。御広敷膳所台所頭という要職にあり、食材の横流しなどをしていた。それに加えて、将軍に提供する食材を用い、とある料亭で『将軍御膳の会』という、一人一回百両の食事会を毎月行っていた。参加者は一回につき十人程度だったらしい。

与五右衛門は『将軍御膳の会』で大儲けをしていたのだが、それだけの不正を行いながらも、うまく罪を逃れ続けていたのは、公儀の動きをいち早く知ることができていたからではないか。

与五右衛門は、大川で若年寄と北町奉行が乗った船を弟や配下に襲わせ、両人の命を奪おうとまでした。これは、鼻薬の効かない若年寄の松平伯耆守に悪事の証拠を握られる前に、始末しようと画策したものだ。

屋形船に若年寄と北町奉行という要人二人が微行で乗っていることも、内通者から知らされたのだろう。

そういえば、と一郎太は思い出した。前に若年寄の松平伯耆守に、与五右衛門の話を聞きに行ったとき、厚山鯛三と臼田耕助という徒目付の二人が行方知れずになったと聞かされた。

その二人の徒目付は与五右衛門について調べていたらしいが、悪行の証となるような証拠をつかんだのではあるまいか。

だが、そのことを内通者が与五右衛門へ通報し、二人は殺され、遺骸はどこかに埋められたにちがいない。

考えてみれば、松平伯耆守も、結局は与五右衛門に殺されてしまった。これも、内通者からいろいろと事実を知らされた与五右衛門が、松平伯耆守の口をなんとしても封じなければ、と断を下したゆえではないか。

弥佑は一郎太の命を狙う与五右衛門を捕らえるために、内通者を暴こうとしていたのではないか。もし生き証人がいれば、与五右衛門もさすがにしらを切れないからだ。

与五右衛門の内通者は、と一郎太は思った。まちがいなく公儀の秘密を手に入れられる者だ。要職といえる立場にあるのは疑いようがない。

与五右衛門は一郎太が討ち取ったが、その者は今も健在なのだろうか。きっとぬくぬくと生きているにちがいない。

——だとしたら許せぬ。弥佑亡き今、俺がその者を捕らえ、白日の下にさらさなければならぬ。

しかし、と一郎太はじっと考えた。与五右衛門の内通者を今さら捕まえたところで、なにか意味があるだろうか。

——あるに決まっておる。

自らの考えに従って動いた結果、一郎太はこの帳面を見つけたのだ。弥佑が残してくれた手がかりといえるのではないか。

――俺を始末するように、与五右衛門が椎葉虎南に頼んだかもしれぬし……。

よし、と一郎太は心中でうなずいた。

――与五右衛門の背後でうごめいていた内通者を調べてみることにしよう。

一点に絞って探索してみれば、与五右衛門の陰にひそんでいた内通者の正体を、暴き出せるのではないか。

さすれば、と一郎太は確信を抱いた。椎葉虎南についての調べも、一気に進むのではないか。

うまくすれば、虎南の所在も知れるかもしれない。もし虎南の不意を突ければ、捕縛にまで至れるのではないか。

――虎南を捕らえることが、果たしてできるかどうか。討つことになるかもしれぬが、とにかく動いてみるにしくはない。

帳面をさらにめくってみたが、ほかにはなにも書かれていなかった。

「藍蔵」

手招くと、はっ、と藍蔵が寄ってきた。一郎太は弥佑の帳面を見せ、これからどうするか、自分の考えを伝えた。

「藍蔵、どう思う」

「よいと存じます」

藍蔵が決意を感じさせる顔で同意した。

「弥佑どのの意を汲んだ、素晴らしいご判断なのではないかと……」

藍蔵がそう思うのなら、と一郎太は手応えをつかんだような気がした。きっと探索はうまく進むにちがいない。懐に押し込むように帳面をしまった。

「それで、これからどう動くおつもりでございますか」

藍蔵にきかれ、一郎太は考え込んだ。与五右衛門の背後を探るのに、よい手立てを思いついたわけではないのだ。

その上、一日中、動き続けていたせいで、かなりの疲労がたまっている。そのためなのか、頭がうまく働いてくれない。

「藍蔵、済まぬが、いったん家に戻ろうではないか。これからどういうふうに調べを進めればよいか、体を休めて考えたい」

「ああ、そうされるのがよろしいでしょう」

すぐさま藍蔵が賛同する。

「体の疲れは頭も疲れさせますからな。できれば、風呂に入るのがよろしいのではと思いますが」

風呂か、と一郎太は思った。きれいな湯で汗を流せたら、どんなに気持ちよいだろう。

だが江戸の銭湯の湯は三日に一度くらいしか入れ替えないらしく、たいてい濁っている。これまでは百目鬼家の殿さまとして、きれいな湯がたたえられた大きな湯船に一人で浸(つ)かるのが当たり前だった。そのために、一郎太は江戸の銭湯の汚い湯は今も慣れず、あまり行こうという気にならない。

汗を流さないわけにはいかないから、冬でも二日に一度は行っているが、湯船に浸かることはほとんどない。

三

三和土で雪駄を履いた藍蔵が戸を少し開け、外の様子をうかがう。

「怪しい人影は見当たりませぬ。剣呑(けんのん)な気配も感じませぬ。月野さまは、いかがでございますか」

俺も、といって一郎太は顎を引いた。

「妙な気配は感じぬ」

「では、開けますぞ」

藍蔵が慎重に戸を滑らせた。敷居を越え、じりじりと踏み出す。戸から半間ほど離れたところで、付近を見回した。

「どうぞ、おいでください」

藍蔵が一郎太を手招いた。相変わらず大袈裟な男だなと一郎太は思ったが、それを顔にも態度にもあらわすことなく、わかった、とうなずいてみせた。家を出るや、袂から鍵を取り出し、戸に施錠する。

「まずは鍵を返しにまいろう」

一郎太たちは口入屋の井潟屋に向かった。江戸の町はすでに夕暮れの色が濃く、人々の顔が見分けがたくなっていた。

――黄昏時か。逢魔時ともいうな。あるいは大禍時……。

とにかく、暮れ六つの頃は昔から不吉な刻限であると信じられてきた。

――悪いことが起きなければよいが……。

なんとなくだが、一郎太にはいやな予感があった。

何事もなく井潟屋に着いた。店はまだ開いており、行灯をつけて井一が奥でまだ仕事をしていた。一郎太たちに気づいて膝行し、背筋を伸ばした。

「なにか見つかりましたか」

「うむ」

うなずいたが、一郎太に帳面のことを話すつもりはない。

「鍵を返しに来た」

「ありがとうございます」

一郎太は井一に手渡した。辞儀して井一が鍵を受け取る。

「あの、興梠さまはまことに亡くなってしまったのでございますか」

改めて井一がきいてきた。

「ああ。明日、葬儀だ」

「さようでございますか……。あの、でしたら、あの家はもうほかの人に貸しても、よろしいのでございますか」

「弥佑が帰ってくることはないゆえ、それでよいと思う」

「わかりました。ありがとうございます」

どこかほっとしたように井一が礼を述べた。

「では、これで。かたじけなかった」

深く頭を下げる井一をその場に残し、一郎太たちは井潟屋をあとにした。

井潟屋から家まで大した距離があるわけではない。せいぜい三町ほどであろう。

だが、一郎太たちが歩き続けているうちに、それまで繁く(しげ)あった人通りが少なくなり、さらに足を進めていくと、あたりからすべての人影が消えた。

——逢魔時らしくなってきたな。あやかしが出てきそうだ。

一郎太は、この世に藍蔵と二人だけで取り残されたような気分になったが、人通りはすぐに戻ってくるだろうという余裕が心にあった。

だが、厚い雲が寄り集まって、もともと暗かった空が暗黒に包まれ、残照もすべてかき消えたのを目の当たりにして、むう、と声が出そうになった。悪い気があたりに漂いはじめているのを強く感じる。

――これは、まちがいなくなにかが起きるな……。まさか椎葉虎南があらわれるのではなかろうな。

それはむしろありがたい、と一郎太は思った。向こうから来てくれるのなら、弥佑の無念を晴らすことができる。

――来るなら来い。返り討ちにしてやる。

刀をいつでも抜けるよう、一郎太は身構えつつ歩いた。

こんなときでも藍蔵はなにも感じていないようで、足取りに変わりはない。図太い男よな、と一郎太は感心するしかなかった。

家まであと半町ほどというところまで来たとき、南から強い風が吹きはじめた。頭上の雲が渦を巻くように寄り集まり、さらに厚みを増していく。

ぱらぱらと雨が降り出し、それはやがて大粒のものへと変わった。雨は、一郎太の頭や肩を打ちはじめた。

「こいつはまずい。ずぶ濡れになってしまいます。月野さま、早く帰りましょう」

あわてた藍蔵が駆け出そうとしたが、綱でも引かれたように一瞬で立ち止まった。天蓋をかぶった侍が前途を遮ったからだ。

椎葉虎南か、と一郎太は目をみはった。

——そうではなく、天栄寺で俺を襲ってきた侍か。

侍は二本差である。天栄寺の侍も、二本差だった。

「何者っ」

鋭い声で藍蔵が誰何する。

「きさまは椎葉虎南か」

だがそれにはなにも答えず、天蓋の侍が抜刀した。体勢を低くするや、刀を横にさっと払った。

藍蔵が、うおっ、と声を上げてその斬撃をかわした。

その間隙をついて、天蓋の侍が一郎太に向かって走り寄ってきた。裂帛の気合とともに、刀を袈裟に振り下ろしてくる。

一郎太は抜き打ちざまに刀を振って、侍の斬撃を弾き返した。手にしびれと痛みが走った。威力のある斬撃だ。

——ふむ、天栄寺で戦った侍ではないな。

刀を握り直して、一郎太は冷静に考えた。天栄寺で相まみえた侍とは、体つきがまるで異なっている。

こちらのほうがだいぶ痩せている。その割に膂力があるのか、斬撃の重さと強さは相当のものだ。

さっと刀を抜いた藍蔵が、無言で侍に背後から斬りかかっていった。気配を察したか、侍が体を開いてそれをよけた。

侍のかたわらを駆け抜けた藍蔵が一郎太の横に来て、刀を正眼に構えた。侍を叩っ斬るという殺気を全身にみなぎらせており、一郎太の肌がぴりぴりする。

侍は、一郎太の間合からやや外れたところに立って、刀を八双に構えていた。天蓋を叩く雨音が、一郎太の耳に届く。

――隙がないな。相当の遣い手だ。こやつも、与五右衛門が差し向けた殺し屋なのだろうか。

一郎太には、侍が椎葉虎南だとは思えない。忍びのはずの虎南が、正面から戦いを挑んでくるとは思えないからだ。

――もし虎南なら、弥佑を殺害したときのように、吹矢を使って三方向から毒針を飛ばすのではないか。

それをせず、侍は真っ正直に襲いかかってきた。

――もし背後から吹矢を放たれていたら、避けられていたかどうか。殺気を感じることもなかっただろうから、俺はあっさり殺(や)られていたのではあるまいか。こうして俺が生きている以上、やはりこやつは虎南ではなかろう。

ふっ、と一郎太は軽く息をついた。

――それとも、弥佑をこの世から除いた今、もはや怖い者はおらぬと判断し、真っ向から斬りかかってきたのか。

「きさまが弥佑を殺したのか」

低い声で一郎太は質(ただ)した。だが天蓋の侍は、なんのことだ、とばかりにいぶかしげに首を傾(かし)げただけだ。

――とぼけているわけではなさそうだ。こやつは弥佑を殺ってはおらぬ。

だとしたら、何者なのか。

――こやつの正体を知るためには、なんとしても捕らえなければならぬ。

だが、侍は一郎太と藍蔵という二人の遣い手を相手にしているにもかかわらず、どこか心の余裕を感じさせる物腰である。

――俺たちに勝つ自信があるのか。なにゆえそれほどの自信があるのか。

考えられるのは一つだ、と一郎太は思った。無敵の秘剣を使う気でいるのではないか。

きっとそうであろう、と一郎太は断じた。どんな剣を遣ってくるのだろう。わからない以上、迂闊に飛び込むわけにはいかない。

「こやつは、それがしにお任せくだされ」

一郎太をちらりと見て、藍蔵が叫ぶようにいった。だっ、と地面を蹴る。

「やめろ、藍蔵」

一郎太は怒鳴りつけたが、その声が聞こえなかったかのように藍蔵が突っ込んでいく。

――馬鹿なことを……。

仕方あるまい、と腹を決めて一郎太は侍の右手に回り込んだ。藍蔵が危うくなったら、すかさず援護するつもりでいる。

藍蔵が、落ちてくる雨粒をすべて真っ二つにする勢いで、袈裟懸けに刀を振り下ろしていった。侍が藍蔵の斬撃を、刀で軽々と撥(は)ね上げる。藍蔵の刀がそれに押され、わずかに流れた。

そのとき、侍の脇腹にもかすかな隙ができたのを、一郎太は目の当たりにした。それを見逃さず、一気に深く踏み込んで侍の胴を狙っていく。

侍の着物を二つにした刃(やいば)はさらに深く入って、脇腹の肉をすぱりと斬り裂くはずだったが、がきん、と鉄が鳴る音がして、一郎太の愛刀が後ろに弾き返された。

思ってもいなかったことで、なにゆえだ、と一郎太は瞠目したが、侍は左手のみで脇差を抜いていた。左手一本で握った脇差で、一郎太の斬撃を打ち返してみせたのである。

今は右手で刀、左手で脇差をしっかりと持っていた。二本とも刀身を立てており、二つの切っ先は空を向いている。

ほう、と一郎太は心で声を発した。

——こやつは二刀流を使うのか。左手のみで俺の刀を打ち返すとは、やはり相当の膂力を誇っておるのだな。だが、二刀流にしては妙な構えだ。

この構えから、どんな攻撃ができるというのだろうか。

——そうか、秘剣を使う気でいるのだな。こやつの秘剣は二刀流によって生み出されるものなのか。

汗を顔一杯にかいて、藍蔵が再び一郎太の横に戻ってきた。二刀流とは油断できませぬな、と藍蔵が目顔で語りかけてきた。

まったくだ、と一郎太も目で返した。眼差しを侍に戻す。

——二刀流となったこやつが仕掛けてくるのを待つか。いや、俺はこやつの秘剣とやらを、一刻も早く見たくてならぬ。敵に秘剣があるからといって尻込みをしていては、活路は開けぬ。

「藍蔵、同時に斬りかかるぞ」

一郎太はささやきかけた。

「わかりもうした」

雨が激しく降る中、目を爛々と輝かせて藍蔵が答えた。やる気が全身に満ちているのが、はっきりと伝わってくる。

「月野さま、こやつを殺しても、よろしいのでございますか」

「できれば生きて捕らえたいが、まずもって無理であろう。殺すしか手はあるまい」

「わかりもうした」

「よし、藍蔵。討ち取るぞ。こやつも、死ぬ覚悟はできているはずだ」

命を捨てるだけの心構えがなければ、一郎太に斬りかかってはいないだろう。

行くぞ、と一郎太は藍蔵に合図を送ろうとしたが、その前に侍が刀と脇差を同時に動かし、さっと交差させた。刀と脇差が激しくぶつかり、がきん、と大きな音が立った。

――なんの真似だ。

そのとき一郎太は耳の中に風の塊が入り込んだのを覚った。次の瞬間、耳の奥で、きゅーん、と音がし、頭に猛烈な痛みが走った。まるで錐を突き立てられたかのようだ。

ちあわせた。

さすがにほっとして、一郎太が侍に目を投げたとき、またしても侍が刀と脇差を打ち合わせた。

——なんだ、これは。

一郎太は面食らった。痛い。痛くてならない。だが、少し痛みが引いたのが知れた。さすがにほっとして、一郎太が侍に目を投げたとき、またしても侍が刀と脇差を打ち合わせた。

再び風の塊が耳に飛び込んできた。直後、さらに強い痛みが頭を襲った。

痛みが強くなった上に、今度はその痛みがなかなか引かなかった。

強烈な痛みのせいで、顔を上げていられない。口から悲鳴がほとばしり出そうだ。

侍から目を離したくはなかったが、これだけの激痛にやられては、それも無理なことだ。一郎太は、いつしか下を向いている自分に気づいた。

——いや、これではいかぬ。なんとしても、やつを見続けておらねばならぬ。さもなければ、殺られてしまう。全身に力を込めて、一郎太は面を上げた。

——やはりこやつは秘剣を繰り出してきたのだな。

魔性と呼ばれる者が使ってもおかしくない、恐ろしい剣である。逢魔時とはよくいったものだ、と一郎太は思った。

侍は、二度使ってみた秘剣が一郎太たちにどの程度効いているか、見定めようとしているらしく、すぐに斬りかかってこようとはしなかった。

頭の痛みに、なんとか一郎太は耐え続けた。懸命に歯を食いしばっているのは、そうしないと、女のように悲鳴を上げかねないからだ。力を込めて上下の奥歯を噛み合わせていないと、目を開け続けていられそうにもなかった。

もし激烈な頭の痛みに負けて目を閉じたら、次の瞬間、命はないだろう。根性を見せるのだ、と一郎太は自らに強く命じた。

一郎太と藍蔵に十分すぎるほど秘剣の術が効いていると判断したか、侍が気合を発することなく藍蔵に近づき、袈裟懸けに斬りかかった。雨が斜めに切り裂かれていく。

一郎太は、藍蔵っ、と叫んだが、実際には声になっていなかった。藍蔵が横に動いてぎりぎりで斬撃をかわしたのを見て、安堵の息を漏らした。

危なかったな、と一郎太は冷や汗が出たのを感じた。一郎太を殺すために、侍が邪魔をする者をまず除いてしまえという気持ちでいても、なんら不思議はない。

一郎太は再び藍蔵に目を向けた。藍蔵がなんとかまぶたを持ち上げているらしいのはわかったが、頭の痛みが激しいせいで、これ以上の身動きが利かないように見えた。

――このままでは藍蔵が危うい。次に斬りかかられたら、殺られてしまうぞ。

侍が、また藍蔵に向かって斬りかかっていった。痛みをこらえて一郎太は重い体を動かし、藍蔵を助けに入ろうとした。

だが、それを予期していたのか、侍が素早く体の向きを変え、一郎太へ刀を振り下ろしてきた。

うっ、と一郎太は体がかたまり、無理に動こうとしたら、足がもつれた。

——しまった。罠にかかった。

侍は一郎太を死地に追い込むために、策を弄したのである。ろくに動けなくなっている藍蔵を狙って斬りかかれば、一郎太が必ず救おうとすることを熟知していたのだろう。

一郎太を狙ってきた侍の斬撃は、目にもとまらぬほど速かった。愛刀で弾き返すことはできそうになかった。

間に合うかどうか、一郎太は咄嗟に両膝を折り、万歳するように愛刀を両腕で掲げた。刹那、侍の刀が愛刀の腹を、まともに打ち据えた。

天が揺らいだのではないかと錯覚するほどの衝撃が両腕に伝わってきた。膂力の強さで、一郎太を上から押し潰そうとしているように思えた。

それでも、なんとか侍の斬撃を受け止めることができたのを、一郎太は知った。安堵の汗が背中からどっと噴き出したらしく、着物が内側から濡れた。

——安堵するのはまだ早い。

斬撃を受け止めた際、右膝が小石でも踏みつけたか、そこだけがきりきりと痛んだ。だが、頭の痛みが消えていることを、膝の痛みで一郎太は知った。秘剣の効力が失われたのであろう。

今こそが好機だ、と一郎太は反撃に出ようとしたが、またしても侍が刀と脇差を交差させ、がきん、と強い音を立てた。

今度のは二撃目よりももっと音が大きく、そのためか、風の塊は耳のさらに奥へと入り込んできた。先ほどよりも痛みが増した。

――こ、これは耐えられぬ。

横になって地面をごろごろと転がり、頭を押さえて身もだえしたかった。そのほうが、立って痛みに耐えているよりずっと楽だろう。

だが、そんな真似をするわけにはいかない。地面に横たわれば、あとは刀で体を貫かれるだけだ。

頭の痛みが甚だしく、一郎太は目を開けていられなくなった。おそらく藍蔵も同様であろう。

このままでは二人とも危うい、と一郎太はなんとか目を開けようとしたが、まぶたがいうことを聞かない。

――こいつはまずい。

侍がほくそえみ、一郎太に向かって存分に刀を振り下ろしてくる姿が、心の中にぽつりと浮かんだ。

――いや、こやつは本当に俺を斬ろうとしているのだ。今こそ心眼を開くときだ。

刀が落ちてくる方向を読んで体勢を低くし、一郎太は愛刀を振り上げていった。

きん、と音がし、重い手応えが伝わってきた。頭はひどく痛むが、一郎太は力を振りしぼって足を踏み出し、そこに侍がいるものと信じて、愛刀をさっと横に払った。

ぴっ、という音が一郎太の耳に届いた。侍の着物を裂いたのだろう。

驚いた侍がざっと音をさせて、後ろに下がったのが一郎太にはわかった。その機を逃さず、さらに深く踏み込み、今度は袈裟懸けを見舞っていった。

その斬撃を侍がかわし、一郎太に向かって胴を繰り出そうとしたのが脳裏で像を結んだ。頭の痛みが和らいでいるのを一郎太は覚った。

侍の刀が一郎太に届く前に、藍蔵が前に一気に出て上段から刀を勢いよく振り下ろしていったのが知れた。あわてて刀を引き戻した侍が後ろに下がったために、藍蔵の斬撃は空を切ったようだ。

——これだけ動けるとは、藍蔵も心眼を開いたというのか。

そうかもしれぬ、と一郎太は思った。侍が秘剣の効き目が失せたことを察したらしく、またしても刀と脇差を打ち合わせようとするのがわかった。

一郎太は、そうはさせじと、侍に向かって突進した。計ったように藍蔵も地を蹴った。二人で同時に侍に斬りかかる。

二人を相手にしたのではさすがに戦いようがないと覚ったか、悔しげに、むぅ、とうめき声を漏らして侍が後ずさる。同時にくるりと身を翻し、水しぶきを上げて走り出した。

そのときには、一郎太は目が開くようになっていた。藍蔵は、どうやらいち早く目が開いていたようだ。

一郎太たちの斬り合いに目を奪われていた数人の野次馬が、近くに突っ立っているのが見えた。侍は、その者たちのほうへと駆けていく。

野次馬たちが、うわわ、ぎゃあ、助けてくれ、と悲鳴を上げて逃げ惑った。侍は野次馬たちを突き飛ばさんばかりの勢いで、そのあいだをすり抜けるように走り抜けていった。

そのときには一郎太も駆け出していた。

――逃がすか。

一郎太は必ず捕らえるつもりで侍を追いかけたが、闇が深まってきた上に、雨脚も強くなってきたために視界が悪くなった。

さらに、侍の逃げ足は恐ろしいほど速かった。道は泥濘（でいねい）と化していたが、一郎太は足を取られるようなことにはならなかった。これまで厳しい稽古に耐えてきて、足腰は徹底して鍛えられた。その足をもってしても、侍には追いつけそうになかった。

それでも、一郎太はあきらめなかった。小さくなる一方の侍の影を追って、三町ほど駆け続けた。

だが、結局は見失ってしまった。降りしきる雨の中、一郎太は立ち止まるしかなかった。

――くそう、逃がした……。

抜き身を手にして立ち尽くしている一郎太を見て、傘を差した人たちがこわごわと通り過ぎていく。通り過ぎることができず、足を止めている者もいた。

息を大きくついて一郎太は愛刀を鞘にしまった。

――それにしても、あの秘剣には驚かされた。さすがに江戸だ。あんな剣があるのだな。この分では、俺の知らぬ秘剣がまだまだありそうだ。

その手の者たちと、一郎太はこれからも対峙するにちがいなかった。そういう星の下に生まれているのだ。

――だが、俺は負けはせぬ。すべて返り討ちにしてやる。

あの侍は与五右衛門が差し向けた刺客なのだろうか、と一郎太は改めて思案した。

――そうかもしれぬが、弥佑の死を知らなかったことがやはり引っかかる。あやつは弥佑を殺ってはおらぬ。殺ったのは、やはり椎葉虎南であろう。

しかし、と一郎太は考え、首を何度か横に振った。

――俺を狙う者はいったい何人いるのだ。今の侍に、椎葉虎南。天栄寺の侍もおる。

三人もいるのか、と一郎太はさすがに暗澹とせざるを得なかった。これではいつになったら、妻の静（しずか）と安穏な暮らしを送れるようになるか、知れたものではない。

――多くの者に命を狙われるのは、そういう星の下に生まれたからではないな。不徳のいたすところであろう……。生き方を変えねばならぬ。

だが、どうすればよいのか皆目見当がつかず、一郎太は奥歯をかたく嚙み締めた。

四

不意に背後から、ぬかるみを踏む足音が近づいてきた。

誰が来たのか察した一郎太は、ゆっくりと振り返った。そこに立っていたのは案の定、藍蔵である。

「ああ、月野さま」

寸前まで一郎太を捜して駆け続けていたのか、藍蔵は、はあはあと荒い息をついていた。袴（はかま）には、いくつものはねが飛び散っている。それは自分も同じようなものだった。

「ご無事でございましたか。侍は」

「逃がした」

「お怪我(けが)は」

案じ顔で藍蔵がきいてきた。

「ない。そなたはどうだ」

一郎太は藍蔵の全身を見やった。藍蔵も気づいたように自らの体を見ている。

「それがしもございませぬ」

「それは重畳(ちょうじょう)。耳のほうはどうだ。鼓膜が破れてはおらぬか」

「いえ、それがしは大丈夫でございます。耳はよく聞こえます」

「俺も、そなたの言葉はよく聞こえておる。頭を錐で揉まれるような痛みには驚かされたが、なんの障りもなかったのはありがたい」

「まったくでございます」

藍蔵がかしこまって答えた。

「では藍蔵。戻るとするか」

「そういたしましょう」

強敵と戦って、一郎太はさすがに疲労の色が濃くなっている。藍蔵も疲れ切っているようだ。

一郎太たちは、少し弱くなった雨の中、歩きはじめた。

「先ほどの刺客は何者でございましょう」

「何者かはわからぬ。今日初めて会った者であろう」

「顔をご覧になりましたか」

「いや、天蓋に隠れてよく見えなかった」

「心当たりはございませぬか」

「与五右衛門が差し向けた殺し屋ではないか……」

「あの侍も殺し屋……。さようにございますか。しかし、まことに妙な剣を遣いましたな」

「まったくだ。俺も驚かされた。だが、あの剣は手がかりとなるかもしれぬ」

真剣な顔で藍蔵が顎を引いた。

「『武技秘術大全』でございますな。では、照元斎どのの道場にまいりますか」

『武技秘術大全』は、照元斎の祖父禅弥斎(ぜんやさい)が三十年もの労苦の末、完成させた書物である。ほとんどが江戸の流派だが、およそ三百もの秘剣が詳しく記されている。出板(しゅっぱん)はされておらず、この世にある『武技秘術大全』は、ただ二冊のみだ。一冊は照元斎が所有し、もう一冊は、一郎太が居城としていた美濃北山白鷗城(みのきたやまはくおう)の書庫におさめられている。

「俺はそのつもりだ」

「でしたら、今からまいりますか」

「いや、今ではない。まずは腹ごしらえをしたい」

「さようにございますな。それがしも腹が空きました。どこかで食べていきますか」

「いや、家で食べよう。寄り道をするのも大儀だ。家に戻れば、冷や飯くらいあろう」

「ございますな。では、それがしが握り飯をこさえましょう」

「それはうれしいな」

懐から小田原提灯（おだわらぢょうちん）を取り出し、藍蔵が灯を入れた。あたりがほんのりと明るくなる。藍蔵に先導されて、一郎太は家へ向かった。

雨はもうすっかり上がり、雲のあいだに月が出ていた。頭上から、淡い光を一郎太たちの足元に投げかけてきている。

近所を歩いているのか、酔っ払いのだみ声が聞こえてきていた。近くの家々からは、明るい笑い声がしてきている。早くも寝に就いたのか、明かりを落としている家も少なくない。とにかく、江戸は平和そのものだ。

「先ほどの侍だが、歳はいくつくらいだろう」

一郎太の問いに藍蔵がちらりと振り向いた。

「三十五は、とうに過ぎているように見ましたが」

「動きからして、四十に近いと俺は踏んだが、どうかな」

「ええ、そのくらいでございましょうな」

「背丈は五尺三寸ほどだったか」

「はい、おっしゃる通りでございます」

「痩せてはいたが、足腰がどっしりとして、相当鍛え込んでいる様子だった」

「はい。それだけ鍛えていたからこそ、あれほどの秘剣を使いこなすことができたのでございましょう」

並々ならぬ稽古を積まねばあの域には決して達しまい、と一郎太は思った。

――よく殺られなかったものだ……。

「天蓋をかぶっていたのは、我らに顔を見られたくなかったからでございましょうか」

藍蔵のほうから問うてきた。

「となると、俺たちが顔を見知っている者ということになるが、さっきもいった通り、初めて会った者でまちがいなかろう」

「あの侍は、我らに顔を覚えられるのを、恐れたわけではありませぬな。あの侍には、我らを屠（ほふ）るだけの自信があったはずですから」

「そうだな。あの秘剣があれば、おのれは無敵だと誰でも思う。暗くなる刻限を狙って襲ってきたとはいえ、野次馬に顔を覚えられるのを、ただ恐れただけかもしれぬ」

「ああ、それは考えられますな。暗くても、斬り合いを目の当たりにしているという恐ろしさが、戦う者たちの顔をくっきり見せるということもございましょうし」

一郎太もその言葉には同感である。

「真剣で戦っていると、刃がまるで鞠のように大きく膨らんで見えたりする。目にもとまらぬはずの斬撃が、ゆっくり動いているように見えることもある。人の目や心の働きとは、不思議なものだ」

「その人の目や心の働きを知っているということは、あの侍は真剣で戦った経験があるということでございますな」

ああ、と一郎太は答えた。

「あれだけ深く踏み込めるのは、場数を踏んでいる証だ」

家まであと少しに迫ったが、一郎太は油断することなく歩き続けた。提灯を持ちつつ藍蔵も気を張っているようだ。

先ほどの侍は二度と姿を見せず、椎葉虎南とおぼしき者も襲ってこなかった。一郎太たちは無事に家に帰り着いた。

戸口で提灯を吹き消した藍蔵が、むっ、と緊張した声を放った。

「誰かおります」

家から灯りが漏れているのを、一郎太も目にした。誰がいるのか、と考えた。もし害意を持つ者ならば、灯りをつけることはまずないだろう。

食器が触れ合う音が聞こえてきた。一郎太は体から力を抜いた。家の中から伝わってくるのは、柔らかな気配である。

「おなごが来ているのだな」

藍蔵を見つめて一郎太は告げた。

「藍蔵、考えられるのは一人だ」

その言葉に藍蔵が顔をほころばせた。

「この家の鍵を預けているのは、志乃(しの)どのしかおりませぬ」

藍蔵が勇んで戸を開けた。女物の草履(ぞうり)が三和土に置いてあるのを一郎太は見た。見覚えのある代物である。

「ただいま戻った」

声を上げて一郎太たちは家に上がった。廊下を進んで居間に入る。

「お帰りなさいませ」

手ぬぐいで手を拭きながら志乃が台所から出てきた。志乃は槐屋徳兵衛の一人娘である。

「志乃、来ておったのだな」

一郎太が笑いかけると、はい、と笑みを浮かべて志乃がうなずく。

「そちらをお持ちしました」

志乃が文机を指さした。その上に竹皮包みがのせてある。

「おっ、中身は握り飯だな」

「さようにございます」

志乃がにこにこと笑んだ。

「おう、これはありがたい」

藍蔵が破顔する。

「ちょうど腹がぺこぺこでございましてな」

「お二人とも濡れておられますね」

「ああ、雨に降られた」

かたわらの簞笥（たんす）から藍蔵が二枚の手ぬぐいを取り出し、一枚を一郎太に手渡す。一郎太は顔や頭を拭いた。藍蔵も同じようにしていたが、不意にくんくんと鼻をうごめかした。

「なにやら、出汁のにおいがしておりますな」

いわれて一郎太も気づいた。

「まことだ。とてもよいにおいだ」

「お留守のところ申し訳なかったのですが、上がらせていただいて、今うどんをつくっている最中でございます」

「それは楽しみだ」

「うどんと握り飯。この二つは、最上の組み合わせでございましょう」

「あとはうどんを茹(ゆ)でるだけです」

「ならば、食べる前に着替えをしてこよう。志乃、またこの部屋に来ればよいか」

「はい、こちらにお持ちします」

黒い髪にちょっと手をやり、志乃が台所に向かう。

一郎太と藍蔵はそれぞれの部屋に入った。手早く着替えを済ませ、一郎太は居間に戻った。藍蔵もすぐにやってきた。大好きな志乃が来てくれたことで、喜びを隠せずにいる。

「お待たせしました」

志乃が二つの膳を手にしてやってきた。手際よく一郎太と藍蔵の前に膳を置く。うどんのどんぶりから、ほかほかと湯気が上がっているのが食い気をそそる。椎茸(しいたけ)と葱(ねぎ)がたっぷりと乗り、真ん中に梅肉が鎮座していた。

「これはうまそうですな」

「うむ、まことに……」

一郎太はどんぶりを持ち、汁を一口、二口とすすった。昆布(こんぶ)出汁の甘みが口中に広がり、雨で冷やされた体が温まっていくのがはっきりとわかった。

「ああ、うまい」

「まことでございますな」

箸を使って藍蔵がうどんをすすり上げる。ゆっくりと咀嚼し、じっくりと味わっている様子だったが、不意にぐすりと涙ぐんだ。

「どうした、藍蔵」

かたわらで志乃も心配そうに藍蔵を見守っている。藍蔵が鼻をくすんといわせた。

「このあいだ、それがしがつくったうどんを、弥佑どのが実においしそうに食べてくれたのを思い出しまして……」

「ああ、そうだったな。俺もよく覚えている」

あのときは、志乃が打ったうどんを槐屋から持ち帰り、この家で藍蔵がつゆをつくったのだが、弥佑はとてもうれしそうにうどんを食していたのだ。

――そういえば。

あのとき弥佑の体が透けて見えた。あれはやはり影の薄さだったのか。

――つまり、こたびの弥佑の死は避けられぬものだったのか……。

満面の笑みでうどんを食べていた弥佑の姿が脳裏によみがえり、一郎太も込み上げてくるものがあった。涙がこぼれそうになる。

「おとっつぁんから聞きましたが、まことに弥佑さまは亡くなってしまったのですね」

座り直して姿勢を正した志乃が、目に涙をたたえてつぶやいた。一郎太は顔を上げ、志乃を見た。

「まことに残念だ。惜しい者を死なせたものだと、心から思う」

また弥佑に会いたいな、と一郎太は願った。

藍蔵がうつむきながらうどんを食べている。涙がどんぶりに滴り落ちているのではないか、と一郎太は思った。

——せっかくのうどんが塩辛くなってしまうな。

うどんを食べ終え、志乃が淹れてくれた茶を飲んでいると、来客があった。湯飲みを茶托に戻した藍蔵が立ち上がり、すぐさま応対に出た。

やってきたのは照元斎の使いだった。どうやら斜香流道場の門人のようで、まだ二十歳に達していそうにない若者である。

その若者によれば、明日の朝の五つから弥佑の葬儀を行うとのことだ。場所は興梠家の菩提寺の妙超寺だという。寺は四谷の寺町にあるとのことだ。

用件を伝えた若者が帰ったのち、志乃が一郎太に話しかけてきた。

「おとっつぁんと一緒に、私も弥佑さんの葬儀に参列いたします」

「それは弥佑も喜ぼう」

最後の別れを告げたいという志乃の気持ちはよくわかる。

「では、私はこれで失礼いたします」

まだ帰りたくないように見えたが、気持ちを振り切ったのか志乃が暇を告げた。

「藍蔵、志乃を送っていくのだ」

「はっ、承知いたしました」

ここから槐屋まで一町しか離れていないとはいえ、もうじき五つ半になろうという刻限に、おなごを一人で帰すのは不安で仕方がない。

「では、志乃どのを送ったら、それがしはすぐに戻ってまいります」

藍蔵は藍蔵で、一郎太を一人で家に置いておくのは気がかりでならないようだ。

「そなたも気をつけるのだぞ」

真剣な口調で一郎太は命じた。

「弥佑どの同様、椎葉虎南がそれがしを狙ってくるかもしれぬゆえでございますな」

「そういうことだ」

同意したものの、一郎太は、どうせなら、と思った。

「俺たち二人で志乃を送っていけばよいではないか。藍蔵は志乃と二人きりになりたいのであろうが、こたびは勘弁してくれ」

一郎太の言葉に志乃が顔を赤くした。藍蔵がしどろもどろになる。

「はあ、まあ、確かに残念ではございますが、致し方ありますまい」

一郎太は藍蔵、志乃とともに家を出た。一郎太が戸に錠をすると、藍蔵が提灯を手に歩きはじめた。志乃は藍蔵のわずか斜め後ろにつき、その後ろを一郎太は進んだ。

三人とも無言だったが、だからといって気まずい雰囲気ではなかった。

一町はあっという間に終わり、槐屋の建物が目の前に迫ってきた。一郎太たちは槐屋の裏に回った。

志乃が中に声をかけると、店の者が裏木戸を開けた。

「ありがとうございました」

志乃が深々と腰を折って、送ってもらった礼を一郎太たちにいった。

「では、俺たちはこれで失礼する。志乃、徳兵衛によろしく伝えてくれ」

「承知いたしました」

顔を上げた志乃が、きらきらした目で藍蔵を見る。惚(ほ)れたおなごの目だな、と一郎太は感じた。

裏木戸がそっと閉まり、志乃の姿が見えなくなった。その場で藍蔵は名残惜しそうにしていたが、まいるぞ、と一郎太がいざなうと、はっ、と踏ん切りのついたような返事をよこした。

藍蔵の先導で一郎太は道を戻りはじめた。それにしても、と藍蔵に話しかける。

「なにゆえあのようなよい娘が、そなたに惚れたのかな」

えっ、とびっくりしたような声を藍蔵が上げた。その拍子に、左手で持つ提灯がふらりと揺れた。

「月野さま、志乃どのはそれがしに惚れておりますか」

「なんだ、藍蔵は気づいておらなんだか。ああ、まちがいなかろう」

――同じことを前にいったような気がするが、この手の言葉は何度いっても構わぬものであろう。

「さ、さようにございますか……。それは、まことにうれしいことでございます」

右手の拳をぎゅっと握り締め、藍蔵が感極まったような顔になった。

「志乃は得難い娘だ。藍蔵、大事にするのだ」

「はっ、それはもうよくわかっております」

一郎太たちは何事もなく家に戻った。家に上がると一郎太は、藍蔵を居間に誘った。

「さっき歩きながら考えたのだが、藍蔵、最後の晩を弥佑のそばで明かさぬか」

「ああ、それはよいお考えでございます」

「賛成してくれるか」

「もちろんでございます。夕暮れ頃に襲ってきた二刀流の侍の剣についても、照元斎どのに『武技秘術大全』で調べてもらえましょう。さすれば、あれが何流なのか、明らかになりましょう」

その通りであろうな、と一郎太は思った。

「あの侍について明らかになれば、与五右衛門の内通者につながるのではないか、と俺は踏んでおる」

「ほう、なにゆえそう思われるのでございますか」

「この世で起きる物事というのは、いずれも関わり合いがあるのは疑えぬ。偶然はない」

はい、と藍蔵が相槌を打つ。

「今日、俺たちは弥佑の家で、与五右衛門の内通者に関して書かれた一文を目にした。弥佑の家を出たあと、あの侍に襲われた。この二つは強い関わりがあるのだと思う。だからこそ、同日に起きたのだと俺は信じておる」

「一理ございますな」

「では藍蔵、今から照元斎の道場にまいろう。泊まりになるゆえ、喪衣（もぎぬ）を持っていかねばならぬぞ」

「ああ、さようにございますな」

明日の葬儀用の衣服を風呂敷に包み、一郎太と藍蔵は連れ立って家を出た。

藍蔵が提灯をつけ、前を進みはじめたとき四つの鐘が鳴った。

もう四つになるのか、と一郎太は少し驚いた。時の進みは恐ろしく早い。

これではあっという間に歳を取るのも当たり前だな、と実感した。

五

時の鐘が鳴りはじめた。

――あれは九つの鐘であろう。

先ほど四つの鐘が鳴ったばかりなのに、もう九つになったのだ。

――ときがたつのは、あきれるほど早い。

三度の捨て鐘のあと、鐘が九度、打ち鳴らされるのを椎葉虎南は聞いた。

遠くで鳴っているはずなのに、鐘の音が明瞭に耳へ届いた。夕方頃に降った激しい雨で大気が洗われたのか、吹き渡る風がずいぶん澄んでいるように感じる。

――大気や風だけではない。わしの心も研ぎ澄まされておる。

水たまりがいくつもできている道を歩いていた虎南は、鐘が鳴り止んでしばらくしてから足を止め、闇に沈む目の前の建物を見た。

ここで気配を露わにするわけにはいかない。そんな真似をすれば、家の中にいる者に必ず覚られるだろう。

間口は五間ばかりあり、戸口に『斜香流』と記された看板が立てかけられていた。

——夜も、看板を出しっぱなしか。照元斎という男は、ずぼらなのか。それとも、門人がしまい忘れただけか。

斜香流道場の照元斎のことが気になって昼間のあいだ調べてみたが、相当の術者であることが知れた。もし照元斎が仮に戦国の世に生まれたとしても、忍びとして立派に務めを果たしてのけるだろう。

——わしのほうが腕は上だが、決してやつをなめてはならぬ。なめれば、必ず痛い目に遭うゆえ。

どんな敵であろうと、ありったけの力を注いで戦わなければならない。それが生き残るための肝だと、虎南は熟知している。

精神を一統し、家の中の気配を探ってみた。すぐに人の気配を感じ取ったが、おや、と心の中で首をひねった。

中にいるのは照元斎だけではないようだ。

——巨大な気の持ち主が一人おる。

これは、と気づいて虎南は気持ちが高ぶった。百目鬼一郎太ではないか。

もう一つ、別の者の気配も伝わってきているが、こちらは従者の神酒藍蔵であろう。

なぜ二人がここにいるのか。わけは考えるまでもない。弥佑との最後の別れを惜しみに来ているのだろう。

――二人は興梠弥佑と親しい間柄だったのだから、やつらがそうするものだと、端から頭に入れておかねばならなかった。わしは忍びとして、まだまだ甘い……。

しかし斜香流道場に一郎太が来ているなど、これは得がたい機会ではないか。今宵、一郎太を殺害できるかもしれない。

――いや、待て。

これが罠でないと言い切れるのか。弥佑の死が罠であるかもしれぬとの疑いを、虎南はまだ解いていない。

もし罠だとしたら、一郎太に襲いかかった瞬間、弥佑と照元斎、藍蔵の三人を相手にしなければならなくなる。

それは虎南にとっても、さすがにきつい。

――今宵はやめておくべきだ。

虎南は心の高ぶりを静めた。

――まずは、弥佑の死を確かめなければならぬ。もし弥佑の死がまことのことならば、一郎太を殺る機会はいくらでも巡ってこよう。

ひどくぬかるんだ路地に入った虎南は少し進んで足を止めた。眼前の塀をひらりと越えて、道場の庭に降り立つ。

道場を仰ぎ見てから、すぐ近くの庇に飛び乗った。体の重みを消す術を心得ており、庇がきしむようなことはない。

庇から屋根に上がり、瓦を五つばかり取り除いた。苦無を用い、決して音が立たないように注意して、差し渡し一尺ばかりの穴を屋根板に開けた。

よし、と心中でつぶやき、虎南は天井裏に侵入した。

天井裏は線香の香りに満ちていた。少し煙っているくらいだ。

――ずいぶんと線香を焚いておるのだな。だいぶ暑くなってきたゆえ、骸の傷みが早いのであろう。

線香の煙がどこから入ってきているのか、虎南は確かめた。隣の間らしいのを目にしてから、そちらに向かって進みはじめる。

三間ほどで動きを止めた。この真下に一郎太と藍蔵、照元斎の三人がいるようだ。

――弥佑の骸は棺桶におさめられているのだろうが、果たして顔を見られるだろうか。

死骸を改められれば、弥佑が本当に死んだかどうか、はっきりする。

精神を鎮め、真下の気配を探ってみた。人の気配が濃厚に漂っていた。大きな気の塊も感じられる。

やはり照元斎と一郎太、藍蔵の三人がいるようだ。気配を微塵も漏らさぬよう細心の注意を払い、虎南は天井板をほんの一寸ばかりずらした。

部屋の中が切り取られたように見える。案の定、照元斎と一郎太、藍蔵が棺桶のそばに寄り添うように座していた。

二本の燭台にろうそくが立ち、すっきりと形のよい炎を上へと伸ばしている。たった二本のろうそくでは部屋を昼間のようにはできないが、夜目が利く虎南には関係ない。

棺桶のそばに置かれた文机の上に香炉がのせられ、その中で大量の線香が煙を上げていた。部屋は、深い霧が立ちこめたかのように煙っている。

——あの三人は、この煙にむせぬのか。

不意に、失礼する、と断って一郎太が立ち上がり、棺桶の蓋をずらして中をのぞき込んだ。棺桶の蓋には、まだ釘は打ちつけられていなかった。

即座に虎南は顔を動かし、棺桶に目を当てた。体を折り曲げている弥佑の姿が、よく見える。

弥佑はひどく青白い顔をしていた。明らかに息をしていない。顔もひどくこわばっているように思えた。

「弥佑、世話になった」

　一郎太が弥佑に向かって語りかける。

「そなたのおかげで、俺は何度も危ういところを切り抜けることができた。そなたがいなければ、俺はとうに死んでいた。そなたの戦いぶりに、俺は心より感謝してお る」

　一郎太の次は藍蔵が立ち、棺桶の中を見つめた。

「それがしは、弥佑どのともっと一緒にいたかった」

　涙顔で棺桶に話しかけはじめた。

「天才の弥佑どのの剣をもっともっとじかに見て、学びたかった。だが、もはやそれはできぬ。それがしは、弥佑どのの死が残念で残念でならぬ」

　目を閉じた照元斎は、なにもいわずに一郎太や藍蔵の言葉に聞き入っている様子だ。

　ふむ、と虎南は思った。

　――一郎太や藍蔵の顔や言葉に、嘘は感じられぬ。心の底から誠を語っておる。照元斎も必死に涙をこらえておる。せがれの死が相当こたえておるのだろう。

　三人とも、いかにも悲しそうだ。虎南には、あれが芝居だとは思えなかった。

「それがしは、今も弥佑が死んだとは信じられませぬ」

　目を開けた照元斎がぽつりと口にした。

「わしより四十も若いのに、逝ってしまうなど、あってはならぬことだと存じます」

「照元斎、まことに済まぬ。弥佑が死んだのは俺のせいだ」

「いえ、月野さまのせいではございませぬ。結局は、弥佑が未熟だっただけのこと。修行が足らず、強敵を打ち負かせるだけの技量がなかったのでございます」

弥佑を貶めるような言葉を口にしたが、照元斎の口調の端々には、今の無念さがはっきりとあらわれていた。

虎南は三人の男の顔を、あまり見つめ過ぎないように順繰りに見ていった。

——やつらはのんきなことに、わしがここにいることに気づいておらぬ。弥佑が死んだとの芝居をする要はない。弥佑は、まちがいなくあの世に行ったと考えてよいのではないか。ならば、いま一郎太を殺っても構わぬということか。

ここから飛び降り、苦無で一郎太の首筋を貫くのだ。それで一郎太の始末はつく。一郎太を殺れれば十分だ。藍蔵を殺す必要はなく、ただこの場を去ればよい。

——いや、今はやめておくべきだな。

照元斎がいる。照元斎は、弥佑より強いかもしれない。

——わしが去ろうとしたとき、そうはさせじと、戦いを挑んでくるであろう。そうなると、藍蔵と照元斎の二人を相手にせねばならなくなる。

今は虎穴に入る必要はない。

——やはり藍蔵と二人きりにならぬ限り、一郎太に襲いかかるわけにはいかぬ。

そのときを待たなければならない。

――よし、今宵はここまでだ。

弥佑の死を確信した虎南は斜香流道場を去った。

六

簡素ではあるが、とてもおいしい朝餉を照元斎がつくってくれた。

一郎太と藍蔵はありがたく食した。

朝餉を終えて茶を喫していると、どこかに行っていた照元斎が戻ってきた。一冊の書物を大事そうに持っている。

「それは『武技秘術大全』だな」

一郎太がいうと、はい、と答えて向かいに照元斎が座った。

「その顔からして、昨晩の侍の流派がわかったようだな」

期待を込めて一郎太は話しかけた。

「わかりましてございます」

一郎太をじっと見て照元斎が点頭した。

「昨夜、月野さまたちを襲った侍の秘剣を伝える流派は、貫惣流(かんそうりゅう)を教授する板部岡(いたべおか)道場と申します。月野さまたちが味わわされた秘剣は轟風と名づけられております」

あの剣は轟風というのか、と一郎太は思った。風の塊が耳の穴に飛び込んできて、轟くような激痛が頭の中を駆け巡った。あのときの痛みがよみがえり、一郎太は苦々しさを味わった。

「照元斎、『武技秘術大全』を見せてもらえるか」

「もちろんでございます。どうぞ」

分厚い書物を照元斎から受け取り、一郎太は栞が挟まれている葉を開いて目を落とした。

――諸手に持つ大刀と脇差を、火花が出るほどに打ち合わせる。両刀から発せられた轟然たる風が敵の鼓膜を突き破り、頭蓋を割らんばかりの痛みを脳中にもたらす。目も開けていられぬ敵に大刀を一閃、幹竹割にて一撃で屠る。

轟風について『武技秘術大全』には、そんな意味のことが記されていた。

――あのあと、あやつは俺たちに幹竹割を見舞おうとしていたのか……。

軽く息をついて、一郎太は照元斎に眼差しを注いだ。

「ここに書かれているその通りのことが、まさに俺たちに起きた」

「よくご無事でございました」

「まったくだ。運がよかったのだな」

いえ、と照元斎がかぶりを振った。

「決して運だけではございませぬ」

間髪を容れずに照元斎が断言する。

「やはり、月野さまの精神の強さが轟風を打ち破ったのでございましょう。月野さまでなく、もしほかの者でしたら、幹竹割で殺られていたものと」

「だが、藍蔵も無事だったぞ」

「いえ、それがしが動けたのは、月野さまがあの侍に斬りかかっていって、しばらくしてからでございます。呪縛が解けたというのか、頭の痛みが減じたのがわかったので、ようやく動くことができもうした。もし月野さまが先に斬りかかっていなければ、それがしは動けていなかった。殺されていたのではないかと存じます……」

「いや、藍蔵はしぶとい。あんなところで死ぬようなたまではない」

「いえ、それがしは柔でございます。月野さまがいらっしゃらなければ、多分、死んでいたものと……」

「そんな弱気など藍蔵らしくもない。今度、死ぬと思ったら、志乃の顔を思い浮かべよ。死んでしまえば二度と志乃に会えぬ。また生きてまみえるためには、生きなければならぬ。志乃のことを考えれば、弱気など吹っ飛んでいくに決まっておる」

「ああ、それはよい考えですな」

一郎太は再び『武技秘術大全』の貫惣流の載っている葉に、目を当てた。道場が麻布今井寺町にあるのがわかった。

増上寺の西側にある町ではないか、と一郎太は思った。確か、近くに出羽米沢を領する上杉家の上屋敷があるはずだ。上杉家は、戦国の雄として名高い謙信を祖としている。

「板部岡道場は今もあるのか」

一郎太は照元斎にきいた。

「それがしはこれまで何度も『武技秘術大全』を読み返しておりますが、その道場のことはろくに覚えておりませなんだ。今もあるかどうか、はっきりいたしませぬ」

「きっとあろう」

一郎太は楽観的な言葉を口にした。

「あれだけの秘剣を我が物にしている侍が、今もいるのだ。物腰からして、あの侍はさして若くはないが、さほどの歳でもなかった。大昔にあの秘剣を身につけたわけではあるまい。麻布今井寺町へ行けば、きっとなんらかの手がかりを得られよう」

その後、道場内で喪衣に着替えさせてもらった一郎太は照元斎に別れを告げ、藍蔵とともに道を歩き出した。向かったのは、弥佑の葬儀の行われる妙超寺である。

今日は天気がよく、陽射しは強いものの、さわやかな風が吹き渡り、実に気持ちのよい陽気になっている。きっとよいことがあろう、と一郎太は確信した。

葬儀が終わり次第、麻布にある板部岡道場に行く気でいる。与五右衛門の背後関係についても、調べてみるつもりだ。

照元斎から教えてもらっていたこともあり、寺の場所はすぐに知れた。

山門を入ると、石畳の先に本堂があった。本堂の裏手は林になっており、濃い緑が風に揺れていた。

本堂の横に庫裏（くり）があり、そこの座敷に葬儀の参列者が集まっていると寺男が一郎太たちに伝えてきた。

その言葉に従い、一郎太たちも座敷に入った。そこには二十人ばかりの参列者がおり、茶を喫していた。

すでに徳兵衛と志乃が来ていた。一郎太たちは挨拶を交わし、少し雑談した。

そこに照元斎がやってきた。数人の門人らしき若者を連れている。

──あの若者たちが、棺桶を運んできたにちがいない。

照元斎が、じきにご住職がいらっしゃるので本堂にお越しください、といった。一郎太たちは立ち上がり、庫裏の外に出て本堂に入った。

本堂にはまだ住職は来ていなかった。

一郎太の横に照元斎が座した。一郎太は小声でたずねた。

「弥佑の遺骸は焼くのか、それとも、棺桶に入れたまま土に埋めるのか」

「荼毘（だび）に付します」

照元斎もささやくような声で返してきた。火葬にするのか、と一郎太は思った。

「毒に冒（おか）された骸です。焼いたほうが、せがれもうれしいのではないかと……」

「この寺には焼場があるのか」

ございます、と照元斎がうなずいた。

「境内の林に設けてあります」

あの林にあるのか、と一郎太は思った。

さほど待つことなく住職が二人の若い僧侶を従えてやってきた。

「これより俗名興梠弥佑さまの葬儀を執り行います」

朗々たる声で住職が告げ、深く一礼してから厚みのある座布団に座した。若い僧侶も住職の両側に端座した。

すぐに読経（どきょう）がはじまった。一郎太は目を閉じた。すばらしく声のよい住職で、本堂内に旋律のような経が響いていく。

――これなら、弥佑も極楽に行けるのではないだろうか。過（あやま）たず導かれるにちがいない。

一郎太にはそう思えた。

読経が終わると、住職から簡単な法話があった。法話を聞き終えた一郎太たちは本堂の外に出た。

そこから林のほうを見ていると、しばらくしてから煙が上がりはじめた。

——ああ、弥佑は灰になってしまうのだな。

もう一度、弥佑の笑顔を見たかった。

——だが、その願いは、もう二度と叶うことはない……。

一郎太は寂しかった。悲しくてならなかった。どうしようもない喪失感が全身を覆っていく。

——済まぬ、弥佑。俺のせいで死なせてしまい……。

目から涙があふれた。

——月野さま、しっかりなさってください。

不意に弥佑の声が聞こえたような気がした。はっとし、一郎太はあたりを見回した。

今の声は、と思った。弥佑が死んだというのは、なにかのまちがいなのではないか。

だが、あたりには藍蔵と徳兵衛、志乃のほかには誰もいなかった。

ただし、今のが空耳だとは、一郎太は思わなかった。

——きっと弥佑が天から語りかけてくれたのだろう。いま俺は気を緩めていたのか。

油断しているところを椎葉虎南にもし狙われたら、それで人生は終わってしまう。

弥佑の死にめげることなく、と一郎太は思った。気を引き締めて、生きていかねばならない。

――弥佑の分までしっかり生きねばならぬ。そして、なんとしても、弥佑の無念を晴らさなければならぬ。

半端なところで人生を終えるわけにはいかなかった。

やがて荼毘の煙が消え、葬儀のすべてが終わった。その後すぐ、一郎太は照元斎に呼ばれ、本堂で再び対面した。照元斎に挨拶したいという徳兵衛と志乃も一緒である。

一郎太は徳兵衛と志乃を紹介した。

両者の挨拶が一通り済んだところで、照元斎が一郎太たちを呼んだ理由を語った。

「先ほどご覧いただこうと思ったのですが、時がなかったものですから……」

座布団にありがたく座り、一郎太たちは照元斎を見つめた。

実は、と照元斎が口を開いた。

「『武技秘術大全』に、かような記述がありもうした」

袱紗(ふくさ)に包んで『武技秘術大全』を寺に持参していたらしい照元斎が、その個処(かしょ)を開いて見せた。

『武技秘術大全』を手にした一郎太は、さっそく目を通した。

そこには、強敵を一人で倒す際、左右、背後とめまぐるしく動きながら吹矢で毒針を放って、敵を動けなくしたのちに正面に回り、真っ向からとどめを刺すという術策が記されていた。とにかく素早く動くことこそ肝要、との言葉で締めくくられている。

　ああ、と内心で一郎太は声を上げた。

　――まさしく、これに弥佑は殺られたのだ。やはり三方向から吹矢が来たのか……。椎葉虎南ほどの術者を相手にしては、弥佑といえどもよけられなかったのは、致し方なかったのかもしれぬ。

　この術はよほどの業前（わざまえ）の者でないと、実行に移せるものではない。

　――照元斎までもが恐れおののく椎葉虎南なら、楽々としてのけるであろう。どこの道場でこの技を教えているのか。そこに椎葉虎南につながる手がかりがあるのではないか。すぐさま一郎太は『武技秘術大全』に目を落とした。

「堂願流（どうがんりゅう）の木賀（きが）道場か。牛込（うしごめ）にあるのか……」

「あの、月野さま」

　照元斎が呼びかけてきた。

「木賀道場は確かに牛込にございましたが、今はもうありませぬ」

「なんと。そうか、もうないのか……」

　はい、と照元斎がうなずいた。

「二十年ばかり前に、師範の死とともに潰れた由にございます。門人たちは四散したらしく、調べがついた者は一人もおりませぬ」

「では、照元斎は木賀道場のことを調べたことがあるのだな」

「はい、ございます」

「木賀道場で椎葉虎南は修行していたのか」

眉根を寄せ、照元斎が渋い顔になった。

「そのあたりのことは、はっきりいたしませぬ。それがしが調べたところでは、わかりませなんだ」

「そうなのか……。照元斎、牛込とのことだが、木賀道場があった場所を詳しく教えてくれぬか」

「承知いたしました」

照元斎が、道場は牛込門の東側にあることを伝えてきた。

「意次（おきつぐ）公でその名をよく知られる田沼（たぬま）さまの上屋敷のすぐ近くでございます」

「遠江相良（とおとうみさがら）で一万石を領している田沼家の上屋敷のそばだな。承知した」

木賀道場があった場所へ赴いたところでなにも得られない公算が大きいが、一郎太はとにかく行ってみなければならぬという気持ちになっている。

——そういえば、与五右衛門の内通者について調べねばならぬのだったな。そちらの調べがついてから、木賀道場に足を運ぶことにいたそう。

「照元斎。実は、俺には一つ疑問がある。なにゆえ弥佑を殺したのが、椎葉虎南だとわかるのだ。おぬしは、椎葉虎南の動きをつかんでいるのか」

「いえ、しかとつかんではおりませぬ」

首を横に振って照元斎が否定する。

「月野さまの警固をしている弥佑から、それがしは新田与五右衛門の動きを追うように頼まれました。与五右衛門が修行していた龍雲一刀流の秘剣について、月野さまたちが我が道場に聞きにいらしたときのことです」

「ああ、あのときのことはよく覚えている」

龍雲一刀流の手がかりを照元斎から得た一郎太たちは与五右衛門の策に引っかかり、とある寺で数人の遣い手に取り囲まれた。苦戦に陥ったところに、明貫の医療所をこっそりと抜け出た弥佑が駆けつけて、一郎太たちを救ったのである。

「弥佑に頼まれた通り、それがしは与五右衛門のことを、忍び働きで密かに調べもうした。すると、与五右衛門が椎葉虎南という殺し屋に、月野さまを亡き者にするよう、仕事を頼んだ形跡があったのでございます」

——そうか。やはり与五右衛門が椎葉虎南に頼んでおったのか……。

「照元斎、そのことを弥佑に話したか」

「いえ、話しておりませぬ」

無念そうに照元斎が目を落とした。

「話すつもりでいたのですが、その前に……」

もし弥佑が事前に椎葉虎南のことを知っていれば、死を免れていただろうか。

「実は椎葉虎南と思しき男が、与五右衛門が通っていた五頭道場で一緒に汗を流した者の中にいたようでございます」

「なんと」

五頭道場といえば、一郎太は考えた。斜香流道場と同じで、忍びの術を教えるはずだ。

「五頭道場は今もあるのか」

「いえ、こちらも木賀道場と同じで、とうに潰れておりもうす。しかし、それがしは一人の門人を捜し当て、話を聞くことができもうした」

「うむ、それで」

一郎太は勢い込んで先を促した。

「歳は与五右衛門よりだいぶ上でしたが、与五右衛門と親しくしていた者が一人いたそうにございます。その者は忍びの家の出で、名は岩名判五郎といったそうにございます」

「岩名家は伊賀者か」

「甲賀（こうが）者にございますが、残念ながら岩名家も、三十年ばかり前に取り潰しになっておりもうす」

「その岩名判五郎が椎葉虎南なのか」

「そのあたりは正直、判然といたしませぬ」

難しい顔で照元斎がかぶりを振った。

「判五郎が忍びとして相当の腕を誇っていたのは疑いようがありませぬが、岩名家が取り潰しになって以降、判五郎に会った者は一人もおりませぬ」

「その判五郎だが、生きていれば、いくつになる」

「もう六十に近いか、あるいは六十を過ぎているのではないかと……」

「歳は椎葉虎南に合うな。判五郎が虎南かもしれぬ。だが、今はそのことはどうでもよい。虎南の居場所を突き止め、弥佑の無念を晴らすことこそが肝心だ」

「おっしゃる通りでございます」

それまで黙っていた藍蔵が強い声で同意する。あの、と徳兵衛が口を挟んできた。

「吹矢というのは、鉄でできているのでございますか」

どこかのんびりとした口調で、照元斎にきいた。なにゆえそのようなことを知りたいのだろう、と一郎太は首を傾げた。

「さようにござる。たいてい鉄でできておりもうす」

やや面食らったような顔をしたが、照元斎が肯定する。

「徳兵衛、なにゆえそのようなことをきくのだ」

気にかかって一郎太は質した。一郎太を見返して徳兵衛がにんまりとする。

「ちょっと思いついたことがございましてな」

これはなにやら企(たくら)んでいる顔だな、と一郎太は思った。

「なにを思いついたというのだ」

一郎太は問うてみたが、徳兵衛はゆったりとした笑みを頬に残したまま首を横に振った。

「まことに申し訳ないのでございますが、月野さまといえども話せません。ときが来たら、必ずお伝えいたしますので、どうか、今は御寛恕(ごかんじょ)くださいませ」

「そうか、承知した」

一郎太としては、ほかにいいようがなかった。それ以上突っ込んだところで、徳兵衛が答えるとは思えない。なにしろ狸親父(たぬきおやじ)なのだ。

——だが、悪さを企んでいるわけではあるまい。この男ならきっとよいことに決まっている。それも、俺たちの役に立つことだろう。

秘密にしておいて、こちらを驚かせたいだけなのではないか。狸親父ではあるが、根は至極善良な男なのである。

七

その場で平服に着替えた一郎太と藍蔵は、照元斎、徳兵衛と志乃に別れを告げ、妙超寺をあとにした。

木賀道場か板部岡道場か、迷った末に目指したのは麻布今井寺町である。

南に向かって、足早に道を歩いた。昼をかなり過ぎて陽射しが強くなり、もう暑いくらいだ。

妙超寺からおよそ半刻で、麻布今井寺町に足を踏み入れた。一郎太は、汗をたっぷりとかいていた。二着の喪衣が入った風呂敷包みを持つ藍蔵も、似たようなものだ。

そばを通りかかった商人主従に、板部岡道場という剣術道場をご存じか、と藍蔵がたずねた。

「道を教えていただきたいのだが」

はい、とうなずいた手代らしき男が道順を伝えてくる。

「今も、道場はそこにあるのかな」

藍蔵が手代らしき男に確かめる。

「ございます。手前はときおり前を通りかかるのでございますが、稽古をしている大勢の門人の気合がそれはすさまじく、いつも気圧(けお)されております」

「ほう、大勢の門人とな……。では、盛っているのでござるな」

「はい、まことに繁盛している様子にございます」

商人主従に礼を述べて、一郎太たちはいわれた通りの道をたどっていった。

板部岡道場らしき建物は、すぐに目に飛び込んできた。貫惣流と墨書された看板の前で足を止めた一郎太は腕組みをし、建物をしげしげと眺めた。

建物からは怪しげな気は一切、漂っていない。稽古外の刻限らしく、道場はひっそりとして、人の気配はほとんど感じられない。それでも、数人の者が中にいるのは明らかだ。

「月野さま、どういたしますか。正面から訪ねますか。それとも、敵の巣窟かもしれぬゆえ、忍び込みますか」

藍蔵にきかれた一郎太は即座に応じた。

「むろん、正面から訪ねるつもりだ。道々話したが、襲ってきた侍はこの道場の出に過ぎぬと、俺は思っておる。この道場が敵の巣窟ということはまずあるまい」

「承知いたしました。では、それがしが訪(おとな)いを入れます」

看板が立てかけられた戸口に立ち、藍蔵が、頼もう、と大きな声を上げた。

中から応(いら)えがなく藍蔵がもう一度、声を発しようとしたとき、板戸の向こう側から足音が聞こえた。直後、するすると板戸が横に滑り、一人の若者が顔を見せた。

「あの、どちらさまでしょう」

おずおずという感じで若者がきいてきた。

「それがしは神酒藍蔵と申す。こちらは月野鬼一さま」

「神酒さまに月野さまですね。ご用件は」

「道場主にお目にかかりたいのだ」

「あの、師範にどのような御用がおありなのでしょう」

「轟風の遣い手についてききたいのでござる」

「えっ、轟風の遣い手……」

若者が目をみはり、ごくりと喉仏を上下させた。

「あの、お二人は轟風をご存じなのですか」

門外不出の秘剣であることを、若者は知っているのだ。

「名だけではなく、どのような秘剣なのか、我らは身をもって知ってござる」

若者が大きく目を見開いた。

「身をもってというと」

「轟風の遣い手と、刃（やいば）を交えたことがあるのでござる。それも昨日のことでござってな」

「ええっ」

「轟風の遣い手に我らは命を狙われもうした」

「なんですって」

若者が、その場で飛び跳ねんばかりに驚いた。

「我らは、その遣い手について道場主におききしたい。それゆえ、取り次いでいただきたいのでござる」

「あの、その遣い手が遣った剣は、まちがいなく轟風でございますか」

「まちがいござらぬ」

「なにゆえ断言できるのでございますか」

「我らは、轟風のことをよく存じているからでござる。大刀と脇差を強く打ち合わせることで発せられた風が耳に入り込み、頭に猛烈な痛みをもたらす。その隙を突いて、幹竹割で敵を倒す。こんな感じでいかがでござろう」

若者が震え出しそうになる。

「わ、わかりました。今きいてまいりますので、しばしお待ちを」

「会えますかな」

板戸が閉まり、若者の顔が見えなくなった。

「会えるさ」

一郎太はあっさりと断じた。

「今の若者は正直そうで、素直さも感じさせた。道場主が気に入り、用事を言いつけたりしているのであろう。ということは、道場主も善良な人物ではあるまいか。必ず会える」

「なるほど、一理ございますな」

藍蔵が納得した顔を見せた直後、戸の向こう側に人の気配が戻ってきた。板戸が開き、先ほどの若者が顔をのぞかせる。

「師範がお会いになるそうです。どうぞ、お入りください」

「かたじけない」

一郎太と藍蔵は足を踏み出し、道場の建物に入った。下駄箱がしつらえられた三和土で雪駄を脱ぐと、そこから先は道場が広がっていた。

五十畳ほどはあり、これなら大勢の門人たちも悠々と稽古を行えるであろう。一郎太たちは若者の案内で、道場の見所に置かれた座布団に座した。

待つほどもなく、奥の戸が開き、白髪頭で腰がやや曲がっている男がやってきた。一礼して、一郎太たちと同じように座布団に端座した。

「道場主の板部岡香雪斎にござる」

香雪斎に向かって、一郎太たちは名乗り返した。香雪斎が背筋を伸ばし、咳払いをする。

「貴殿らは、轟風の遣い手に命を狙われたということでござるが、まことでござろうか」

真剣な顔で香雪斎がきいてきた。

「もちろんまことのことでござる」

藍蔵が答え、どんな状況だったか詳らかに語った。

藍蔵の言葉を聞き終えて、香雪斎が難しい顔になる。

「両手に持った大刀と脇差を打ち合わせた次の瞬間、耳に風の塊が入り込んで頭が割れんばかりに痛くなるというのは、我が貫惣流の秘剣轟風に紛れもない……」

それでも、香雪斎は信じられぬという顔つきである。

「お二人はその刀法がよく轟風だとおわかりになりましたな。轟風は不出の秘剣でござる」

そのことを疑問に感じるのは当然だろうな、と一郎太は思った。香雪斎が言葉を続ける。

「貫惣流免許を受けた者の中でも、特に選ばれた者だけしか授けられぬ。お二方は、いったいどうやって轟風であると、突き止めたのでござろうや」

腹に力を込めて、一郎太は香雪斎を見つめた。『武技秘術大全』のことを口にするわけにはいかない。

「秘密というのは、どんなに隠そうとしたところで、たいてい外に漏れるもの。秘剣は一度でも使われてしまえば、それがなんという名の技で、どこの道場に伝わっているものなのか、必ず知られるようになる。轟風は、我らに使われたのが初めてというわけではあるまい。とうに轟風の存在を知る者がおり、我らはその人物が書き残したものを捜し当てた」

香雪斎が眉間にしわを盛り上がらせた。

「なんという人物が、轟風のことを書き残したのでござろう」

香雪斎にきかれて一郎太は首を横に振った。

「申し訳ないが、それがしの口からはいえぬ」

「さようか」

残念そうに香雪斎が太い息をつき、面を上げた。

「今日お二人がこちらにいらしたのは、轟風の遣い手が誰なのか、お知りになりたいゆえでござるな」

「その通り」

我が意を得たりとばかりに、一郎太は首を大きく縦に振った。

「先ほど板部岡どのは、轟風は貫惣流免許を受けた者の中でも特に選ばれた者だけが授けられる、とおっしゃった。板部岡どのが、これまでに轟風を授けられた門人は、どのくらいおる」

うつむき、香雪斎が床に目をやる。

「それがしは当年とって七十一歳。この道場を継いで四十有余年が過ぎもうしたが、そのあいだに轟風を授けた者は、わずかに四人。その四人の中に、お二人を狙った者がいるとはにわかには信じがたい」

香雪斎がいったん言葉を切った。

「しかしながら、その者が使った剣は、紛れもなく轟風でござろう。それがしが伝授した四人の中に、お二人を狙った者がいるとしか考えられぬ」

「それがしも同じ思いだ」

一郎太は香雪斎の次の言葉を待った。

「お二人を狙ってきた者だが、何歳くらいでござった」

「天蓋で顔を隠していたゆえ、はっきりとわからぬが、四十には届いておらぬのではないかと」

「背丈は」

「五尺三寸ほど。痩せてはいたが、足腰はどっしりしていた」

ふーむ、と香雪斎がうなる。

「その年格好に当てはまるのは二人でござる」

「その二人の名と住まいを、教えていただけるか」

どうすべきか迷ったらしく、香雪斎が黙り込む。だが、意を決したか、顎を力強く上げてみせた。

「一人は折井堤五郎といい、歳は三十八。御書院番という重い役目についておりもうす」

書院番といえば、と一郎太は思った。旗本の中でも特に精鋭が選ばれ、戦の際は将軍の馬廻を務める役目だ。平時は殿中の警固、将軍他出時の護衛などを主に行い、公儀において最も強い部隊といわれている。

「しかし、堤五郎がお二人を襲うのは無理でござろう」

「なにゆえ」

即座に一郎太は質した。

「三月ほど前から、重い病に臥しているからにござる」

「重い病に……。では、折井どのは枕が上がらぬのか」

「不治の病に冒されているとのことで、今や歩行もままならぬと聞いておりもうす。あれほどの遣い手が惜しいことでござる。健やかでおれば、上さまのお役に立てるであろうに、まことに残念なことでござる……」

「実は本復して、もう起き上がれるようになっているとは、考えられぬか」

「考えられませぬ」

一郎太の言葉を一顧だにせず、香雪斎が否定する。

「半月ばかり前に一度、それがしは見舞いに行きもうしたが、堤五郎は爪楊枝のように痩せこけておりもうした。本復するなど、考えられませぬ」

首を動かして、一郎太は藍蔵を見た。藍蔵の瞳は、折井は刺客ではないでしょう、と語っている。

一郎太も同感である。目を香雪斎に向けた。

「板部岡どの、もう一人の名を教えていただけるか」

承知しもうした、とうなずいてから香雪斎が告げる。

「臼田耕助といい、歳は三十九」

おや、と一郎太は首を傾げた。聞き覚えがある名だ。

「臼田どのは、もしや徒目付では」

「ほう、月野どのは臼田をご存じか」

目をみはって香雪斎が一郎太にきき、すぐに言葉を続ける。

「なんでも、今は行方知れずになっていると聞いておりもうすが……」

そのことは一郎太ももちろん知っている。与五右衛門がもう一人の徒目付の厚山鯛三とともに口を封じたと、死ぬ間際に白状した。骸は土に埋めたともいっていた。

だが、ここでまさかその徒目付の一人の名が出てくるとは思いもしなかった。臼田というのは、それほどまでの遣い手だったのだ。

――しかし、これはどういうことだ。

一郎太は頭が混乱した。昨晩襲撃してきた者と、歳が合う轟風の遣い手がいなくなってしまった。

「板部岡どの、似たような歳で、轟風を授けた者はほかにおらぬのか」

気を取り直して一郎太はたずねた。

「おりませぬ」

香雪斎があっさりと打ち消した。

「それがしが轟風を伝授した残りの二人のうち、一人はすでに鬼籍（きせき）に入り、もう一人は、今年五十二歳になりもうした」

「その五十二歳になった者は、なんという人かな」

一郎太に問われて、香雪斎がそばに座している若者をちらりと見る。

「玉垣典右衛門（たまがきてんえもん）と申しますが、この男もお二人を狙った者でないと存ずる」

「なにゆえ言い切れる」

一郎太は穏やかにたずねた。

「典右衛門は陪臣でござるが、今はあるじに付き従って長崎におるからでござる」

考えてもいなかったことだ。

「長崎に……」

「あるじが長崎奉行を拝命しましてな、去年の十月から長崎に行っておりもうす」

長崎奉行に任命された旗本は、だいたい百人前後の家臣を引き連れて、肥前長崎に赴くのが通例となっている。

貫物流の免許を得ているほどの遣い手であれば、あるじが玉垣を供に加えたくなるのは、当然のことであろう。

「その玉垣どのが、長崎から密かに帰ってきているとは」

「それはありませぬ」

一郎太をじっと見て香雪斎が断言した。

「このあいだそれがしは長崎から文をもらったばかりでござるし、家族想いの男ゆえ、もし帰ってきたら、必ず妻子に会いに行くものと思われる」

そこまで聞いて、一郎太は納得するものがあった。そばの若者に眼差しを注ぐ。

「こちらの若い方は、もしや玉垣どののご子息か」

「よくおわかりで」

香雪斎が目を丸くする。

「この男は玉垣兆太郎と申す。父親の血を引いて、筋はとてもよろしい」

自慢げに香雪斎が鼻をうごめかした。若者は少し恥ずかしそうにした。

「典右衛門は今年の十月に江戸に帰ってきもうすが、それまでそれがしが兆太郎の身柄を預かっているも同然にござる。兆太郎はこの道場で寝泊まりをしているわけではござらぬが、今はそれがしの身の回りの世話をしてくれておりもうす」

そういうことだったのか、と一郎太は合点がいった。

――それにしても、轟風を伝授された四人が四人とも、俺たちを襲った者ではないとは。これはいったいどういうことだ。

ここで懸命に頭をひねったところで答えは出ぬであろう、と思い直し、一郎太は板部岡道場を辞去することに決めた。

香雪斎と兆太郎に、よくよく礼を述べてから、藍蔵とともに外に出た。

八

一郎太の横を歩きながら眉根を寄せ、藍蔵が難しい顔をしている。

「轟風の遣い手が、貫惣流免許を受けた四人以外にいるということでございますかな」

「ちがうな」

一郎太は藍蔵の意見を退けた。

「轟風ほどの秘剣を、道場主の香雪斎以外の者が授けられるはずもない。あの秘剣を根源から解している者でないと、すべてを伝授することは決してできぬ」

「そうかもしれませぬ……」

「轟風を香雪斎どのから伝授されたのは、四十数年でたった四人だ。まさに選び抜かれた者ばかりだ。仮に、俺が板部岡道場の門人だったとしても、授けられる自信はない」

「そんなこともないでしょうが……」

「ただし、俺たちを襲ったのは、香雪斎から轟風を授けられた四人のうちのいずれかだ。それは疑いようがない」

「しかし一人は不治の病、一人は鬼籍に入り、一人は与五右衛門に殺され、一人は長崎におりもうす。となると、動けるのは長崎奉行配下の玉垣典右衛門のみ。やはり玉垣が最も怪しいのではありませぬか」

「轟風を今遣えるのは、玉垣しかおらぬのは確かだ……」

ふとなにか引っかかるものを感じて、一郎太は下を向いた。ちょうど地面でみみずが動いているのを見て、踏まないように注意した。

踏んでいたら、みみずは死んでいた。死骸は土に埋まることもなく、太陽に照らされてただ干からびていくのだろう。

むっ、と一郎太は顔をしかめた。

——土に埋まるか……。もしや、先ほどから引っかかっていたのはこれか。

一郎太がさっと顔を上げると、それを見た藍蔵が、おや、と声を出した。

「月野さま、なにかよいことを思いついたお顔でございますな」

期待に満ちた瞳を藍蔵が向けてくる。うむ、と一郎太は首肯した。

「徒目付の臼田耕助のことだ」

「臼田どのがどうかいたしましたか」

「まことに死んでおるのかな」

「ええっ」

藍蔵は声を失っているように見えた。喉のつかえを取るように、しわぶきを一つする。

「しかし、与五右衛門が徒目付の骸を埋めたと、死ぬ間際に申しましたぞ。それがしは、その言葉をはっきりと聞きもうした」

「それは俺も同じだが、与五右衛門は俺たちを油断させようとして、あのような言葉を吐いたのかもしれぬ」

「なんですと……」

足を運びながら藍蔵が沈思する。なるほど、と小さく声を漏らした。

「もし本当に臼田耕助が生きているとすれば、すべての筋が一本につながるような気がいたします」

「そうであろう」

一郎太は大きく点頭した。

「与五右衛門に頼まれていた臼田が昨晩、俺たちを襲ったのではないか。おそらく臼田は、与五右衛門の内通者も務めていたのだろう。公儀の秘密を握る徒目付を飼っていたからこそ、与五右衛門はすべての危機を乗り越えられたのだ。大川の屋形船で若年寄と北町奉行が密かに会うことも、臼田の通報で知ったにちがいない」

「おっしゃる通りでございましょう」

確信のある顔つきで藍蔵がいった。

「その臼田は、今どこにいるのでございましょうか」

「屋敷におるわけがないな。ふむ、臼田には女がいたのかな」

「女のところに身を置いているというのは、十分に考えられましょうな」

顎を一つなでてから一郎太は言葉を発した。

「与五右衛門に殺害されたように見せかけ、臼田は密かに身を隠した。与五右衛門からたんまりともらった金のほとんどを、このときに備え、貯め込んでいたのだろう」

「では、臼田には、なにもせずに一生を暮らせるだけの金があるのでございますな」

「それくらいの蓄えがなければ、死んだことにして身をひそめるという真似はできぬ」

ふむ、とつぶやいて藍蔵が考え込む。

「徒目付の俸禄は、確か百俵五人扶持でございましたな。石高に直すと、四十五、六石でございましょうか」

「そのくらいであろう」

すぐさま一郎太は相槌を打った。

「もっと少ない禄の者はいくらでもおりますが、その石高ではさすがに贅沢はできますまい。臼田は好きな女とのおごった暮らしを願い、徒目付という身分から脱したいとの望みを、長く抱いていたのかもしれませぬ」

「十分にあり得ることだ。与五右衛門は女に夢中になったことが悪事のはじまりだったといったが、臼田も同じかもしれぬ」

「一刻も早く臼田をとっ捕まえたいですな」

藍蔵が腕を撫す仕草をする。

「しかし月野さま、どこへ行けば臼田を捕らえられましょう」

首をひねり、藍蔵が思案顔になる。まずは、と一郎太はいった。

「臼田の屋敷に話を聞きに行くべきだろう。今も、内儀は屋敷におるはずだ。退去は求められておるまい」

「与五右衛門の手にかかって殺されたとみられている男の家族を、立ち退かせるわけがありませぬ。しかし臼田の行方について、ご内儀が知っておりますか」

真剣な顔で藍蔵が問うてくる。

「知らぬかもしれぬが、内儀として臼田になにか感じるものがあったかもしれぬ。それを聞けるだけでもよい」

「では月野さま、今からご内儀に話を聞きにまいりますか」

勇んだ藍蔵が一郎太の前に出ようとする。

「今からというのは無理だ。臼田の屋敷がどこかも知らぬ」

「ああ、そうか。誰かに、臼田の住まいを聞いてからでないと、行けませぬな。しかし月野さま」

どこか不思議そうな声で、藍蔵が呼びかけてきた。

「与五右衛門の生前に頼まれたからといって、今に至っても月野さまを亡き者にしようとするとは、臼田というのはずいぶん義理堅い男でございますな」

「悪人とはいえ、それだけかたい絆で結ばれていたのかもしれぬ」

「悪人同士の絆など、さっさと断ち切ってしまえばよいものを」

藍蔵が忌々(いまいま)しげに吐き捨てた。確かにその通りだな、と一郎太は思った。生きて捕まれば、臼田には斬首という運命が待っている。さもなければ、あとは斬り死にを選ぶしか道はない。

藍蔵が、ふと困ったような顔になった。

「あの、月野さま。つかぬことをうかがってもよろしゅうございますか」

「なにかな」

一郎太は藍蔵を見つめた。

「我らは今どちらに向かっているのでございますか」

なに、と一郎太はあっけにとられた。

「それを知らぬまま藍蔵は歩いておったのか」

「ですので、月野さまを先導するのは遠慮しておりもうした」

「そういえば、ずっと俺の横にいたな」

吐息を漏らしてから一郎太は伝えた。

「いま向かっているのは木賀道場だ」

「ああ、なるほど」

藍蔵がうれしげな声を上げた。

「椎葉虎南が修行していたかもしれぬ道場でございますな。牛込門のそばで、確か遠江相良一万石の田沼家上屋敷の近くにあるとのことでございました」

そのまま歩を運んで、一郎太たちは田沼家の上屋敷の近所にやってきた。この界隈に住んでいるとおぼしき職人らしい男に、木賀道場の道をたずねる。

「木賀道場……」

男がなにをきかれているのか、わからないという表情になった。

「道場自体、とうに潰れていると聞いたのだが、そなた、場所を覚えておらぬか」

「ああ、剣術を教える道場ですか。ああ、そういえば、木賀道場というのが、確かにありましたね。ええと、あれはどこだったかな」

少し苦労したものの、男はなんとか思い出し、つっかえながら道順を教えてくれた。

「かたじけない」

男に向かって一郎太は頭を下げた。

「あの、木賀道場になにか御用事ですか」

興味を抱いたのか男がきいてきた。

「ちと話を聞きたくてな」

「話を……。道場はとうに潰れていますけど、そういえば、下男がいるという話を、前に聞きましたよ。なにか話は聞けるかもしれませんね」

「ほう、下男がおるのか」

「なんでも、留守を預かっているらしいですよ。詳しいことは手前も存じませんが、一人で住んでいるようです」

「承知した。では、これで失礼する」

一郎太たちは、男に教えられた通りの道を進んだ。

すると、ほんの二町も行かないところに道場らしき建物があった。建物には看板などは出ていなかったが、ここが木賀道場でまちがいなさそうだ。こーん、こーんと響きのよい音がしてきている。薪割りの音だろう。

建物のぐるりを塀が巡り、少し右に外れたところに木戸が設けられていた。風を入れるためか、木戸は開いている。

「ごめん」

少し用心をして、一郎太たちは木戸から敷地内に入った。

庭先で、年老いた男が薪割りをしていた。なにかのんびりと歌を口ずさんでいる。

――あの年寄りが下男か。一見七十を過ぎているように見えるが、油断はできぬ。なにしろ、椎葉虎南が修行していたかもしれぬ道場だ。

「あれが下男でございますかな。歌っているのは、どこぞの民謡でございますな」

年寄りを見つめて藍蔵がいった。

「うむ、なかなかよい節ではないか。なんという民謡だろう」

はて、と藍蔵が声を漏らす。

「前に、どこかで聴いたような気がするのですが……。思い出せませぬ」

一郎太たちは、下男とおぼしき年寄りに近づいていった。年寄りは恍惚の顔つきで、民謡を歌うのをやめない。

「済まぬが」

藍蔵が声をかけると、男がびくりとして歌をやめ、こちらを見た。あわてて手に持っていた鉈を足元に置いた。

目におびえの色が浮かんでいた。頭は白髪に覆われ、猿のように赤ら顔だ。頬や目尻に、おびただしいしわが刻まれていた。

「あ、あの、ど、どちらさまでございますか」

男にしわがれ声できかれて、一郎太と藍蔵はすぐさま名乗った。

「月野さまと神酒さま……」

「おぬし、名をなんという」

一郎太は優しく問うた。へい、と男が小腰をかがめる。

「あっしは陸兵衛と申します。この家で、下男を務めさせていただいております」

その名を一郎太は胸に刻み込んだ。

「この近所の者に、陸兵衛は留守を預かっていると聞いたが、誰か戻ってくることになっているのか」

　へえ、と陸兵衛が顎を引いた。

「あっしは、この道場の師範だった木賀丘三郎（おかさぶろう）さまのご子息のお戻りを待っているのでございます」

「子息の戻りをな……」

　へえ、と陸兵衛が答えた。

「丘三郎さまのご遺言でございまして。ご子息が戻るまで、この道場を守ってくれるよう、頼まれたのでございます」

「丘三郎どのの子息は、名をなんという」

「九之丞（くのじょう）さまと」

「九之丞はいつ道場に戻ることになっている」

　さあ、とかぶりを振って、陸兵衛が困惑したような表情になった。

「まったくわかりません。あっしがおっ死（ち）ぬ前にお戻りになってくれたら、と願っているのでございますが……」

「九之丞はいつこの道場を出ていったのだ」

「かれこれ二十九年になります」

「二十九年だと」

ほとんど三十年である。その年月の長さに一郎太は驚きを隠せない。藍蔵も同様だ。

「九之丞はなにゆえ出ていった。なにか事情でもあったのか」

「いえ、事情というほどのものはございません。剣の技を極めたいと、全国行脚(あんぎゃ)に旅立たれたのでございます」

全国行脚か、と一郎太は思った。見聞を広めるのは素晴らしいことだが、五街道が整備されて久しい今も、旅の危険は少なくない。旅の途上で命を失うことも、よくある。その覚悟があるからこそ、死装束を身につけて旅に出る者は珍しくないのだ。

「二十九年前、九之丞はいくつだった」

一郎太は新たな問いを陸兵衛にぶつけた。

「二十八歳でございました。ですので、今は五十七になられたはずでございます」

「五十七か……」

六十を過ぎているという虎南とは、やや歳が合わない。しかし、虎南が六十過ぎだという確証を、照元斎は得ているわけではない。

——九之丞が椎葉虎南だということは、十分にあり得る……。

ふと陸兵衛が悲しげに首を左右に振った。

「九之丞さまは、この道場が潰れたことも、父上さまが亡くなったことも、ご存じないのではないでしょうか」

「そうなのか。それはかわいそうだな」

もし九之丞が虎南でないとしたら、もうこの世にいないのではあるまいか。一郎太はそんな気がした。

そのことは、陸兵衛もすでに気づいているのではないだろうか。

「あっしは、九之丞さまがいつ帰ってきてもいいように、いつも道場をぴかぴかに磨いているのでございますよ」

自慢げに曲がった腰を伸ばし、陸兵衛が胸を張った。

「陸兵衛、そなた、活計はどうしているのだ。道場に門人は一人もおるまいに」

それを聞いて陸兵衛が、さらにしわを深めてにこにこした。

「それがありがたいことに、丘三郎さまの遺してくれた家作がございまして」

「ほう、家作とな」

「表長屋でございまして、あっしはその店賃で暮らさせていただいております。まことにありがたいことでございます」

「店賃は毎月、暮らせるほどのものか」

「それはもう。月に三千文ほど入ってまいりますので」

なかなか大したものではないか、と一郎太は思った。

「それだけあれば、あっしのような年寄りが暮らすのは楽でございますよ。贅沢など一切しませんし」

四千文が一両として、月に三千文の収入というのは、悠々と暮らしていける額だろう。

「九之丞からは便りはないのか」

唇を噛んで、陸兵衛が寂しそうな顔をする。

「ええ、便りはございません。最後に届いたのは、もう十年以上も前になります。肥後国からでしたが……」

「そうか。九之丞は肥後まで足を延ばしたのか。早く帰ってきてくれればよいな」

へえ、と陸兵衛が元気のよい声を出した。

「きっともうじき帰っていらっしゃいますよ」

「ふむ、そうか……」

ええ、と陸兵衛が首を大きく縦に振った。

「あっしには、九之丞さまが生きていらっしゃるのが、わかるんですよ。ええ、はっきりわかるんです」

どこか夢見るような目で陸兵衛がいった。

「九之丞だが、剣の腕はよかったのか」

話題を変えるように一郎太はきいた。

「ええ、それはもう」

陸兵衛がうれしそうにうなずいた。

「九之丞さまは、それはそれは、素晴らしい腕前だったのでございますよ」

「忍びの業前はどうだ」

「そちらのほうが——」

陸兵衛が勢いよく点頭する。

「剣よりも、ずっとすさまじかったのでございますよ。亡くなった丘三郎さまも、九之丞さまには、大きな望みをかけていらっしゃいました」

せがれが戻るのをずっと待っていたはずの丘三郎は、と一郎太は思った。どんな気持ちで死出の旅路についたのだろう。

「おぬし、歳は」

一郎太が問うと、へえ、と陸兵衛が腰を折った。

「古稀（こき）を二つばかり過ぎました」

七十二なら、六十過ぎという虎南とは一回りほど離れている。

「この歳ではいつお迎えが来るかわかりませんから、九之丞さまが一刻も早く戻ってくださると、ありがたいのでございますがねえ」

「実は、もう九之丞が江戸に戻ってきているというようなことはないか」

えっ、と陸兵衛が意外そうな顔をした。

「もし九之丞さまが江戸に戻っていらっしゃるなら、こちらにお顔を出さないのは、さすがに考えづらいことでございますよ」

九之丞がもし椎葉虎南だとしたら、と一郎太は考えた。

——俺を殺したのち、なにくわぬ顔でここに戻る気ではないのか。

そうかもしれない。だが、どのみち虎南は一郎太を殺しにいつか必ず姿をあらわすのだ。先手を打てればそれに越したことはないが、虎南についてなにもつかめそうになかったら、襲ってくるのをひたすら待てばよい。一郎太はそう腹を決めた。

「ところでそなた、椎葉虎南という者を知らぬか」

一郎太は、陸兵衛の表情がどう動くか目を据えた。

「椎葉虎南さまでございますか。いえ、存じませんが……」

陸兵衛の顔に変化はなかった。嘘をついているようには見えない。

「この道場で修行をしていたかもしれぬ男だ」

いえ、と陸兵衛が首をひねる。

「手前はこの道場でもう五十年ばかり働いておりますが、その御名は存じ上げません。門人のお方ですか」

「そうだと思う……」

「もしそのお方がいたとしても、門人すべての御名を存じているわけではございません。丘三郎さまがご存命の頃は、まことにたくさんの門人がいらっしゃいましたので……」

「そうであろうな」

——よし、引き上げるとするか。

そうだ、と一郎太はもう一つ陸兵衛にききたいことがあったのを思い出した。

「ところで、そなたが歌っていた民謡はなんというのだ」

「ああ、お恥ずかしい。聞かれてしまいましたか」

赤い顔をさらに赤らめた陸兵衛が、身をきゅっと縮めた。

「あっしにはそれが本当のことなのかどうかわかりませんが、先ほどのは稗搗節(ひえつきぶし)という民謡だと存じます」

小さな声で陸兵衛が答えた。

「ああ、稗搗節であったか」

藍蔵が納得したような声を上げた。

「稗搗節はどこの民謡だ」

すかさず一郎太は藍蔵にたずねた。

「いえ、それがしは存じませぬ」

「陸兵衛はどうだ」

「九州のものだとは聞いておりますが、それ以上のことはあっしも存じ上げません」

「陸兵衛は九州の出なのか」

いえ、と陸兵衛がかぶりを振った。

「あっしは江戸の生まれでございます。おとっつぁんも江戸の者だったのですが、どこで覚えたのか、よく口ずさんでいましてね。それで、あっしも勝手に覚え込んだんですよ」

礼をいって一郎太たちは、木賀道場をあとにした。

「月野さま、木賀九之丞が椎葉虎南なのでございましょうか」

木賀道場の木戸から半町ほど離れたところで、厳しい目つきの藍蔵が口にした。

「そうかもしれぬ。照元斎によれば、椎葉虎南は六十過ぎとのことだ。九之丞は五十七だが、歳より老けているということも、十分に考えられる」

それでも、九之丞が虎南であるという確信を、一郎太は持つことができなかった。

——なにしろ、もう一人、岩名判五郎という者もおる……。

こちらは甲賀者だ。生まれついての忍びである。

——どちらが椎葉虎南なのか。あるとしたら、岩名判五郎のほうが考えられようか。

先ほども思案したが、もし調べを進めても、虎南についてなにもつかめなかったら、やつがあらわれるのをじっと待てばよいのだ。それでよい、と一郎太は断じた。

どすん、と顔をゆがめて虎南はそばの筵に腰を下ろした。このわしが驚かされようとは、と腹立たしくてならなかった。

まさか一郎太がこの道場に姿を見せるとは、夢にも思わなかった。

虎南が、道場をぴかぴかに磨いているというのは、偽りなどではない。虎南は昨日からここに来ていた。若い頃に世話になった道場の手入れのためである。

——百目鬼一郎太から目を離したのが、しくじりだった。道場のことなど、どうでもよかったのに……。

くそう、と虎南は毒づいた。

——それにしても、どうやって一郎太はここを知ったのか。考えられるとしたら、照元斎の筋しかあるまいが……。

忍びの照元斎は、やはり独自の探索網を持っているのだろう。

陸兵衛と名乗った虎南に向かって、一郎太は遠慮なく話しかけてきた。最初は少し警戒の素振りを見せていたが、こちらがきかれたことをなんでも答えるうちに、警戒心が薄れていったようだ。

何度、殺してやろうと思ったことか。だが、虎南は丸腰だった。苦無を懐に呑んでいなかった。

組みついて絞め殺すことも、考えないではなかった。

だが、やはり得物もなしで一郎太を殺すことなど、さすがに無理だと判断した。藍蔵もそばにいたのだ。

実際の歳よりも老けて見える細工を施し、左の眉の傷跡も消しておいたが、気を緩めてしまったな、と虎南は顔をゆがめた。そのせいで、恰好の機会を逃がした。

——若い頃なら、こんなことは決してなかった。認めたくはないが、わしも老いたということであろう。

だが、と虎南は自らに強く言い聞かせた。こんなことでめげることはない。まだいくらでも機会はある。

——百目鬼一郎太め。近いうちに必ず息の根を止めてやる。

待っておれ、と虎南は胸中でつぶやいた。

九

ふーむ、と温かな湯飲みを両手で持ちつつ左門はうなった。

同じ長床几(ながしょうぎ)の端に遠慮がちに座っている中間の伊輪吉が、気にしたようにこちらを見る。

湯飲みを持ち上げ、左門は茶を喫した。

——さて、どうすれば、月野さまのお役に立てるか。

今日は朝から、虎南についてなにか手がかりになる物がないか、弥佑が倒れていた路地を徹底して調べてみた。半日ほどくまなく探してみたが、なにも得られなかった。その後は五人の遊び人が苦無で目を切られた路地の近隣を巡り歩き、惨劇を目の当たりにした者がいなかったか、聞き込んでみたが、こちらも思うような結果は出なかった。

手がかりを探すような真似をするよりも、と考えて左門は再び茶を喫した。

椎葉虎南がどんな人物なのか、それをとことん突き詰めてみるべきなのではないか。虎南がどのような性格をしており、どんな暮らしぶりをしているのか。酒は飲むのか。どんな食べ物を好むのか。気に入りの場所があるのか。あるとしたら、どこなのか。どのような生い立ちで、二親(ふたおや)はどんな育て方をしたのか。独り身なのか、それとも妻子がいるのか。

虎南は謎に満ちた者であろうから、懸命に調べたところで、答えは一つも出ないかもしれない。

――それでも、調べれば、必ずなにかが引っかかってくるのではないか。俺は、月野さまのお役に立たなければならぬのだ。江戸の民のためにも、あれだけ素晴らしい人物を、みすみす殺させるわけにはいかぬ。

なんとしても、虎南の居どころを明らかにし、捕らえなければならない。

――虎南を捕らえれば、月野さまを脅かす者はいなくなる。よし、明日から虎南のことを調べてみよう。いや、明日からではない。今日、これからだ。

左門は、たった今から虎南についてとことん調べてみることに決めた。

どんな手立てを取れば、と考えた。調べがつくだろうか。

――虎南を知っている者に、話を聞くのがよいのだろうが……。

だが、そのような者がこの世にいるとは思えない。忍びの術を会得(えとく)している照元斎ですら、虎南のことをほとんど知らなかったのだ。

――いや、なにかとっつきだけでもよい。虎南のことを知らずとも、殺し屋に詳しい者とか……。

そこまで思案したとき、左門の脳裏に一つの顔が浮かんできた。臨時廻り同心を務める男である。うむ、と左門はうなずいた。

――前に、闇の世界に詳しいと聞いたことがある。恰好の人物ではないだろうか。

この刻限ならもう番所に戻られているだろう、と左門は判断し、長床几から腰を上げた。

「旦那、どこにまいりますか」

いち早く立った伊輪吉が律儀に問う。

「今日はもうしまいだ。番所に帰ることにいたそう」

「わかりましてございます」

左門は小女に茶の代金を払い、茶店を出た。伊輪吉が先導をはじめる。

道の向こうからやってくる者たちが、定町廻り同心である左門に気づき、次々に会釈（えしゃく）をしてくる。中には、お疲れさまでございます、と丁寧に辞儀してくる者もいた。

——町人たちは、我らを敬ってくれている。それに見合うだけの働きが、できているだろうか。

もっとがんばらなければならぬ、と左門は決意を新たにした。

——江戸の平安こそが、民の望んでいることだろう。そのためにも、月野さまを失うわけにはいかぬ。

足早に歩き進み、北町奉行所の大門の前まで来た。その頃には、だいぶ日が傾いていた。

ここで、町奉行所の中間長屋に住んでいる伊輪吉と別れた。大門を入った左門は、臨時廻り同心の詰所に向かった。

廊下を歩き、いくつかの角を曲がって足を止めた。失礼いたします、と詰所の中に声をかけて、襖を静かに開ける。

ちっぽけな行灯がいくつか灯されている中、いずれも五十代半ばから六十歳前後の男が五人おり、それぞれの文机の前で、背中を丸めて茶を飲んでいた。

「おくつろぎのところ、まことに申し訳ありませぬ」

敷居を越えたところで左門は辞儀した。

「おう、左門ではないか」

湯飲みを手に弾んだ声で話しかけてきたのは、臨時廻り同心の那須旦兵衛(なすたんべえ)だ。話をしたいと、左門が頭に思い描いていた男である。

「おぬしがここに来るとは、珍しいではないか」

「無沙汰をしてしまい、申し訳なく存じます」

「そんなことはどうでもよいが、左門、どうかしたのか」

「はい、実は那須さまに折り入って相談がありまして……」

「相談だと。まさか金の類(たぐい)ではなかろうな」

「お金にまつわるお話ではありませぬ。どうか、ご安心を」

「だが、おぬしの顔を見る限り、なにやらただ事でないのはわかるぞ」

「おっしゃる通りです。なかなか難儀な仕儀になっておりまして」

湯飲みを茶托に戻し、旦兵衛がよっこらしょ、と立ち上がった。

「よし左門、こっちへ来い」

手招かれ、左門は旦兵衛のあとについた。旦兵衛に連れていかれたのは、詰所の隣の部屋である。六畳間で、冷気がひんやりと居座っていた。

「人の出入りがないと、寒いくらいだな」

旦兵衛が身をぶるりと震わせた。

「座布団もなく、茶も出ぬが、左門、許せ」

「いえ、どうか、お構いなく」

左門は旦兵衛の向かいに端座した。

「それで相談とは」

両肩を張って旦兵衛が水を向けてきた。

「実は、ある一人の殺し屋についてお聞きしたいのです」

「殺し屋だと」

身じろぎし、旦兵衛が目を鋭くする。

「前に、那須さまが闇の世界について詳しいとおっしゃったことを思い出しまして……」

「あまり大して知らぬが、左門、なにゆえ知りたいのだ」

はっ、と低頭し、左門はつぶさに事情を語った。聞き終えた旦兵衛が、ほう、と吐息を漏らした。

「椎葉虎南という殺し屋に月野鬼一さまが狙われており、左門はなんとしても月野さまを救いたいというのか……」

「はっ、さようです」

「月野鬼一さまの御名は、わしも存じておる。なんでも、もともとはお大名の殿さまで、本名は百目鬼一郎太さまとおっしゃるそうではないか」

はい、と左門は首肯した。

「それがしもそのことを知り、驚きました。しかし、今は百目鬼家から身を引かれ、市井で暮らしておられます。我が町奉行所に、お力を貸してくださってもいます」

うむ、と旦兵衛が顎を引いた。

「なんでも、お奉行が月野さまの人物を見込み、じきじきに頼み込まれたらしいな」

「おっしゃる通りです」

「事情はよくわかった」

眉根を寄せ、旦兵衛が厳しい顔になった。そのあたりの表情には、練達の同心らしさが強く感じられた。

「椎葉虎南か……」

顎に手を当て、旦兵衛がじっと考え込む。やがて顔を上げ、左門に目を当ててきた。

「だいぶ前のことだが、一度だけその名を耳にしたな」

そのときの光景が脳裏によみがえったようで、旦兵衛が言い切った。

「那須さま、椎葉虎南の名をどこで耳にされたのですか」

勢い込んで左門はきいた。

「しばし待て。どういうことだったか、しっかりと思い出すゆえ。ふむ、あれは……」

目を閉じ、再び旦兵衛が思案する。両のまぶたを上げて左門を見、小さくうなずいてみせた。

「もう十年以上も前のことだが、前のお奉行の大山大膳亮さまとお話をしたときだ」

大膳亮はとうに隠居しており、すでに町奉行所とは関わりがない身である。もちろん左門は大膳亮に仕えたことがある。歳はもう七十に近いはずだ。

「大山さまとどのようなお話をされたとき、椎葉虎南の名が出たのですか」

「さるお大名が唐突に逝去され、それについての話だった」

まさか、と左門は鳥肌が立つような思いを味わった。

「そのお大名の死は、椎葉虎南の仕業だったのですか」

「確か、そのような話だった。もちろん、確たる証はなかったのだろうが……」

椎葉虎南とは大勢の家臣に守られている大名さえ殺すことができる業前なのか、と左門は戦慄を覚えた。

「そのお大名の死が椎葉虎南の仕業だと、なにゆえそう判断が下されたのです」

顔をしかめ、旦兵衛が首を横に振った。

「それに関しては、大膳亮さまはお話しされなかった。もしかすると、わけをご存じではなかったのかもしれぬ」

——もしそうだとしても、大山さまにじきじきにお話を聞きたいものだ。

そのことを左門は切望した。

「今から大山さまのお屋敷をお訪ねしても、構いませんでしょうか」

「今からだと」

大きく目を見開いたが、ふむ、と鼻を鳴らし、旦兵衛が納得したような表情になった。

「まださほど遅くはないな。このくらいの刻限なら、訪れても構わぬかもしれぬ。そういえば、もともと夜が遅いお方であったし、仕事熱心の者をよくお褒めになった。仕事で訪ねてきたおぬしの顔を見れば、きっと喜ばれよう」

「それは心強いお言葉。では、これよりさっそくまいろうと存じます」

それを聞いて旦兵衛がにこりとする。

「わしも、仕事熱心なおぬしを見習わなければならぬ」

いいえ、と左門はかぶりを振った。

「それがしこそ、以前より那須さまのお仕事ぶりを、手本にさせていただいております」

「左門、いつからそんなに口が上手になった」

「本心でございます」

旦兵衛に礼をいって、左門は北町奉行所を出た。提灯を手に持ち、単身で大膳亮の屋敷に向かう。

大山屋敷は薬研堀の近くにあり、北町奉行所から四半刻ほどしかかからない。

すでに六つ半近くなっており、江戸を覆う闇は深い。提灯の明かりが、ずいぶん頼りなく感じられた。

——なにかいやなことが起きねばよいが。

まさか目の前に虎南が出てくるなどということは、ないだろうか。

あり得ぬ、と左門は即座に打ち消した。虎南が、自分のような小役人を的にする理由がないからだ。

しかしもし万が一、眼前に出てくるようなことがあれば、一瞬で殺されてしまうだろう。左門も腕に覚えはあるが、凄腕の殺し屋を返り討ちにできるほどの業前ではない。

――いや、なにを弱気になっているのだ。もし虎南があらわれたら、ふん捕まえるくらいの気概でなくてどうする。

結局、何事もなく左門は大山大膳亮屋敷の門前に着いた。あらわれなんだか、と胸をなで下ろす。

長屋門の門衛の詰所に、明かりが灯っている。小窓の前に立って左門は、頼もう、と控えめな声を放った。

小窓が開き、中の門衛が闇を見透かすような目をした。

「夜分に申し訳ないのでござるが……」

提灯を掲げて自分の顔を照らしてから左門は名乗り、用件を告げた。

「我が殿と面会のお約束はございますか」

「約束はしておりませぬ。大山さまにおたずねしたき儀があり、罷(まか)り越した次第」

「承知いたしました。しばしお待ちくだされ」

ぱたりと小窓が閉じられ、門衛の気配が詰所から消えた。

待つほどもなく、門衛の足音が長屋門越しに聞こえてきた。長屋門のくぐり戸が音を立てて開き、男が顔をのぞかせる。

「お目にかかるそうでございます。どうぞ、お入りください」

頭を下げて左門はくぐり戸に身を沈めた。門衛の案内で石畳を歩き、脇玄関に入る。左門は提灯を吹き消した。

式台に、身なりと姿勢のよい侍が座していた。三浦と名乗った侍は、この屋敷の用人を務めているとのことだ。

雪駄を脱いだ左門は、手燭を持つ三浦の先導で廊下を進み、客座敷に入った。そこには大きめの行灯が灯されており、ほのかな明るさを壁や畳、天井に投げかけていた。

客座敷には二つの座布団が敷かれていたが、左門は、脇息の置かれていない下座の座布団を後ろに滑らせ、一礼して畳に座した。目の前に、茶が用意されている。

「どうぞ、召し上がりください」

三浦にいわれた左門は、喉が渇いていたこともあり、遠慮なく湯飲みを手に取った。

「殿はすぐにいらっしゃいます。しばしお待ちくだされ」

かたじけない、と答えて左門は茶を喫した。甘みが濃く、喉越しが素晴らしかった。飲んでいるうちに、気持ちが落ち着くのを感じた。

茶を飲み干し、湯飲みを茶托に戻したとき、廊下を近づいてくる足音がした。失礼する、と声がかかり、襖が開く。

年老いた男が敷居際に立ち、にこにこして左門を見つめていた。左門は素早く畳に両手をつき、低頭した。

「左門、久しいな」

部屋に入ってきた大山大膳亮が座布団に座り、ゆったりと脇息にもたれた。

「ご無沙汰してしまい、まことに申し訳ありませぬ」

「なに、構わぬ。そなたは仕事が忙しかろう。定町廻りとして、それが当たり前である。わしのもとにちょくちょく顔を出す者など、信を置くことはできぬぞ」

「畏(おそ)れ入ります」

「左門、面を上げよ」

顔を上げると、優しげな眼差しを注いで大膳亮が笑んでいた。

「左門、元気そうでなによりだ」

「大山さまも、ますますご壮健のご様子。それがし、安心いたしました」

「歳は取ったが、体の具合はすこぶるよい。やはり、早めに町奉行をやめたのがよかったのだな。わしは長生きしたかった」

町奉行は激務である。そのため、職務にある際に急死する者が跡を絶たない。

「それで左門、どうしたというのだ。こんな刻限に訪ねてくるなど、よほどのことがあったのであろう」

脇息から軽々と身を離し、大膳亮が顔を近づけてきた。

「ご明察、畏れ入ります」

辞儀して左門は問いを発した。

「大山さまは、椎葉虎南という男について、ご存じでいらっしゃいますか」

一瞬、考え込むような仕草をしたが、ああ、と大膳亮が声を上げた。

「椎葉虎南なら、覚えがあるぞ。腕利きの殺し屋であろう。なんでも、すさまじいまでの業前を持つ男とのことだった」

「御意にございます」

「左門は、椎葉虎南について調べておるのか」

はっ、と答えた左門は、他言無用を大膳亮に伝えておいてから、なにゆえそういう仕儀に至ったか、説明した。

聞き終えて大膳亮が深いうなずきを見せる。

「百目鬼一郎太さまなら、わしも名だけだが、存じておる。とてもよいお方と評判だ。その百目鬼さまが、椎葉虎南に命を狙われていると申すか。それは容易ならぬな」

「はっ、おっしゃる通りでございます」

ふむ、と一つ息をついて大膳亮が腕組みをする。

「椎葉虎南といえば、さるお大名を病死に見せかけて殺害したのではないかといわれているほどの殺し屋だ」

「はっ。それがしは、そのお話を臨時廻り同心の那須さまからうかがいました」

「ああ、那須から聞いたか。それで、より詳しい話をわしから聞きたいと思うて、そなたはまいったのだな」

はっ、と左門は応じた。腕組みを解いて大膳亮がまた脇息にもたれかかる。

「実は、その椎葉虎南のことをわしに話してくれたのは、兄上なのだ」

えっ、と左門は思った。

「兄上さまとおっしゃいますと、高河伊勢守(たかがわいせのかみ)さまでいらっしゃいますか」

大膳亮は高河家から旗本の大山家に婿入りして、町奉行になったのである。以前、高河伊勢守は若年寄を務めていたが、大膳亮と同様、今は隠居している。

「左門は、兄上に会ってじかに話を聞きたいであろうが、それはできぬ。兄上は重病に冒されておってな」

「えっ、まことにございますか」

「これが夢ならどんなによいかと思うが、残念ながらまことのことだ」

ふと行灯の明かりが揺らめき、大膳亮の悲しげな顔をゆらりと照らし出した。

「兄上は話ができる状態ではない。正直にいえば、明日をも知れぬ身でな」

なんと、と左門は衝撃を受けた。

「申し訳ないことに、伊勢守さまのことは存じ上げませんでした」

「それは仕方あるまいて」

大膳亮は、左門を責めるような真似はしなかった。

「椎葉虎南について、わしでよければ、知っておる限りのことを話そう」

「は、はい。是非お願いいたします」

唾を飲み込み、左門は身構えるようにした。うむ、と首を縦に動かした大膳亮がそっと唇を湿した。

「さるお大名が病死されたのは、かれこれ十年前のことだ。そのお大名の死に不審を覚えた者が殺されたのではないかと、兄上に知らせた」

「どなたが伊勢守さまにお知らせしたのでございますか」

「兄上が、その大名家に忍ばせた隠密だ」

「お、隠密でございますか……」

大膳亮の言葉に左門は心の底から驚いた。

――やはりご公儀は、大名家に隠密を放っているのだな。

「報告を受けた兄上は、その隠密にお大名の死を詳しく調べさせたのだ」

「なにゆえその隠密は、お大名の死に不審を抱いたのでございますか」

「そのお大名はまだ若く、健やかそのものだったのに、わけもわからず頓死したからだ。家中に入り込んでいたその隠密は、毒殺ではないかとの疑いを抱いた」

確か病死に見せかけて殺したとのことだったが、椎葉虎南は毒殺もお手の物なのか、と左門は目をみはった。

——考えてみれば、弥佑どのも毒矢でやられたところを、ばっさりと斬られてしまったではないか……。

「兄上は隠密に、そのお大名がなにゆえ毒殺されたのか、調べるように命じた。すぐに、跡継ぎを巡る家中の争いで、殺害されたことが明らかになったが、誰がどうやって毒を盛ったのか、最初のうちはさっぱりわからなんだ。それでも、調べを進めるうちに、椎葉虎南という者の仕業ではないかという報告が上がってきた」

名だけでもよくわかったものだ、と左門は感心した。

——その隠密は相当の手練だな。

「椎葉虎南の正体は、つかめたのでございますか」

「いや、正体まではわからなんだ。兄上はその大名家を取り潰すかどうか、迷われたらしいのだが、体の具合が思わしくなく、若年寄の座を退くことに決まって、それ以上のことはできなくなった……」

「さようにございましたか」

「だが、椎葉虎南に殺害されたと思えるお大名は、ただ一人ではなかったようだ。どうやら、他に三人はいるらしいことが知れた」

なんとっ、と左門は声を漏らした。

「では、全部で四人のお大名を……」

「そのようだ。もっとも、我らが知らぬだけで、不審な死を遂げた大名や旗本は、ほかにもおるのかもしれぬ……」

——椎名虎南とは、大名や旗本を専らに殺す者なのか。

「椎葉虎南の仕業ではないかと調べ上げた隠密ですが、そのお方は健在でございますか」

「壮健にしていると、前に兄上から聞いた。今も元気なのではないかな」

「どこぞの大名家に隠密として、入り込んでいるということはありませぬか」

「それはなかろう。とうに隠居したらしいのでな。江戸の屋敷で孫の相手をして暮らしておるという話も、兄上から聞いておる」

「でしたら、お目にかかれましょうか」

「その隠密に話を聞きたいのだな。そなたがその者に会えるかどうか、正直わしにはわからぬ。もちろん、手配りはしてみるが」

「是非お願いできましょうか」

「承知した。もしその元隠密に会えるとしたら、そなた一人で行くつもりか」

「いえ、百目鬼さまと一緒に行きたいと思っております」

そうか、と大膳亮がいった。

「百目鬼さまは、並外れた剣の腕らしいな。百目鬼さまほどの腕ならば、椎葉虎南のことが詳しくわかれば、返り討ちにできるかもしれぬ。彼を知り己を知れば百戦殆からず、というやつだ」

少し疲れたのか、大膳亮が脇息にもたれた。

「百目鬼さまは、つい先日、親しい者を椎葉に殺されました。その者の無念も晴らしたいと考えていらっしゃるはず」

「そうか。そのようなことがあったのか。左門、話はよくわかった」

脇息から離れ、大膳亮が背筋を伸ばした。

「わしは明日より手配りにかかる。首尾よく手配りを終えたら、北町奉行所に使いを走らせればよいか」

「はい、お願いできましょうか」

「わかった。左門、うまくいくとよいな」

「それがしは、うまくいくものと思っております」

「強い心念を感じさせるところは、昔と変わらぬな。よいことだ」

大膳亮がゆったりとした笑いを見せた。そういえば、と左門はその笑顔を目の当たりにして思い出した。

今の奉行の飯盛下総守はとてもよい男で仕事がやりやすいが、大膳亮が奉行だったときも、上から押さえつけるようなところが一切なく、息がしやすかった。

そのおかげなのか、探索も停滞することなく、すらすらと進むことが多かった。

──まさしく名奉行であらせられた。

あまり長いとはいえない期間ではあったが、大膳亮の下で懸命に働いたことが、左門には人生の誇りに感じられた。

第三章

一

戸を開けると、真冬を思わせるような風が吹き込んできた。

ぶるりと身震いが出た。

——なんだい、今朝はこんなに冷えているのか。

元太は襟元をかき合わせた。初夏といってよいのに、まだ季節が定まりきっていないのか、ときおり冬のような寒さが舞い戻ってくることがある。

──早く真夏になったら、いいのに。

夜が明けたばかりであたりは薄暗く、近くの木々の枝が不気味に揺れている。厳しい寒さに加え、今にもあやかしが出てきそうな不気味さに、元太は今朝の散歩はやめてしまおうかと考えた。

だが、いつものようにつぶらな瞳をしたクロが、期待に満ちた目で元太を見つめていた。小さく鳴いて後ろ足で立ち上がり、前足で絡みついてくる。

よしよし、と元太はクロの頭をなでた。

──こんなに甘えられちゃ、行くしかないな。クロはずっと待っていたんだもの。そうさ、寒さや不気味さなんかに負けていられるかい。

「待たせたな、クロ。よし、行こう」

言葉が通じたらしく、クロが元太から離れ、道を少しだけ歩いた。元太は、そんなクロがかわいくてしようがない。

軽く手を振ってクロをいざない、元太は元気よく歩き出した。綱でくくっているわけでもないのに、賢いクロは必ず元太の横を歩く。ときおりこちらを見上げる顔が、たまらなく愛(いと)おしい。

江戸で暮らしている犬は、その町の者が面倒をみていることが多いが、クロは元太の家だけで飼っている。クロの世話は、一人っ子の元太が主にしていた。

行きかう人たちと朝の挨拶をかわしつつ、道を進む。

寒風にも慣れて体が温まってきた頃、下富坂町（しもとみざかまち）の家並みが切れた。元太とクロは、武家屋敷がずらりと建ち並ぶ町に入った。

あたりに人けはほとんどなく、静寂が支配している。しわぶき一つ聞こえてこない。ときおり食器の触れ合う音がするだけだ。

さらに歩き続けると、武家屋敷の連なりが切れ、ぽかりとそこだけ穴が開いたような空き地に差しかかった。

ここは前に火事で武家屋敷が焼け落ち、それ以後、なにも建っていない。建ちそうな気配もない。

不意にクロが顔を上げ、真っ黒な鼻をひくつかせた。いきなり吠（ほ）えるや走り出し、空き地に飛び込んでいった。

「どうしたんだ、クロ。戻っておいで」

愛犬を呼び、元太はあわてて追いかけていった。道から三間ほど入ったところで、クロが地面を掘り起こしはじめていた。

「クロ、なにをしているんだ。やめろ」

元太が止めても、クロは土を掻（か）くのをやめない。元太はあきらめた。クロのしたいようにさせるしかなかった。

クロは前足で一心不乱に土を掻いている。いったいなにを掘り出そうとしているのだろう、と元太は見守った。

――小判が入った壺だったら、どんなにいいだろう。

だが、元太の夢想を打ち砕くような、胸が悪くなる臭いが漂いはじめた。これはなんだ、と元太は思い、顔をしかめた。

――こいつは、なにかが腐っている臭いじゃないか。なんだろう、なにが埋まっているのだろう……。

やがてクロが掘るのをやめ、なにかをくわえた。クロが口にしている物を目の当たりにして元太は、ひゃあ、と悲鳴を上げてひっくり返った。

クロは、人の足とおぼしき物を口にしていたのだ。

腰が抜けたように地面に尻餅をついていたが、わずかながらも冷静さを取り戻し、元太はまじまじとそれを見た。

見まちがいではない。紛れもなく人の足だ。足首から下のあたりである。

「な、なんてことだ……」

――ここに足があるということは、胴体も一緒に埋まっているんだろうか。でも、なぜこんなところで人が死んでいるんだ。まさか、火事で焼け死んだ人の骸ではないだろうな。

そんなことを思いながら、元太はよろよろと立ち上がった。じりじりと後ずさり、なんとか空き地を抜け出した。誰かにこのことを知らせなければならない。

――誰に知らせればよいのか。

こういうときは自身番ではないのか。きっとそうだ。自身番に行けば、なんとかしてくれる。

「クロ」

元太は声をかけた。クロは、まだ足をくわえたままだ。

「クロ、放すんだ」

厳しい声で命じると、クロが足を、ぽいと捨てた。元太は胸をなで下ろした。

「クロ、ついてこい」

手を振って元太は駆けはじめた。わん、と一声鳴いてクロがついてくる。

――確か、あの火事では死人は出なかったはずだ……。

どういうことだ、と元太は走りつつ頭を働かせた。

――あの足の持ち主は、誰かに埋められたにちがいないな。もしかしたら、殺されたのかも……。

クロとの散歩でほとんど毎日、そばを通っている空き地に人が埋まっているなど、考えたこともなかった。走りながら背筋がぞっと冷たくなった。

「クロ、もっと速くっ」

クロを叱りつけるようにして走り、元太は下富坂町の自身番に飛び込んだ。

まだ朝は早かったが、そこには三人の町役人が詰めていた。火鉢の中で、赤々と炭が熾きていて、中は暖かかった。

元太から話を聞くや、一人の若者が自身番を飛び出した。

戸口に立って、元太はその後ろ姿を見送った。寒風を切り裂くようにして、若者は一目散に駆けていき、その姿はみるみるうちに小さくなっていった。

二

出仕するために八丁堀の屋敷を出た左門は、呉服橋門を抜け、北町奉行所の大門の前にやってきた。

今朝はいつもより早く屋敷を出てきた。むろん、椎葉虎南のことを徹底して調べるためだ。刻限は、まだ五つになっていないはずである。

大門の前に立つ二人の門衛が挨拶してきたので左門も返し、大門をくぐろうとした。右側の門衛が思い出したかのように、呼び止めてきた。

「服部さま、そちらのお方がお待ちでございます」

門衛が手のひらで示したほうへと、左門は目をやった。

門衛の声に応じるように、足早に歩み寄ってきたのは一人の侍である。左門は一瞬、椎葉虎南があらわれたのではないか、とどきりとした。

だが侍は、まだ三十過ぎにしか見えなかった。虎南とは、いくらなんでも歳がちがいすぎよう。左門は安堵の息をついた。

「服部さま」

侍に呼ばれたが、すぐには応えを返さず、左門は相手をじっと見た。いかにも武家に仕える若党という感じの男である。

見覚えがある顔をしている。目の前の侍が誰なのか、左門は明瞭に思い出した。

「大山大膳亮さまの御家中のお方でござるな」

「さようにございます。位野木算左衛門と申します」

やはり位野木どのであった、と左門は思った。位野木という珍しい姓が、今も脳裏に刻み込まれていた。大膳亮が北町奉行だったとき、算左衛門は内与力の下で働いていた。

「我が殿の命により、服部さまにお伝えしたき儀があり、それがし、罷り越しましてございます」

算左衛門が改めて低頭する。

「位野木どのは、それがしが出仕するのを、ずっと待っておられたのか」

「ずっとというほどではありませぬ。服部さまのお屋敷を訪ねようと考えましたが、行き違いになるのが怖かったもので、こちらで待つことを選ばせていただきました」

「さようでござったか。それで、大山さまの御用事というのは」

昨夜の件ではなかろう、と左門は冷静に考えた。昨夜大膳亮は、明日から手配りにかかると語ったのだから。

「申し訳ありませぬが、服部さま、こちらにいらしてくださいますか」

大門の前は奉行所に出入りする者たちなど、人通りが繁くある上、二人の門衛の目もある。それらを嫌ったらしい算左衛門に、左門は大門の脇に連れていかれた。

左門を見つめて算左衛門が口を開く。

「我が殿は、今朝の明け六つに、御兄上の高河伊勢守さまをお訪ねになりました。さる人物の名を、おききになるためでございます」

ということは、と左門は胸が躍った。

――大山さまは、隠密の名を重病の兄上さまから聞き出してくれたのだろう。なんと、ありがたい。

左門は心の底から大膳亮に感謝した。

「よくその刻限に、伊勢守さまにお目にかかれたものだ」

感心したように左門がいうと、位野木が深くうなずいた。

「病のせいで伊勢守さまはあまり眠ることができず、一晩中、起きていることも珍しくないそうにございます。むろん、具合が悪ければ我が殿といえどもお目にかかれなかったでしょうが、今朝はむしろ、お体の調子がよかったとの由にございます」

「それは重畳」

すぐさま左門は声を落とした。

「大山さまは、さる人物の名を聞けたのでござるな」

「はい、伊勢守さまはその人物の名を、しっかりと覚えていらっしゃった。そのお方は藤浦斎二さまとおっしゃいます」

算左衛門は名だけでなく、住まいも教えてきた。藤浦は内藤新宿に屋敷があるそうだ。

「それと、我が殿からこちらをお預かりしております」

懐に手を入れた算左衛門が、一通の書状を取り出した。

「これは」

書状を受け取って左門は問うた。

「藤浦さまに、服部さまの身元と人物が確かであることを請け合ったもので、我が殿が仲立ちの労を執ったという証になる物でございます。この書状の中で我が殿は、椎葉虎南に関して触れられております」

「椎葉虎南のことまでも……。それはありがたい。助かります」

この書状を藤浦斎二に差し出せば、隠密として知り得た椎葉虎南のことを、話してもらえるのではないか。いやが上にも、左門の期待は高まった。

「大切に使わせていただきます」

一礼して左門は書状を懐にしまい入れた。

「位野木どの、ほかになにかそれがしに伝えることはござろうか」

「もうありませぬ。では服部さま、これにて失礼いたします」

「わざわざ足を運んでくださり、まことにかたじけなかった。礼を申します」

左門は深々と腰を折った。いえ、と答えて算左衛門がにこりとする。

「それがしは、我が殿から命じられたことをしたまで」

「位野木どの、大山さまにくれぐれもよろしく伝えてくだされ」

「承知いたしました」

頭を下げてから袴(はかま)の裾(すそ)を翻し、算左衛門が左門に背中を見せて歩きはじめた。その姿に向かって左門は、心で改めて礼を述べた。

今すぐに根津の一郎太の家に行きたかったが、まずは出仕し、上役の与力や同僚たちと顔を合わせておくほうがよいと判断した。

長屋門になっている大門の中に、定町廻りの詰所は設けられている。

出入口を入り、廊下を進んだ左門が詰所の戸を開けると、文机の前に座している先輩同心の鷹村志満八が声をかけてきた。

「左門、来てくれ」

はっ、とうなずいた左門は鷹村のそばに寄り、朝の挨拶をした。鷹村がすぐさま用件に入る。

「左門、少し前に客が来た」

「えっ、客ですか。どなたでしょう」

位野木算左衛門のほかにも客があったのだ。早朝に二人も客が来るなど珍しいことである。

「下富坂町の自身番で働いている小者だ。なんでも、町の空き地から死骸らしきものが見つかったという」

「えっ、死骸ですか」

「犬が土を掘り、地中から出た足をくわえたらしい。おそらく、胴体も埋まっているのではないかということだ」

「わかりました。すぐにまいります」

礼をいって左門はその場を離れた。

――そうだ。頼み事を一つ、していかねばならぬ。

左門は町奉行所の建物に入り、与力の詰所に向かった。一つの部屋の前で足を止める。

「深谷(ふかや)さま」

冷たさを感じさせる廊下に座り、腰高障子(こしだかしょうじ)に向かって呼びかけた。

「その声は左門か。開けよ」

はっ、と応じて左門は腰高障子を横に滑らせた。文机の上の書類に筆を走らせていた男が面(おもて)を上げ、こちらを見た。左門の上役の深谷鍋五郎(なべごろう)である。

「おはようございます」

左門は低頭した。

「入れ」

敷居を越え、左門は改めて端座(たんざ)した。

「左門、どうした」

「深谷さまにお願いしたき儀があり、罷り越しました」

「申せ」

一礼して左門は息を吸い込んだ。

奉行の飯盛が探索について特に頼み事をした月野鬼一を狙う椎葉虎南という殺し屋

のことを、今日は徹底して調べたい。それゆえ、左門の縄張を見廻る者を今日だけは別に当ててもらいたい。

そんな意味のことを、左門はつらつらと語った。

「そうか、わかった。左門の願い通り、今日は臨時廻り同心の誰かを、見廻りに当てることにいたそう。椎葉虎南についてはおぬしから報告をもらっているが、なんらかの手がかりを得られそうなのだな」

「椎葉虎南を詳しく知る者に会うことができそうなのです」

「ほう、そうか」

鍋五郎が感心したような顔になった。

「承知した。左門、がんばってこい。椎葉虎南に関しては、お奉行もかなり気になされておるようだ。わしもお奉行から、月野鬼一という御仁は、とてもよいお方だと聞いている。江戸のためになるお方だとも。そんなお方を、たかが殺し屋如(ごと)きに殺されてはならぬ」

月野鬼一の本名が百目鬼一郎太であることは、鍋五郎も知っているはずだが、そのことに触れる気はないようだ。

一郎太が大名の地位を捨て、庶民として市井(しせい)で懸命に生きようとしていることを応援したいという気持ちがあるのかもしれない。

　鍋五郎の部屋を辞した左門は、大門の表側で中間の伊輪吉と落ち合った。これまで知り得た事情を話すと、ええっ、と伊輪吉が驚きの顔になった。

「骸の足を犬が……」

「そうだ。伊輪吉、急ぎ下富坂町にまいるぞ」

へい、と我に返ったように答え、伊輪吉が先導をはじめる。

四半刻ほどで、左門たちは下富坂町に到着した。

伊輪吉とともに自身番に駆けつけると、待ち構えていた小者によって、すぐさま現場の空き地に案内された。

　風が吹き渡る空き地は、火事で武家屋敷が焼けた場所である。町役人によって駆り出されたらしい大勢の者が、鋤や鍬を使って地面を掘っていた。

　作業の指揮を執っていた年老いた町役人が左門に気づき、足早に寄ってきた。名は倉兵衛といい、油問屋の隠居である。歳は七十をはるかに超えているが、いまだに矍鑠としている。

「服部さま、ご足労ありがとうございます。驚いたことに、三つも仏が出てまいりました」

「なに、三体も……。まだ出そうか」

　いいえ、と倉兵衛が首を横に振った。

「立て続けに三体の仏が出たあとは、なにも出てまいりません。多分、もう出てこないのではないでしょうか」

そうか、と左門はうなずいた。

「倉兵衛、仏を見せてくれるか」

「では、こちらにおいでください」

左門は空き地の端に連れていかれた。そこには三つの筵の盛り上がりがあった。

――このような物を見ると、どうしても興梠弥佑どのを思い出してしまうな。

悲しみに襲われたが、左門はその思いを振り切り、再び三つの筵の盛り上がりを見つめた。

おびただしい数の線香が地面に刺してあり、もうもうと濃い煙を上げていたが、それでも死臭はひどく、鼻をつまみたくなるほどだ。

三つの死骸は埋められてからだいぶ日がたち、腐乱が進んでいるのだろう。人より鼻が利く犬が足を掘り出すことになったのも、当然である。

「よろしいですか。めくりますよ」

左門に確かめてから、伊輪吉が三枚の筵を次々にはいでいく。

やはり腐りはじめていたが、顔はさほど崩れているようには見えなかった。三人とも着物はつけたままだが、いずれも無残に刀で斬られているのが知れた。

骸は武家が一人と、中間とおぼしき二人である。

そういえば、と左門は思い出した。

――あれは、月野さまから聞いたのだったな。確か、姿を消した二人の徒目付(かちめつけ)がいるとの話ではなかったか。その二人は与五右衛門の手にかかって殺され、土に埋められたということだったが……。

徒目付の二人は、目付の糸山玄蕃(いとやまげんば)に与五右衛門の悪行について報告する手はずだったが、糸山屋敷へはついに姿をあらわさなかった。二人は、それぞれの中間とともに行方知れずのままである。

この三つの仏がそうなのではないか。

――だが、もしそうだとして、一人足りぬのはどういうわけだ。

武家の死骸が行方知れずの徒目付のものならば、もう一人、武家姿の者がいなければおかしい。

とにかく、と左門は思った。

――まずは、この三人の身元をはっきりさせなければならぬ。誰がこの仏たちの顔を知っているだろうか。

「伊輪吉」

顔を上げ、左門は自分の中間を呼んだ。はい、と伊輪吉が線香の煙を突っ切るようにして素早く寄ってきた。

「今から、糸山玄蕃さまのお屋敷にまいる。場所はわかるか」

「存じております。この道の並びに、お屋敷がございます。あっという間に着きましょう」

「そうか。では、案内を頼む」

町役人の倉兵衛にもその旨を告げて、左門は伊輪吉とともに糸山屋敷に向かった。

——まだお屋敷に、いらしてくれたらよいのだが……。

だいぶ高く昇ってきた太陽を横目で見つつ、左門は考えた。

目付は午前(ひるまえ)の四つまでに、千代田(ちよだ)城に出仕しなければならない。今はまだ四つにはなっていないが、さすがにもう屋敷を出たかもしれない。

それならそれで仕方あるまい、と左門は腹を決めた。

伊輪吉がいった通り、糸山屋敷は空き地から二町ばかりしか離れていなかった。

幸い、糸山は在宅していた。門衛の話では、今日は非番らしい。

「では伊輪吉、ここで俺の戻りを待っていてくれ」

伊輪吉を門の外に残して、左門はくぐり戸から敷地に入った。脇玄関から屋敷内に上がると、座敷に通された。

すぐに糸山玄蕃がやってきて、左門の向かいに座した。

「お初にお目にかかります」

畳に両手をついて左門は身分と名を告げた。

「うむ、それがしが糸山玄蕃である」

どこか尊大そうに名乗った。左門は間髪を容れずに用件を述べた。

「な、なんと」

甲高い声を糸山が発し、顔をゆがめた。

「新田与五右衛門を探っていた徒目付のものらしい骸が見つかっただと。どこだ」

「この近くの空き地で見つかりました。土に埋められておりました」

「土に……。この近くの空き地というと、火事で焼けた屋敷の跡だな。見つかった骸は、まことに徒目付のものか」

「そうではないかと存じますが、糸山さまにお確かめいただきたく、それがし、足を運ばせていただきました」

「なるほど、そういうことか。わかった」

糸山がすっくと立ち上がった。

「支度をしてくるゆえ、服部、玄関で待っていてくれ」

先に客座敷を出て左門は、糸山が出てくるのを脇玄関の外で待った。

身なりをととのえた糸山が、玄関にやってきた。数人の家臣が後ろに付き従っている。

「待たせた」

一礼した左門は糸山と屋敷の外に出た。伊輪吉に声をかけ、空き地へと急いで戻る。

空き地に入った糸山が、すぐさましゃがみ込み、三体の死骸を改めはじめた。

このひどい臭いを、意に介していないように見えた。目付を務めるだけのことはあり、腹が据わっているようだ。

「わかったぞ」

面を上げて糸山が左門を見る。

「この武家の恰好(かっこう)をした者は、厚山鯛三でまちがいない。あとの二人は、供の中間とみてよかろう。もう一人の徒目付は臼田耕助というが、骸は見つかっておらぬのか」

「ここから出てきたのは三体だけです」

糸山の命で、さらに空き地をくまなく掘り返すことになった。

しかし、結局のところ、臼田の死骸は出てこなかった。

「これはどういうことだ。臼田はどこに行ったのだ」

顎に手を当て、信じられぬという表情で糸山がつぶやく。左門も同じ思いである。

——臼田どのは、ほかの場所に埋められたのか。だが、与五右衛門がわざわざそんなことをするわけがない。

「まさか、臼田が生きているということはないのか」

糸山の言葉に、果たしてどうだろうか、と左門は考えた。あり得ないことではない。いや、それしか考えられないのではないか。

糸山さま、と左門は呼びかけた。

「臼田どのは、剣の遣い手だったのでございますか」

唐突（とうとつ）になにをきくのだ、といいたげな顔をしたものの、糸山が大きく首を縦に振った。

「臼田は、なかなかのものだったらしい。確か、貫惣流とかいう流派の免許だったはずだ」

左門の知らない流派であるが、江戸には数え切れないほどの剣術道場があり、名を知っている流派のほうがむしろ少ない。

——どれほどの実力がある道場か知らぬが、それでも免許というのは、大したものだ。

「臼田にしては珍しく、前に自慢しておったが、貫惣流には伝来の秘剣があるそうだ。臼田はその秘剣を授けられるほどの業前（わざまえ）だったらしい」

糸山が左門に話しかけてきた。

「ほう、秘剣を我が物にしているのでございますか。どのような技でございましょう」

興を抱いた左門はすかさずきいた。

「秘剣の中身を明かすわけにはいかぬゆえ、臼田は名すら口にせなんだが、あの口ぶりでは、どうやら無敵の技らしい」

「なんと、無敵でございますか」

それだけの高言ができる秘剣を、臼田は遣えるというのか。

「ならば、臼田どのがその秘剣を用いて与五右衛門の襲撃をかわし、逃げおおせたということは、十分に考えられるのではないかと存じます」

「逃げおおせたというのなら、なにゆえ臼田は姿を見せぬのだ」

どこか苛ついたような様子で、糸山が疑問を呈した。

左門は少し考えた。

「与五右衛門に重い傷を負わされ、動けなくなったのかもしれませぬ」

「動けなくなったのだとしても、誰かを使いに出し、わしに知らせるくらい、難儀なことではあるまい」

「おっしゃる通りにございます……」

いったいどういうことだ、と左門は思案した。

しばらく沈思していたが、やがて一つ思い当たることがあった。まさか、と左門は顔をゆがめた。

――臼田は、与五右衛門の仲間だったのではないか……。

その考えはじわじわと左門の心に広がっていき、がっしりと根を張った。

――臼田は、与五右衛門に殺されたように見せかけて今も生きている。

どこかにひそんでいるのだ、と左門は確固たる思いを抱いた。

――俺が第一にすべきことは、臼田を捜し出すことだ。

この判断は決してまちがっておらぬ、と左門は思った。

――とにかく、臼田が生きているかもしれぬことを、いや、生きていることを、月野さまにお知らせしなければならぬ。

「服部」

厳しい声音で糸山が呼びかけてきた。

「もしや臼田は、金で与五右衛門に飼われていたのか」

糸山も、臼田の生存の理由がそこにあることに気づいたようだ。

「まだ確かなことは申せませぬが、そうではないかと思われます」

「おぬしもそう思うか。公儀(こうぎ)を支えるべき徒目付が金で裏切るとは……」

糸山は信じられないという顔をしているが、これまで金に目がくらみ、道を踏み誤った役人など数知れない。徒目付といえども、例外ではないだろう。

結局は、と左門は思った。人によってすべては決まるのだ。欲に駆られることがあるとしても、自らを制して正しい道を歩んでいく者はいくらでもいる。

よし、と糸山が張り切った声を上げた。

「臼田は生きているものと断じ、我らが徹底して捜してみよう。だが服部、おぬしの力を借りるときが来るかもしれぬ。そのときはよろしく頼む」

「承知いたしました」

糸山に別れを告げ、左門は伊輪吉とともに根津へ向かった。

――臼田のことは糸山さまに任せておけばよいとしても、果たしてまことに見つけられるかどうか。

こういうときこそ、と左門はぎゅっと拳を握り締めた。

――月野さまに頼めば、必ず捜し出してくれるはずだ。

左門にはその確信があった。だが、糸山が請け合った以上、今は任せるしか術はない。

三

少し気が急いたような様子で、藍蔵が一郎太に目を据えている。

「どうした、藍蔵」

茶をゆっくりと喫して、一郎太は問いかけた。藍蔵が座り直し、両肩を張った。

「どうしたもこうしたもありませぬ。月野さまはなにゆえ、さようにのんびりされているのでございますか。いつになれば、探索に出られるのでございましょう」

「出るつもりは、むろんある」

一郎太は、湯飲みを両手で包み込んだ。じんわりとした温かさが身にしみる。なにしろ、冬が帰ってきたかのように、今朝は冷え込んだのである。

「だが今は、徳兵衛からもらった茶を飲んでおる。これほどの茶は、じっくりと味わわぬともったいない」

「実においしいお茶であるのは、それがしも存じておりもうす。なにしろ、茶どころ駿河足久保の産でございますからな。まさしく銘茶でございましょう」

藍蔵がいったん言葉を切り、咳払いをした。

「しかし、今は、一刻も早く椎葉虎南の居どころをつかまねばならぬとき。茶にうつつを抜かしている場合ではありませぬ」

目を怒らして藍蔵が膝行してきた。

「藍蔵。俺は待っておるのだ」

えっ、と藍蔵がいぶかしげな顔になる。

「なにを待っておられるのでございますか」

「左門が来るのをだ」

「服部どの……。はて、服部どのとお約束がございましたか」

「約束はしておらぬが、じきに左門が来るような気がしてならぬ」

ほう、と藍蔵が感嘆の声を漏らした。

「月野さま、お得意の勘でございますな。しかし月野さまは、博打の賽の目が見えなくなってしまわれた。それで、まことに勘が働くのでございますか」

「前にも申したが、賽の目が見えなくなったのは、勘ではなく、なにか別の力が失せたゆえだ。左門がもうじき来ると思うのは、紛れもなく勘が働いてのものだ」

「月野さま、まことに服部どのがいらっしゃるのでございますか」

半信半疑の態で藍蔵が首を傾げる。

「左門は、きっとなにかをつかんだはずだ。それを知らせに、そろそろ顔を見せに来ても、おかしくはない」

「いわゆる、頃おいというやつでございますかな」

「そういうことだ」

一郎太は軽くうなずいた。

「いわれてみれば、服部どのが今日か明日いらしても不思議はないような気はしますが、もうじきというのは、果たして……」

「いや、じき来るはずだ」

「そこまで自信があるのでございますな。考えてみれば、月野さまの勘は、幼き頃よりよく当たりましたな」

「今日も当たろう」

「それは、なにか肌で感じてのことでございましょうか。虫の知らせのようなものでございますかな」

「虫の知らせは、よくないことが起きそうな気がすることだから、少しちがうな」

そういえば、と一郎太は思い出した。ここで一緒にうどんを食べたとき、弥佑の体が透けて見えた。あれは虫の知らせだったのだろうか。

――あのとき弥佑の危機を察しておれば、命を救えたのだろうか……。いや、無理だったであろう。俺はなにもできなかった。

無力感に打ちひしがれ、一郎太はうなだれそうになったが、すぐに顔を上げて藍蔵を見つめた。

「肌というより、頭の奥のほうで知らせてくれるような感じだ」

「頭の奥で……。そういうものでございますか。不思議なものでございますな」

そのとき、戸口のほうで人の気配がしたのを一郎太は覚え、そちらを見やった。その直後、訪(おとな)う声が耳に届いた。

おおっ、と藍蔵が仰天した。

「あれは、まさしく服部どのの声。月野さまは、やはりあきれるほどすごい」

首を横に振りながら、藍蔵がそそくさと立ち上がる。

「もっとも、このようなことは、これまでいくらでもございましたな。しかし、いつまでたっても慣れませぬ」

ぶつぶつとつぶやいて藍蔵が戸口に向かった。すぐに左門を連れて居間に戻ってきた。

「左門、よく来た。待っていたぞ」

えっ、と意外そうな声を左門が発した。

「月野さまは、それがしをお待ちだったのでございますか」

「そろそろ今日あたり、顔を見せるのではないかと思っていた」

「月野さまなら、さもありなんと存じます。なにも不思議なことではありませぬな」

「左門、座ってくれ」

失礼いたします、と左門が一郎太の前に端座した。その横に藍蔵が座る。

「それで左門、なにを知らせに来た」

間を置かずに一郎太はたずねた。

「二つございます」

左門が指を二本、立ててみせる。

「聞こう」

身を乗り出し、一郎太は耳を傾けた。

「まず一つ目は、厚山鯛三と中間とおぼしき者の骸が見つかったことでございます」

「おっ、ついに見つかったか」

一郎太は尻を上げかけた。

「新田与五右衛門の言葉通り、埋められていたのか」

「さようにございます。しかも驚いたことに、出てきた仏は——」

「三体だったのだな」

左門の言葉が終わるのを待たず、一郎太はずばりといった。

ええっ、と左門が絶句する。

「な、なにゆえ、おわかりになるのでございますか」

「そなたは厚山鯛三の名は出したが、臼田耕助のほうは口にしなかった。それと、一昨日のことだが、俺たちは臼田とおぼしき者に襲われた」

「な、なんと」

左門がさらなる驚きを見せる。

「一昨日の襲撃者は、二刀流の秘剣とおぼしき剣を用いたゆえ、それについてさっそく調べたところ、貫惣流という流派の秘剣だと知れた。轟風という呼び名がつけられていることも、明らかになった」

「轟風でございますか……。秘剣だというのに、よく名が判じたものでございますな」

ふっ、と一郎太は小さく笑いを漏らした。

「いろいろと伝（つて）はある」

「どんな伝があるのでございますか」

興味津々の顔で左門がきいてきた。

「左門、済まぬが、それについては、きかずにおいてくれ」

「はあ、残念ではございますが、承知いたしました」

左門を穏やかな目で見て、一郎太はにこりと笑んだ。

「そなたはもう存じているかもしれぬが、臼田は貫惣流の遣い手だ。むろん、轟風も伝授されておる」

「先ほどお目付の糸山玄蕃さまにお目にかかりましたが、臼田は貫惣流の免許だとおっしゃっていました。秘剣も遣うとのことでございました」

「では糸山は、臼田が生きていると、信じたのだな」

「臼田は自分たちで捕らえると、明言されてございます」

「ならば、臼田の探索は糸山に任せて、大丈夫か」

　さて、と左門が首を傾げる。

「それがしには正直わかりませぬ。糸山さまは腹の据わったお方に見えました。ただ、大きな声ではいえませぬが、果たして探索の腕のほうはいかがなものなのか……」

　探索を専らにする者がいうのだ。糸山と接して、左門はなにか感じることがあったのだろう。

　左門が語を継ぐ。

「糸山さまは、それがしの力を借りるときが来るかもしれぬ、ともおっしゃいました。それは自信のなさのあらわれなのではないかと。それがしとしては、月野さまが探索をなされるほうが、臼田の捕縛に結びつくものと考えております」

「そうかもしれぬが、今のところは、臼田の探索はひとまず糸山に任せよう。もし糸山の探索がうまくいかなければ、左門を頼るのであろう。我らは、そのときに出ていけばよい。むろん、その前に臼田が再び我らの前に姿をあらわすようなことがあれば、捕らえるなり、討つなりすればよい」

「臨機応変に動くということでございますな」

　すかさず藍蔵が言葉を挟む。

「そういうことだ」

臼田の話はそれで終わりとして、一郎太は左門にたずねた。

「左門、もう一つとはなんだ」

「ああ、それでございます」

座り直して左門がかしこまった。

「高河伊勢守さまの隠密からの報らせでございます」

「ほう、隠密とな……」

興を抱いた一郎太は、左門に強い眼差(まなざ)しを注いだ。藍蔵も左門に目を据えている。

「高河伊勢守というと、前に若年寄を務めていたお方だな」

はい、と左門が認める。

「前の北町奉行大山大膳亮さまの御兄上でいらっしゃいます」

左門の言葉を聞いて一郎太は首をひねった。

「伊勢守どのは病に冒されているという噂(うわさ)を聞いた覚えがあるが、具合はいかがなのかな。よくなったのか」

左門の表情が暗くなった。

「大山さまによれば、あまりよろしくないとのことで……」

「そうか、よくないのか」

左門は、どこか苦しそうな顔をしている。もしかすると、と一郎太は察した。明日をも知れぬ身なのか。

人が死ぬのは悲しいことだ、と一郎太は思った。自分は、これまで多くの者の命を奪ってきた。

それゆえ、いい死に方はできないだろうと覚悟している。だが、だからこそ、その者たちの分まで精一杯に生きてみようと決意していた。

「それで左門、その隠密のことだが」

一郎太は話を戻した。はい、と答え、左門が深く息を吸って語りはじめた。

「これまでの探索でつかんだことは、これがすべてでございます」

左門が口を閉じた。ほう、と一郎太は嘆声を放った。

「その藤浦斎二という元隠密の隠居が、椎葉虎南について、詳しく知っているかもしれぬのか」

「さようにございます」

左門が大きく顎を引いた。

「椎葉虎南が四人ものお大名を毒殺したらしいと、つかんだ人物でございます。藤浦屋敷の場所は、すでにわかっております。前のお奉行の大山さまには、これまでの事情を記した書状を書いていただきました。月野さま、今より藤浦屋敷にまいりませぬか」

「左門、その言葉を待っていた」

一郎太は快諾した。否やなど、あるはずがなかった。

もし案に相違して左門がこの家に来なかったら、一郎太は臼田の居どころをつかむために屋敷を訪ね、臼田の妻に会うつもりでいた。

だが予感した通り、こうして左門はやってきた。この流れに乗るべきだろう、と一郎太は判断した。

四

内藤新宿を目指し、一郎太たちは強い風に吹かれつつ足早に歩いた。

遠慮がちに肩を並べている左門の横顔を見つめ、一郎太はたずねた。

「左門、今日は縄張の見廻りをせずともよいのか」

「大丈夫にございます。上役に頼み、他の者を回してもらう手はずになっております」

「手回しがよいな。大したものだ」

「そのようなことはございませぬ。それがしは粗忽者（そこつもの）でござれば……」

「左門が粗忽者なら、俺がよく知る者はどうなる。粗忽者どころか、大粗忽者でも済まされぬぞ」

前を行く藍蔵が、さっと振り向いた。

「月野さま、もしやそれがしのことをおっしゃっているので」

「さすがは藍蔵、よくわかったな」

むっ、と藍蔵が顔をしかめる。

「月野さま、それがしは大粗忽者などではございませぬぞ」

「大粗忽者でなければ、藍蔵はなんだ」

「大迂闊者（おおうかつもの）でございますな」

相変わらず妙なことを申す、と一郎太は苦笑した。

「迂闊者と粗忽者は、なにがどうちがう」

「迂闊者はうっかりしており、粗忽者はそそっかしいのでございます。それがしはうっかりしてはおりますが、そそっかしくはございませぬ」

藍蔵がきっぱりと言い切った。

「はて、そうかな。藍蔵は、そそっかしさも相当のものだと思うが……」

「そのようなことはございませぬ」

即座に否定した藍蔵が、月野さま、と呼びかけてきた。

「それがしが迂闊であろうと粗忽であろうと、世の人々に迷惑をかけておらぬのですから、どちらでも構わぬのではありませぬか」

「迷惑はかけておらぬか。確かにそうかもしれぬ」

一郎太は同意してみせた。

「藍蔵は、俺だけに迷惑をかけておるゆえ」

「えっ、それがしが月野さまに迷惑をかけたことがございますか」

いかにも意外そうに藍蔵がきく。

「藍蔵は、存在そのものが迷惑みたいなところがあるゆえ。だが、俺は藍蔵のことが大好きだぞ。蓼食う虫も好き好きというくらいだからな」

「それがしは蓼でございますか。ひどく苦いと聞きますが……」

「俺は、それを食らう虫ということだ。組み合わせとして、よくできておるではないか」

そんな雑談をしつつも、一郎太たちは付近に警戒の目を放つことを決して怠らなかった。いつ椎葉虎南が襲いかかってきても、不思議はないのだ。

それだけでなく、臼田が再度、襲撃してくることも十分に考えられる。

結局、何事もなく、一郎太たちは内藤新宿の大木戸を過ぎた。

そこからは左門が前に出て、道を熟知しているかのように、一郎太たちの先導をはじめた。大木戸から三町ほど進んだところで、足を止める。

一郎太たちの目の前に、ちんまりとした屋敷が建っていた。明らかに、少禄（しょうろく）の者の家とわかる構えである。

隠密は、伊賀者や甲賀者が務めることが少なくない。その者たちはほとんどが微禄だ。

「ここが藤浦斎二の屋敷か」

一郎太が問うと、まずまちがいないものと思います、と左門が首肯（しゅこう）した。

斎二が虎南のことを詳しく知っているのが本当なら、相当の腕利きだったのは確実だが、その業前に対する見返りは、ほとんどなかったのだろう。

だからこそ、このような小さな屋敷が住まいとなっているのだ。

屋敷に門はなく、ぐるりを巡る塀に木戸が設けられていた。

木戸が風でかたかたと鳴った。

「月野さま、神酒さま、まいりましょう」

ごめん、と左門が声を上げ、そっと木戸を押した。閂（かんぬき）は下りておらず、きしんだ音を立てて木戸が開いた。

「失礼いたす」

再び声を発して、左門がまず木戸をくぐった。そのあとに一郎太は続いた。

最後は藍蔵で、敷地に体を入れるや木戸を閉めた。

狭い庭に背の低い木々が生い茂っており、足元が暗かった。

苔色(こけいろ)に染まった石畳を踏んで、一郎太たちは玄関前に進んだ。

無人の式台(しきだい)に向かって、庭からかすかに風が吹き込んでいた。屋敷の中に、人けは感じられない。

——この家の者は、忍びのような者といって差し支えない。まさか、わざと気配を消しているのではなかろうな。

いや、そうではなかった。わずかに柔らかな人の気配がしている。

「ごめん」

玄関に足を踏み入れ、左門が訪いを入れた。その声がようやく届いたか、はっきりとした人の気配が奥のほうで動いた。

「はーい、ただいま」

女の声で応えがあった。一郎太たちが身じろぎせずに待っていると、奥からこの家の女房らしい女が姿を見せ、式台に端座した。

そこに三人の侍が立っていることに目をみはったが、そのうちの一人が町方役人であることに、さらなる驚きを覚えたようだ。それでも、物腰は落ち着いたものだ。

「お待たせいたしました」

女房に向かって左門が名乗り、一郎太と藍蔵を紹介した。

「定町廻りの服部さまと、月野さま、神酒さまでございますね。それで、どのようなご用でございましょう」

「ご隠居の斎二どのにお目にかかりたいのだが、いらっしゃるか」

左門に問われた女房が困り顔になり、申し訳なさそうに答える。

「義父(ちち)はちょっと出ておりまして……」

「すぐ戻ってこられるか」

「実は将棋を指しに出たのでございますが、早く帰ってくることもあれば、遅くなることもございます。負けが込むと、たいてい早く戻ってまいりますが……」

――そうか。斎二は将棋仲間のもとに行っておるのか。

その家に押しかけてみるか、と一郎太は考えた。斎二から手早く話を聞き出してしまえば、さほど迷惑をかけることにならないのではないか。

斎二の帰りを待つことで時を費やすのは、あまりにもったいない。

一郎太は、斎二が将棋を指しに行った家を教えてもらうために、女房に話しかけようとした。

だが、背後で木戸の開く音が聞こえ、人の気配も感じた。振り返って見やると、老人が玄関に入ってこようとしていた。

一郎太たちがそこにいるのを見て、老人が驚きの顔になる。

「そなたは斎二どのだな」

すかさず相対して一郎太は呼びかけた。えっ、と老人が瞠目する。

「さようでございますが、あなたさま方は」

一郎太は自ら名乗りを上げた上で左門と藍蔵の名も伝え、さらに付け加えた。

「この男の形を見ればわかるだろうが、服部左門は町方同心だ。そなたに聞かせてほしい話があり、俺たちは足を運ばせてもらった」

「お話といいますと、はて、どのような……」

「藤浦どの、まずはこれをお読みくだされ」

左門が懐から書状を取り出し、斎二に手渡した。受け取った斎二が、これは、と左門に問うた。

「前の北町奉行大山大膳亮さまから預かった書状でござる。大山さまは高河伊勢守さまの弟御でいらっしゃる」

「高河伊勢守さまの弟御……。確かにおっしゃる通りでございますな。ここで読ませていただいて、よろしゅうございますか」

「もちろんでござる」

「義父上、上がっていただいたら、いかがでございますか」

女房にいわれ、斎二が深くうなずく。

「ああ、そうだな。――狭い家ですが、どうぞ、お上がりになってください」

大山大膳亮の書状のおかげで、と一郎太は安堵の思いを抱いた。俺たちのことを怪しい者でないと信じてくれたようだ。

失礼する、と断って一郎太たちは式台から廊下に上がった。

古い屋敷だが、掃除が行き届いており、塵(ちり)一つ落ちていない。清潔そのもので、気持ちよかった。

一郎太たちは、六畳間とおぼしき客座敷に通された。

この部屋もきれいに掃除してあり、清々(すがすが)しさが漂っている。

五

一郎太は上座側の真ん中に座し、両側に左門と藍蔵が座った。

一郎太の向かいに斎二が端座する。

一郎太は、書状に目を通しはじめた斎二を凝視した。

おそらく歳は七十に近いのではないか。顔はしわで一杯だが、聡明(そうめい)そうな瞳が生き生きと輝き、そのためなのか、表情が子供のように若々しく見えることがあった。

書状を読み終え、顔を上げた斎二が左門に語りかける。

「ご事情はよくわかりました」

書状を丁寧に折りたたみ、斎二が畳の上にそっと置いた。

「椎葉虎南のことでございますか……」

名を口にしただけだが、斎二は緊張を隠せずにいるように見えた。

──このあいだの照元斎とよく似ておる。並外れた技量を持つ忍びだけでなく、手練の隠密まで恐れを抱くとは……。

「藤浦どの、今日はお孫さんは」

気持ちを和らげるためか、左門が斎二に優しくきいた。体から力を抜き、斎二が柔和に笑んだ。

「手前には孫が三人おるのですが、三人とも今は手習所に行っております。一番下の孫が特に学問に熱心なので、手前は将来を楽しみにしております」

「学問が好きというのは、とてもよいことですね」

はい、と斎二がうれしげに顎を上下させた。

「学ぶ気持ちというのは、人にとってひじょうに大事でございます。一番下の孫がこの家を継ぐことはまずないでしょうから、商人になってくれたら、と手前は望んでいるのです」

「商人ですか。夢が広がりますね」

「はい。一番下の孫には、手前が歩んだ道は合っておらぬように見えますし、学問が好きだとの気持ちを生かせる道を選んでくれれば、と願っております……」

背筋を伸ばし、斎二が咳払いをした。気持ちがだいぶ落ち着いてきているように思えた。

さすがは左門だ、と一郎太は感心した。難しい話をする際の呼吸を、よく心得ている。

「さて、椎葉虎南のことでございましたね」

さよう、と左門が相槌を打った。

「是非とも、お話をお聞かせ願いたいのです」

それには答えず、斎二が一郎太に目を向けてきた。それまでの穏やかな眼差しとはまるで異なり、鋭い目つきだ。

なにゆえそのような目で見るのだろう、と一郎太は斎二を見返した。

「こちらの書状に書かれてございましたが、月野さまが椎葉虎南に命を狙われているというのは、まことのことにございますか」

うむ、と一郎太はうなずいた。

「椎葉虎南に襲われたことはまだ一度もないが、どうやらまちがいないようだ」

「それは容易なりませぬな」

斎二の眼差しが穏やかなものに戻った。

「確かに。ただし、俺は椎葉虎南に殺（や）られる気など、まったくない。返り討ちにしてやろうと思っている。そのために、そなたに会いに来た」

あの、といって斎二が困惑したような表情を浮かべた。

「月野さまは、いったいどのようなお方でございますか。並みのお方ではないように、お見受けいたしますが……」

元隠密なら口はかたいだろうし、なにより斎二は信を置ける男のように、一郎太には思えた。

「俺は元大名だ。今は隠居し、市井の者として暮らしておる」

「ああ、さようでございましたか……」

合点がいったとばかりに、斎二が首を縦に振った。

「なんとなくでございますが、手前が隠密として入り込んでいた大名家のご当主に、ご様子が似ているように感じておりましたので……。なるほど、納得がいきましてございます」

「そうか、似ていたか。その大名も、好き嫌いなく食べていたのではないか」

はい、と斎二が懐かしそうに微笑（ほほえ）む。

「お大名には珍しく、顎ががっしりしたお方で、なんでも召し上がりました」

「きっとそのあたりが、俺とよく似ていたのであろう」

「そうかもしれませぬ」

畏(おそ)れ入ったように斎二が頭を下げた。再び顔を上げたときには、なにか決意を覚えさせるものが表情にあった。

「手前は、隠密として知り得たすべてのことを、墓まで持っていく気でおりました。しかし、病床にある高河伊勢守さまが手前の名を出されたのであれば、椎葉虎南に関してお話ししてもよいとお許しをくだされたということでございましょう」

小さく息を入れて斎二が居住まいを正した。

「斎二どの、そう思ってくれるか」

「もちろんでございます。椎葉虎南について、手前が知っている限りのことを、ただいまよりお話しいたします」

「かたじけない」

感謝の思いを込めて、一郎太は深々と頭を下げた。左門と藍蔵も、かたじけないというように深く顎を引いている。

「椎葉虎南ですが、歳はすでに六十を過ぎております。かなりの年寄りでございますが、腕は今もすさまじいままでございましょう。最も得手にしている技は、吹矢ではないかと。敵に回せば、相当に厄介な相手であるのはまちがいありませぬ」

吹矢が得手か、と一郎太は改めて思った。

——もし椎葉虎南が吹矢を得手にしていなかったら、弥佑は殺られておらなんだか。

考えても仕方がないことだ。

——今は椎葉虎南のことをできるだけ知り、弥佑の無念を晴らすことだけに、すべての力を注がねばならぬ。

「斎二どのは、いま虎南がどこにいるか、知っているか」

一郎太は斎二にたずねた。いえ、と斎二がかぶりを振った。

「申し訳ないのですが、手前もそこまでは存じませぬ」

「虎南に配下はいるのか」

一郎太は別の質問を投げた。

「いないのではないかと……。仲間を求めぬ男であると手前は考えております」

やはり配下はおらぬのだな、と一郎太は納得した。

——弥佑は背後、左右など三方向から吹矢で狙われたのであろうが、照元斎がいう通り、虎南一人で、それらすべてを行ったのだ。弥佑ほどの遣い手ですら、虎南の速さに幻惑されたのだ……。

そのときの様子を一郎太は脳裏に思い描いた。むう、といううめき声が、口から漏れそうになる。

――吹矢を射たれ、意識が背後や左右に向いたとき、強烈な斬撃を正面からまともに食らえば、いくら弥佑といえども、ひとたまりもなかろう。

虎南のその恐ろしいまでの速さをどうすれば、止められるのか。対処できるのか。一郎太は手立てを考えてみたものの、すぐには答えが出そうになかった。

「斎二どの、なにゆえそなたは、さる大名を毒殺したのが椎葉虎南だとわかった」

一郎太は新たな問いをぶつけた。はい、と斎二が点頭する。

「そのお大名の死は、明らかに妙でございました。そのお方も、好き嫌いなくなんでも召し上がり、ずっと健やかな暮らしを営んでいらしたのが、ある日、朝餉（あさげ）のあとに急に倒れられ、あっけなく息を引き取られました。まだ二十四の若さでございました……」

いったん言葉を切り、悔しそうに斎二が深く息を吸い込んだ。

「手前は、その大名家に御典医の助手として入り込んでおりました。その朝、御典医が急に呼ばれ、手前もついてまいりました。しかし、御典医が急いで駆けつけたときには、もはや手遅れでございました……」

そのときのことが思い出されたか、斎二がぎゅっと唇を嚙（か）んだ。

「その大名の死に不審を抱き、そなたは調べはじめたのだな。だが、どうやって椎葉虎南の仕業であると知った」

「後見役だった叔父が当主の座を狙ったゆえに、そのお大名が殺害されてしまったのがのちに明らかになるのでございますが、じかに手を下したのが誰か、手前には見当がつきませんでした。お大名を毒殺した下手人は、なんの手がかりも残しておりませんでした」

うむ、と一郎太は顎を引いた。畳に目を落としてから斎二が続ける。

「いったい誰が、どのようにして毒を入れたのか。いつもの如く、お毒味役が毒味を済ませたあとの出来事で、家中には誰一人として、お大名の膳に毒を入れられる者はおりませんでした。お大名のお食事の最中、そばに寄った者は一人もいなかったのです」

「そうであったか」

「家中以外の何者かが忍び込み、毒を入れたとしか手前には考えられませんでした。忍びの仕業かもしれぬ、とすぐに頭に浮かんでまいりました」

「それで」

一郎太は先を促した。

「忍びが下手人ならば、どうやって毒を椀に入れたのか。天井裏からしてのけたにちがいない、と手前は勘考いたしました。夜分、御殿の天井裏へ上がり、そこに忍びがいた形跡がないか、徹底して調べてみました」

一郎太は黙って耳を傾けた。左門や藍蔵も同じである。

「お大名が食事をされた部屋の真上の天井裏の一角が、そこだけ埃（ほこり）がきれいになくなっていました。これは人がいた跡であろうと、手前は判断いたしました」

「天井裏にいた忍びは、どのような手を使って大名の膳に毒を入れたのだ」

「それが手前にもわからなかったものですから、城内の書庫に行き、忍術に関する書物を何冊か読んでみました。そのうちの一冊に、糸をつかう毒の術が記されておりました」

「糸を使う術だと。どういうものだ」

はい、と答えた斎二が忌々（いまいま）しげに眉根を寄せ、説明をはじめた。

「まず、水に溶いた毒をたっぷりと染み込ませた糸を、天井裏から下に向かって垂らします。すると、糸を伝って一番端からしたたった毒が、吸物の椀へ落ちていきます。おそらく椀には数滴の毒が入ったはずですが、それに気づくことなく、お大名は吸物を飲んでしまわれたものと……」

もし自分が百目鬼家の当主だったときにその方法が使われていたら、無事だったとはとても思えない。毒がしたたったにしても、椀に毒が入ったとは気づくまい。

――俺は、まちがいなく死んでいたであろう。東御万太夫がその手立てを用いず、まことに幸いであった。

百目鬼家の国家老で、のちに江戸家老となり、執拗に一郎太の命を狙い続けた黒岩監物が、椎葉虎南に仕事を依頼しなかったのも、運がよかった。

空咳をして斎二が言葉を続ける。

「手口まではなんとかわかりましたが、下手人が誰かは、相変わらず判然といたしませんでした」

「下手人が椎葉虎南だったのなら、それを探り出すのは相当に難儀であっただろう。それでも調べ上げたそなたの手並みは、素晴らしいの一言だ」

ありがとうございます、と頭を下げて斎二が唇を湿らせる。

「お大名の死の裏には、後見役を務めていた叔父の使嗾があったと断じ、手前は過去三月の叔父方の動きを調べてみました。もし忍びに仕事を頼んだなら、いかにしてその忍びに至る手づるをつかんだのか。手づるをつかんだとして、どうやってつなぎを取ったのか。家臣の誰かを使いに出したのではないのか」

斎二が少し息を入れた。

「叔父方の動きを詳しく調べてみると、懐刀というべき家臣が、お大名が殺される一月ばかり前に日向国へ向かったのが知れました」

日向国といえば、九州である。ずいぶん遠くまで行ったものだな、と一郎太は思った。

一郎太の思いを察したように斎二が述べる。

「手前が隠密として入り込んでいた大名家は、同じ九州の筑後にございました。それゆえ、日向国は遠国とまではいえませんでした」

――そうか、斎二は筑後の大名家に入り込んでいたのか……。

「椎葉虎南は日向国に住んでいたのか」

「その頃――今から十年近くも前のことでございますが、日向国で暮らしていたのは、確かなようでございます」

「では、やつは日向国の出なのか」

「そこまでは今に至っても、わかっておりませぬ。その当時の手前には、それ以上のことは調べられませんでした。懐刀が日向国へ行ったことがわかったところで探索が手詰まりになり、手前は日向国の忍びについて、また書物に当たってみました」

「なにか見つかったか」

すぐさま一郎太は問いかけた。

「はい。戦国の昔に活躍した忍びとして、椎葉鼓太郎という名の者が出てまいりました」

「椎葉鼓太郎とな。それは虎南と血のつながりがあるのか。もしや先祖に当たる者か」

「それについても、はっきりしておりませぬ」

「そうなのか。斎二どの、話の腰を折って申し訳なかった」

いいえ、と斎二が微笑する。

「戦国の昔、椎葉鼓太郎は、日向国の大名だった伊東家に仕えていた忍びだったようです。何人かの敵の武将を闇討ちにするほど、すさまじい業前を誇っておりました」

「何人かの武将を討ち取ったのか。そいつはすごい」

一郎太は感嘆の声を発した。

「大勢の者に守られている武将を闇討ちにするのは、難儀そのものでございます。戦が絶えなかった戦国の世でも、闇討ちで屠られた武将の例というのは、そうそうありませぬ」

一郎太は少し身を乗り出した。

「日向国の伊東家といえば、戦国の頃は薩摩島津家と長年、争っていたのだったな」

「椎葉鼓太郎に闇討ちされた何人かの武将は、いずれも島津家に仕えていた者だったようにございます」

「勇猛で知られた島津の武将を討ち取ったのか。やはりすさまじいな」

「おっしゃる通りでございます。日向国には椎葉という地がございまして、椎葉鼓太郎はその地を本貫(ほんがん)としておりました」

「椎葉は地名だったのか」

「手前はその椎葉の地について人をやって詳しく調べたところ、ようやく椎葉虎南という忍びがそこにいたことがわかりました」

「ついに、椎葉虎南にたどり着いたのだな」

「ただし、まちがいないとは思ったものの、椎葉虎南が本当にお大名を毒殺した下手人なのか、断定はできませんでした。それでも一度、その名が知れてしまえば、いくら秘密にしようとも、椎葉虎南については、切れ切れながらも、いろいろと耳に入ってまいります」

「そうであろうな」

「椎葉虎南は、高い金を得て殺しを専らにする者だと、調べがつきました。しかも、毒殺にかなり長(た)けた者で、それまでに三人の大名を手にかけたかもしれぬということまで、わかりました」

全部で四人の大名を殺害したかもしれないことは事前に左門から聞いていたが、もし実際に椎葉虎南がそこまでしてのけたのなら、やはりとんでもない手練だとしかいいようがない。

「後見役だった叔父というのは、どうやって椎葉虎南のことを知ったのだ」

一郎太は新たに斎二に問うた。

「戦国の昔、叔父の家から伊東家へ嫁いだ者がいたようでございます。逆に、伊東家から嫁いできた者も、いたらしいのです。おそらくそのあたりの縁で、叔父は椎葉虎南というすさまじい業前の殺し屋を知ったのではないかと……」

「戦国の昔にできた縁が、今も生きているということか」

「さようにございます。椎葉虎南は日向では鼓太郎の再来とまで、いわれていたそうにございます」

「再来か。椎葉というところは、忍びの里なのか」

東御万太夫の羽摺りの里を念頭に、一郎太はたずねた。

「いえ、椎葉鼓太郎という忍びは、たまたまその地から出たようでございます。椎葉虎南は鼓太郎の名をどこかで聞き知ったらしく、よそからやってきたという話でございました」

「よそから来たのか……」

そういえば、と一郎太は思い出した。木賀道場の跡継ぎだった九之丞が全国行脚の旅に出て、十年ばかり前、肥後国から道場の下男の陸兵衛に文を出したということだった。

——となると、やはり木賀九之丞が椎葉虎南なのか。

十年ばかり前に肥後国にいたのは、椎葉の里を離れたからか。それとも、殺しの仕事を受けて肥後国に足を運んだに過ぎないのか。

とにかく、木賀九之丞が椎葉虎南であるとの疑いが、さらに深まったのは確かだ。

「皆さまは、稗搗節という民謡をご存じでございますか。かなり有名な歌でございますが」

ふと思いついたように斎二がきいてきた。

「稗搗節か。つい最近、その歌を耳にしたばかりだ」

「えっ、ああ、さようでございますか」

斎二がどこかいぶかしげに一郎太を見る。

「月野さま、稗搗節をどこで聞かれましたか」

「さる道場に足を運んだときだ。斎二、稗搗節がどうかしたのか」

「実は、稗搗節が生まれたのは椎葉の里だそうでございます」

「なに」

——江戸の出だといっていたが、陸兵衛というあの下男は、実は椎葉の出なのではないのか。父親がよく口ずさんでおり、それで自然に覚えたといっていたが、まことのことなのか……。

真剣な顔で斎二が言葉を続ける。

「その里で暮らしているうちに、何度も耳にしたことで椎葉虎南は稗搗節が好きになり、その後、好んで歌っていたそうにございます」

「なんと」

一郎太は我知らず腰を浮かせていた。

「月野さま、その道場で誰が稗搗節を歌っていたのでございますか」

身を前に乗り出し、斎二がきいてきた。

「俺たちが足を運んだ道場の下男だ」

一郎太の言葉に斎二が眉をひそめる。

「もしやその下男こそが……」

「その通りだ。あの下男は七十歳を過ぎているように見えたが、忍びなら歳などいくらでもごまかせよう。左の眉の傷跡はよくわからなかったが、傷跡などなんとでもできよう」

迂闊だった。気づかなかった。やられたな、と一郎太は顔をゆがめた。

「椎葉虎南はいま江戸におる。あの下男が椎葉虎南だ」

もしかすると、と斎二がいった。

「椎葉虎南は、月野さまたちがいらしたのを知り、わざと稗搗節を聞かせたのかもしれませぬ」

むっ、と一郎太は声を出した。

「斎二どの、椎葉虎南がなにゆえそのような真似をせねばならぬ」

あくまでも冷静に斎二が答える。

「ここに椎葉虎南がいるのだぞと、月野さまたちに知らしめるためではないかと……」

「椎葉虎南とは、そのようなことをあえてする者なのか」

「おのれを誇示する男でまちがいありませぬ」

「しかし、顔をさらしてまで、わざわざすることなのか」

「それほど自信があるのでございましょう」

「俺を必ず殺すという自信だな」

体に力を込めて一郎太は立ち上がった。

「斎二どの、いろいろと話を聞かせてもらい、助かった。この俺が必ずや椎葉虎南を討ってみせる。そなたにも吉報を届けるゆえ、待っていてくれ」

「わかりましてございます。楽しみにお待ちしております」

畳に両手をつき、斎二が平伏する。

「また会おう」

藤浦屋敷をあとにし、一郎太は藍蔵と左門をともない、牛込を目指して道を急いだ。四半刻ほどで木賀道場に到着した。閉まっている木戸の前に立ち、一郎太は呼吸を静めた。横で藍蔵も息をととのえている。

精神を一統し、一郎太は塀の向こう側の気配を探ってみた。

しかし、人がいるようには感じられなかった。薪を割る音も、稗搗節も聞こえてこない。

先ほどまで強かった風も今はすっかりおさまり、まるで雪の朝のような静寂が、一郎太たちの周りを覆っている。

——ここにやつはおらぬのか。

だが、相手は忍びである。一郎太たちがやってきたことに気づき、気配を消すなどお手の物だろう。

「入りますか」

顔を近づけ、藍蔵がささやきかけてきた。うむ、と一郎太はうなずいた。

「入ろう」

「では、それがしからまいります」

一郎太は、自分が先に入りたかったが、よかろう、と応じた。藍蔵の一郎太を守りたいとの気持ちが、痛いほどにわかったからだ。

「開けます」

深く息を吸ってから藍蔵が木戸を押す。閂は下りていないようで、小さくきしんで木戸が開いた。

ちらりと一郎太に一瞥をくれてから、藍蔵が慎重に木戸に身を入れた。一郎太と左門はそのあとに続いた。

誰も襲いかかってこなかった。一郎太は、昨日、陸兵衛が薪割りをしていた場所に目を向けた。

そこには誰もおらず、かすかに吹き込んできた風が土埃を上げただけだ。

一郎太たちは慎重に道場の戸口に進んだ。戸に錠は下りていない。

引手に指を当てた藍蔵が静かに戸を開け、素早く三和土に足を踏み入れた。一郎太も入り、中を見やった。

三和土の先は道場になっており、三十畳ほどの板敷きの間が広がっていた。

暗くてがらんとしており、竹刀は一本も壁にかかっていない。

陸兵衛がしていたのか、道場は掃除が行き届いていて、床はよく磨かれていた。

道場には人けはまったくないが、なぜか見所が気になり、一郎太はじっと見た。

「どうかされましたか」

藍蔵にきかれ、一郎太は首を傾げた。

「あの見所に、どういうわけか、引っかかるものがある」

一郎太にいわれて左門と藍蔵が見所を見つめる。

「まさか、あの見所に椎葉虎南がひそんでいるのではないでしょうな。――いえ、誰もおりませぬな」

「そのようだ。椎葉虎南はここにはおらぬ」

それを聞いて藍蔵が悔しげな顔をする。

「やつめ、逃げましたかな」

「俺たちが来たからといって、やつが逃げるとは思えぬ。ただ留守にしているだけかもしれぬ」

「ならば、やつの戻りをここで待ちもうすか。待ち伏せできるかもしれませぬ」

藍蔵に提案され、一郎太は沈思した。

「それはどうかな。椎葉虎南ほどの腕の者が、待ち伏せの気配に気づかぬとはとても思えぬ。待ち伏せをすれば、逆に裏をかかれかねぬ」

「そうかもしれませぬ」

残念そうに藍蔵が認めた。

「藍蔵、今日のところは引き上げよう。この道場はやつの庭も同然だ。俺たちが手練の忍びを相手に、戦ってよい場所ではない」

「さようでございますな。では、引き上げるといたしましょう」

左門が同意するようにうなずいた。

一郎太たちは連れ立って道場の外に出た。その際も、気を緩めることは決してない。

木戸を抜けた一郎太たちは、通りを歩きはじめた。なにか、いやな汗が背中にへばりついている。

むう、と一郎太は顔をしかめた。これはどういうことなのか。

はっ、と気づき、体をかたくした。

――やつが近くにおるのではないか。

どこからか、こちらを見ているような気がしてならない。

――まさか、背後から襲いかかってくるつもりではなかろうな。

あり得ないことではない。一郎太はさっと振り返った。

だが、後ろから疾風(はやて)のように近づこうとしている者などいなかった。

今はもう虎南らしき者の目は感じない。

前を行く左門と藍蔵はなにも感じていなかったらしく、付近に警戒の目を放ちながら前に進んでいる。

――俺は、椎葉虎南に恐怖を与えられているのだな。いや、こうしてなんだかんだ考えてしまうこと自体、やつの術中にはまっている証であろう。

椎葉虎南は、底知れぬ業前を持つ忍びである。これまで一郎太が戦ってきた中で、最も手強(てごわ)い相手であるのは疑いようがない。

――なにしろ、弥佑でさえ殺られてしまったのだからな……。

東御万太夫も恐ろしく強かった。だが、もしかすると椎葉虎南は、万太夫とは比べものにならないほどの業前を誇っているのかもしれない。

――つまり、俺はとんでもない男に命を狙われているのだ。

それでも、一郎太には負ける気などまったくない。

椎葉虎南を返り討ちにするという思いに、揺らぎは一切なかった。

六

音もなく見所に降り立ち、虎南は、くくく、と忍び笑いを漏らした。

――やはり来おったか。百目鬼一郎太め、陸兵衛が椎葉虎南であると、ようやく覚(さと)ったのだな……。

見所を気にしていたのは、褒めてやってもよい。だが一郎太の力では、そこまでが精一杯だ。

一郎太には、虎南が見所の天井に貼りついているのが見えなかったのだから。もっとも、虎南は『羽蟻隠れ』と呼ばれる術を用いていたから、姿を目にできなかったのも無理はない。『羽蟻隠れ』は気息を殺し、自分が羽蟻になったような気持ちで天井に貼りつくのだ。

この術は気持ちこそが肝要で、なりきることさえできれば、よほどの遣い手でない限り、こちらの姿を目にすることはできない。

——興梠照元斎ならば、あるいは見えたかもしれぬが……。

ふふふ、と虎南は再び小さく笑った。

——百目鬼一郎太め、今頃、冷や汗をかいているであろう。まるでわしに後ろから見られているような気分を、味わっているに相違ないからな。

先ほど虎南は一郎太に『もぬけの衣』という目くらましをかけたのだ。

にやりと笑い、虎南は道場内を歩いて左手にある用具部屋に向かった。

扉を開けて掃除道具を取り出し、いつものように床を磨きはじめた。

掃除をしていると、心が穏やかになる。高ぶる気持ちを鎮める効果があるのだ。

——少なくとも、わしにとっては薬のようなものだ。心を無にするには掃除が一番よ。

虎南は一刻も早く一郎太をこの手で殺したくてならないが、ときが満ちねば、殺り損ねる恐れがある。

それだけは、なんとしても避けなければならない。

今は、ひたすら気分を落ち着けることを考えればよい。それですべてがうまくいく。

——そうに決まっておる。

虎南は断じ、雑巾を動かす手にさらに力を込めた。

第四章

一

目が覚めた。

部屋の中は暗い。じき明け六つの鐘が鳴るのが、一郎太にはわかった。

——あと十拍ほどだろう。

頭の中で十を数え終えたとき、時の鐘が鳴りはじめた。こんな能力があったところで、と一郎太は自嘲気味に思った。

い。

――なんの役にも立たぬ。賽の目がまた見えるようになってくれるほうがありがたい。

しかしよく寝たな、と思いつつ一郎太は寝床に起き上がった。

椎葉虎南という凄腕の殺し屋に狙われているにもかかわらず、たっぷりと眠った。

愛刀を胸に抱いてはいたのだが、朝が来るまで一度も起きなかった。

首筋をとんとんと叩いて、あぐらをかいた。

――火事が起きても、おそらく目を覚まさなかったであろう。それだけ疲れていたにちがいないが、もし昨晩、椎葉虎南に襲われていたら、どうなっていただろうか。返り討ちにしたに決まっている、と一郎太は強く思った。自分がこんなところで死ぬわけがない。

すでに藍蔵は起き出しているようだ。台所で朝餉の支度をしているらしく、包丁の音が聞こえてくる。

愛刀を手に立ち上がり、一郎太は厠に向かった。用を足して手を洗い、歯も磨いた。さっぱりして居間に赴くと、部屋には味噌汁のにおいが漂っていた。二つの膳が並んで置かれているのを目にして、一郎太は天井を見上げた。そこから糸は垂れていない。

もっとも、と一郎太は思った。

――もし椎葉虎南がこの家に忍び入っているのなら、毒を入れるまでもない。隙を見て、俺を殺(や)ればよいだけの話だ。

藍蔵も天井から毒を入れられるのを恐れたようで、椀(わん)やおかずの皿すべてに蓋がしてあった。

それを見て一郎太は、くすり、と笑いをこぼした。

――俺を守るために、藍蔵なりに、いろいろと工夫してくれているのだな。

「月野さま、おはようございます」

櫃(ひつ)を抱えて藍蔵が居間にやってきた。

「藍蔵、おはよう」

「よく眠れたようでございますな」

「藍蔵がいてくれるおかげで、なんの憂いもないゆえ。布団に横になった途端、眠りに落ち、そのまま朝までぐっすりだ」

「それは、よろしゅうございました。よく眠れるのが一番でございますからな。では月野さま、朝餉にいたしましょう」

居間に座した一郎太は、藍蔵から箸を受け取った。食器の蓋を次々に取っていく。

膳に並んだ献立は、納豆に玉子焼、たくあん、豆腐の味噌汁というものである。これらを手際よくつくってみせるのだから、藍蔵の包丁の腕は大したものだ。

藍蔵の気持ちのこもった朝餉を食した一郎太は、目を閉じて茶を喫した。

「それで月野さま、今日はどういたしますか」

一郎太は目を開けた。藍蔵は湯飲みを両手で包み込んで、こちらをじっと見ている。

「木賀道場に行ってみますか。椎葉虎南が戻ってきているかもしれませぬ」

「いや、それはやめておこう」

「なにゆえでございますか」

「潮が満ちたとはいえぬからだ。椎葉虎南が一度も我らの前に姿をあらわさぬのは、ときを計っているからではないか。俺は、そんな気がしてならぬ」

「ときを計っている……。自分が有利になる頃おいを待っているのでございますか」

いや、と一郎太は首を左右に振った。

「有利不利とかではなく、精神と身体（からだ）が、俺を殺るに最もふさわしい状態になるのを、待っているのではないだろうか」

「つまり、相手が誰であろうと、おのれが最もよい状態に至りさえすれば、打ち負かせぬ者などこの世におらぬ、ということでございますな」

「椎葉虎南という男は、それだけ業前（わざまえ）に自信を持っておるのだ」

「しかし、月野さまも自信があるのではありませぬか」

「むろん、ある。だが俺の場合は業前ではなく、むしろ運の強さだな」

「月野さまは、これまで危機をすべて切り抜けられてきましたからな。しかし、それは運のよさだけではございませぬ」

一郎太を見つめて藍蔵がいいきった。

「ならば、俺はなにゆえ乗り越えられたのだ」

「生きるという気持ちの強さでございましょう。生への執念と、いい換えてもよろしいかと存じます」

「その気持ちだけは誰にも負けぬ」

「ですので、こたびも同じでございましょう」

一郎太に柔らかな眼差しを注いで、藍蔵がにこりと笑った。

「これからも、その気持ちを持ち続けてくだされ。さすれば、相手が椎葉虎南といえども、殺られてしまうことはありますまい」

「承知した」

「それで月野さま」

居住まいを正して藍蔵が呼びかけてきた。

「木賀道場に足を運ばぬのなら、今日はどういたしますか」

「すべきことは、ただ一つだ」

藍蔵に目を据えて一郎太は断言した。

「なにをすべきか、それがしにもわかりました。臼田耕助を捜し出し、捕らえるなり、討つなりしなければなりませぬ」

うむ、と一郎太は顎を引いた。

「しかし月野さま。服部どのも、お目付から臼田捜しの助勢を、まだ頼まれてはおらぬのではありませぬか」

「目付から頼まれるまで、動かずにただ待っているのも芸がない。先に俺たちが動けば、それがきっかけとなって、なんらかの動きが出てくるはずだ」

「なるほど。こちらから動かしてやれ、というわけですな。それならば、まず臼田屋敷に赴くことになりましょうが、我らは場所を知りませぬ。誰にきいたら、臼田屋敷の場所は知れましょう」

そうさな、と顎に手を当てて一郎太はつぶやいた。

「誰にきかずとも、麻布のあたりに行けば、知れるのではないか」

「麻布……。ああ、貫惣流の板部岡道場が麻布今井寺町にあるからでございますな」

「臼田は板部岡道場に通っていた。ふつうは道場からそう離れたところには住んでおらぬはずだ」

「しかし月野さまは、なにか気になっているお顔ですな」

うむ、と一郎太はうなずいた。

「いきなり麻布には赴かず、徳兵衛に臼田のことをきいてみることにいたそう」

　えっ、と藍蔵が目を丸くする。

「槐屋さんでございますか。槐屋さんが、臼田の屋敷をご存じでございましょうか」

「徳兵衛は、とにかく顔が広いゆえ、知っているかもしれぬぞ」

「十分に考えられますが、やはり麻布にじかに行ったほうが早いのではありませぬか」

「また俺の勘を持ち出して申し訳ないが、臼田屋敷があるのは、どうも麻布ではないような気がするのだ。板部岡道場で臼田屋敷の場所をきいておかなかったのが、手抜かりであったのだが」

「さようにございますな。そんな当たり前のことを、なにゆえ板部岡香雪斎どのにきかなかったのでしょう」

　藍蔵はしきりに首をひねっている。

「きっと疲れていたのであろう。疲れのせいで頭が働かぬこともある」

　すぐに一郎太は言葉を続けた。

「なにゆえ徳兵衛に臼田のことをきくかというと、新田与五右衛門と面識があったからだ」

「なるほど。その縁で、臼田のことも知っているのではないかと、お考えになったのでございますな」

だが、と一郎太は声の調子を落とした。

「与五右衛門と臼田は互いのつながりを誰にもわからぬように秘していただろうから、徳兵衛はなにも知らぬかもしれぬ。徳兵衛に会っても無駄か……」

それを聞いて藍蔵が残念そうな顔になる。

「いや、やはりまいろう。徳兵衛から話を聞いたほうがよい気がする」

「では、さっそくまいりましょう」

一郎太の気が変わらないうちにと考えたか、急いで藍蔵が立ち上がった。

「藍蔵、その前に後片付けをしてしまおう」

「ああ、忘れておりました」

手際よく二つの膳を台所に持っていき、藍蔵が食器を洗いはじめた。一郎太も手伝った。

百目鬼家の当主だったときは、このような真似は決してしなかった。仮にやろうとしても、家臣が許さなかっただろう。

藍蔵からは、なにもなさらずとも構いませぬ、といわれているが、ふんぞり返ってすべてを押しつけるわけにはいかない。

ただの男として、市井で暮らしているのだ。手伝いをするのは至極当然である。

それに、いざ食器洗いや掃除など家事をしてみると、食べかすがきれいに取れたときや、家の中がさっぱりしたときなど、意外に心楽しく、気分が爽やかになるのだ。後片付けを終えて一郎太が廊下を歩きはじめたとき、後ろから藍蔵がきいてきた。

「月野さま、今日は服部どのが見えるとの勘は働きませぬか」

「働かぬな。左門は来ぬ」

一郎太は断言した。

「ならば、我らが出かけるからといって、服部どのに待ちぼうけを食わせることもありませぬな」

「その心配はなかろう」

外に怪しい者の気配がないことを確かめてから、藍蔵が戸を開けた。気を緩めることなく一郎太は外に出た。藍蔵が施錠し、戸が開かないことを確かめる。

まいろう、と藍蔵をいざなって一郎太は道を歩きはじめた。江戸の町には朝靄が出ており、墨絵のような光景が広がっていた。

――この靄を突き破って椎葉虎南が襲ってきたら、俺は応じられるのだろうか。

多分、大丈夫だろう。後れを取るようなことは、まずあるまい。

今朝はほとんど冷え込まなかった。昨日の寒さが嘘のようで、陽射しはさして強くないが、風もなく、穏やかな暖かさを感じた。

「もしかすると、今日は暑くなるかもしれませぬな」

靄でぼんやりしている空を見上げて、藍蔵がつぶやいた。

「冷え込んだ翌日は、まるで帳尻を合わせるかのように一気に暑くなったりするからな」

住処(すみか)から一町ばかり先にある槐屋は、あっという間に視界に入ってきた。

一郎太は店(たな)の裏に回ろうと考えていたが、店先に桶(おけ)と柄杓(ひしゃく)を手にした徳兵衛が立っているのに気づいた。足早に近づき、声をかける。

水を撒(ま)く手を止め、明るい笑顔になった徳兵衛が辞儀する。

「これは月野さま、神酒さま。おはようございます」

足を止めて、一郎太たちも挨拶を返した。

「徳兵衛、感心だな。大店(おおだな)の主人だというのに、自ら水撒きをするとは」

「なに、水を撒くのは、子供の頃から大好きなのでございますよ。特に、今朝のように暖かな朝はやめられません」

「気持ちがよいからな」

「まことに。それに、人任せにせず、たまには自分でこういうことをしませんと、お天道さまに叱られてしまいますので。なにをつけ上がり、怠けておるのだと」

「誰もおらぬときに善行を積むのは、人としてとてもよいことだ」

はい、と徳兵衛がにこりとしてうなずく。

「それで月野さま、今朝はいかがなされましたか。なにやら、浮かぬお顔をされているようにお見受けいたしますが……」

「浮かぬ顔か。別に、気持ちは沈んではおらぬのだが……」

――やはり椎葉虎南に狙われているのが、じわじわと効いてきておるのか。

手のひらで頬をつるりとなでて、一郎太は用件を話した。ほう、と徳兵衛が少し難しそうな顔になった。

「御徒目付の臼田さまのお屋敷がどちらにあるかでございますか。申し訳ないのですが、手前は存じ上げません」

「そうか、知らぬか」

当てが外れたか、と一郎太は少し残念だった。

「しかし月野さま、お待ちくださいませ。奉公人で知っている者がいるかもしれません。どうぞ、お入りになって、客座敷でお待ちくださいませ」

一郎太たちはその言葉に甘えた。

客座敷に座していると、失礼いたします、と志乃が茶を持ってきた。一郎太と藍蔵の前に湯飲みをのせた茶托を置く。

「どうぞ、お召し上がりください」

「済まぬな、志乃」

遠慮なく湯飲みを手にして、一郎太は茶を喫した。藍蔵が淹れた茶もうまかったが、志乃の茶は二味ばかりちがう。

「志乃、実にうまいな」

「ありがとうございます」

藍蔵も笑みを浮かべて茶を飲んでいる。湯飲みから口を離して、嘆声を放つ。

「どうも、それがしとは淹れ方が異なるのでございましょうかな。志乃どの、今度お茶の淹れ方も教えてくだされ」

「承知いたしましたが、藍蔵さま、私は人とちがう淹れ方はしておりませんよ」

「それでも、志乃どのが淹れてくれる茶はうまい。うますぎる」

志乃は、藍蔵の言葉を微笑しながら聞いている。よい笑顔をしているな、と一郎太には志乃がとてもかわいらしく見えた。藍蔵にとっては、なおさらであろう。

「月野さまと藍蔵さま、朝餉はもう召し上がりましたか」

気にかかったように志乃がきいてきた。

「家で済ませてきた。藍蔵がつくってくれたのだが、実にうまかった」

「それはようございました」

藍蔵をじっと見て志乃が顎を引いた。

「藍蔵さまは、料理の筋がとてもよろしいですから」

「俺もそう思う」

「藍蔵さまは、私が教えて差し上げることをすぐに覚えてくださいますから、教え甲斐がございます」

「それは、志乃どのの教え方がよいからでござる。とてもわかりやすく教えてくださるので、それがしも身につくのでござるよ」

——この二人が、いつか夫婦になれればよいのだが……。

一郎太は想像を膨らませた。小料理屋でもやれば、きっとうまくいくのではないか。問題は、志乃が徳兵衛の一人娘ということだ。志乃は婿を迎え、槐屋を継がなければならない。

藍蔵が婿入りし、槐屋の当主となるというのは、いかにも考えにくい。商売の才があるようには見えない。

二人が夫婦になるのには、かなりの障壁がありそうだ。

——好き合った者同士が一緒になるのが最もよいのだが……。

すべては縁であろう、と一郎太は思った。この二人の絆がどのくらい強いか。それにかかっているような気がする。

一郎太がそこまで考えたとき、徳兵衛が客座敷にやってきた。

「お待たせしました」

一礼して徳兵衛が敷居を越える。一人の若い男を連れていた。

私はこれで失礼いたします、と残念そうに志乃が出ていった。藍蔵も未練を感じさせる顔で、志乃を見送っている。

「参次、入りなさい」

優しい声で徳兵衛が手招く。一郎太は参次を見た。この店で手代を務める男である。

「月野さま、臼田さまのお屋敷ですが、この参次が存じておりました」

「それはよかった」

一郎太は胸をなで下ろした。

「臼田の屋敷はどこにある」

一郎太が身を乗り出してきくと、参次がすぐさま口にした。

「わかった、千駄ヶ谷町だな」

やはり麻布ではなかったな、と一郎太は思った。麻布界隈をうろうろせずに済んだという点で、勘が当たったのはよいことだろう。

参次が説明を加える。

「千駄ヶ谷町と申しても広うございます。瑞円寺というお寺がございまして、その西側に広がる武家屋敷町に確か、お屋敷があるはずでございます」

「瑞円寺という寺の西側の武家屋敷町だな。それにしても参次、臼田の屋敷など、よく知っていたな」

「千駄ヶ谷町にうちの取引先がございますが、以前その店に押し込みがあった際、近所に住む御徒目付が駆けつけてくださったという話をうかがいました。その御徒目付の御名が、まちがいなく臼田さまだったと覚えております」

そのようなことがあったのか、と一郎太は思った。

「臼田が取引先に駆けつけたというのは、いつのことだ」

間髪を容れずに一郎太は参次に質した。

「七、八年前のことだと存じます」

――その頃は、まだ臼田は汚れておらなんだのか。正義の心が根を張る徒目付だったのかもしれぬ。

「だいぶ前のことだな。参次、そなたの物覚えのよさは特筆に価する」

「畏れ入ります」

参次がこうべを垂れる。徳兵衛も誇らしそうにしていた。

「参次、もういいよ。ご苦労だったね。仕事に戻りなさい」

徳兵衛が命じ、参次が辞儀して客座敷を去った。腰高障子が閉まる。

徳兵衛が一郎太に眼差しを注いできた。

「あの、差し支えなければ教えていただきたいのですが、月野さまはなにゆえその臼田さまという徒目付のことを、気にかけていらっしゃるのでございますか」

「他言は無用にしてもらいたいのだが」

「もちろんでございます」

どういうことか、一郎太は語った。徳兵衛が驚きの表情になる。

「月野さまが臼田さま、いえ、臼田に襲われた……」

「それゆえ椎葉虎南と相まみえる前に臼田を捜し出し、かたをつけなければならぬ」

徳兵衛に礼を述べて立ち上がり、一郎太は槐屋をあとにした。

藍蔵が一郎太の先導をはじめる。

二

根津から千駄ヶ谷町まで一刻近くかかった。刻限は五つ半をだいぶ過ぎただろう。

日が高くなるにつれて、風が出てきた。町を覆っていた靄は、払われたように消え去った。空からも雲が失せ、陽射しを遮るものはほとんどない。藍蔵の言葉通り、かなり暑くなってきていた。

千駄ヶ谷町まで足早に歩いてきて、一郎太は汗をだいぶかいた。手ぬぐいを使い、顔や胸元、首筋を何度も拭く。

目当てにしていた瑞円寺は、人にきくまでもなくわかった。

「この寺の近所に臼田屋敷があるのだな」

瑞円寺の門前に立って一郎太がいうと、藍蔵が周囲を見回した。

「この寺の西側は、少禄（しょうろく）の武家屋敷がだいぶかたまっているようでございますな。徒目付の屋敷と思える建物がいくつもありますぞ」

一郎太も、広いとはいえない武家屋敷が寄り集まっている町並みを眺めた。

一郎太たちは武家屋敷町を目指して歩きはじめた。一軒だけ目立って広い屋敷の前で足を止めた。あたりはひっそりと静寂に覆われており、人影はまばらである。

そんな中、武家との商談にでも出向いてきたのか、二人の商人が歩いてきた。年寄りの主人と、若い手代という組み合わせのように見える。二人とも、身なりにかなり気を使っているのが知れた。

一郎太たちの横を会釈（えしゃく）して通り過ぎようとする二人を藍蔵が呼び止め、徒目付の臼田どのの屋敷を知らぬか、とたずねた。

手代とおぼしき男は一郎太たちと関わりを持ちたくないと考えたのか、立ち止まろうとする素振りさえ見せなかった。

だが、あるじらしい年寄りのほうが足を止め、丁寧に小腰をかがめた。

「臼田さまのお屋敷でございますか。はい、存じております」

年寄りがすらすらと道順を教えてくれた。

「かたじけない」

笑みを浮かべて藍蔵が礼を述べた。

「あの、大きな声ではいえないのでございますが」

年寄りが声を低めた。

「臼田さまの家には今、ご主人がいらっしゃいません」

「そのことは聞いておる。行方知れずになったのであろう」

「あっ、はい、さようで。ご存じでいらっしゃいましたか」

「臼田どのがおらずとも、ご内儀はいらっしゃるのではないか」

「はい、いらっしゃると存じます」

「それならよいのだ。忙しいところ、呼び止めて済まなかった」

にこりとした藍蔵が、年寄りに感謝の意を伝える。

「いえ、お役に立てたようで、手前もうれしく思います」

では失礼いたします、と一礼して年寄りが歩き出す。若い男がすぐに後ろについたが、年寄りがなにやら強い口調で諭しはじめたのが、一郎太の耳に届いた。

人に親切にしないのは、ならぬことだ。人とのつながりを大事にする者が、この世は勝つようにできておる。商売抜きで、常に人に優しくしなければならんのだ。わかったか。

——まったくもってその通りだな……。

年寄りは、教訓めいたことをよく口にする。それは経験に裏づけられている。それゆえ、決してうるさいなどと、思ってはならない。年寄りの言葉は暮らしの中で、ためになることが多いのだ。

——経験とは得難いものだ。ありがたく傾聴せねばならぬ。

果たして年寄りの言葉が若い男の心に響いたかはわからなかったが、いずれすんなりと腑に落ちるときが来るだろう、と一郎太は思った。

——あれだけ強くいえるのは、二人が父子ゆえかもしれぬ。いや、祖父と孫かな……。

一郎太たちは、年寄りに教えられた通りに道を進み、一軒のちんまりとした屋敷の前に立った。元隠密の藤浦斎二屋敷と同様、門はなく、塀に木戸が設けられていた。臼田家の禄高は知らないが、さほどのことはないだろう。少禄の御家人が持てる屋敷は、このくらいが精一杯の広さではないか。

「よし、入ろう」

一郎太は藍蔵に声をかけた。はっ、と藍蔵が答え、眼前の木戸を押した。しかし閂（かんぬき）が下りているようで、開かなかった。

頼もう、と藍蔵が屋敷内に向かって声を張り上げた。すると、木戸の向こう側に人の気配が立った。

「どちらさまでございましょう」

木戸越しに、しわがれ声で男がきいてきた。臼田家の下男ではないか、と一郎太は当たりをつけた。

藍蔵が名乗り、一郎太が同道していることも告げた。

「神酒さまと月野さまでございますか。どのようなご用件でございましょう」

「臼田どののことで聞きたいことがある」

「えっ、殿のことで」

あまり間を置くことなく閂が外される音がし、木戸がきしみながら開いた。しわ深い男が顔をのぞかせる。

「もしや、お二人は殿の行方をご存じなのでございますか」

この男は、と一郎太は思案した。厚山鯛三と二人の中間（ちゅうげん）の骸（むくろ）が下富坂町の地中から見つかり、臼田の骸だけ出てこなかったことを、知っているのだろうか。

目付の糸山玄蕃の配下が、どこかにひそんでいるはずの臼田の行方を探り出すために、この屋敷に来たのは疑いようがない。だが、下男という身分の低さゆえに、委細は知らされていないのかもしれない。

「おぬしはこの屋敷の下男だな」

顔を突き出して藍蔵が男にきいた。

「さようにございます。鉄造（てつぞう）と申します」

鉄造が深く腰を折った。

「実を申すと、我らも臼田どのを捜しておる」

藍蔵が鉄造に伝えた。えっ、と鉄造が素早く顔を上げる。

「あの、お二人は、お目付の御家中のお方でございますか。またご内儀に、お話を聞きにいらしたのでございますか」

優しい口調で藍蔵が鉄造に語りかける。

「その目付というのは、糸山玄蕃どののことだな。むろん糸山どののことは存じ上げているが、我らは家中の者ではない。配下の徒目付でもない。別の筋の者だ。臼田どのの行方について話をききたく、ご内儀にお目にかかりたい。会わせてくれぬか」

鉄造に向かって藍蔵が頭を下げる。

「あの、ご内儀にうかがってまいります」

「そうしてくれるか」

「わかりましてございます。では、しばしお待ちくださいませ」

鉄造が、そっと木戸を閉めた。次いで閂が下りる音が聞こえ、人の気配が遠ざかっていった。

一郎太たちは、人の行き来がほとんどない路上に立ち続けた。その間、風が足元の土を三度ばかり払っていった。

鉄造が戻ってきて木戸を開けた。

「どうぞ、お入りください。お会いになるそうにございます」

「かたじけない」

礼を口にした藍蔵が、一郎太に先に行くよう促した。藍蔵は、一郎太の背後を守るつもりでいるようだ。

一郎太が素早く木戸をくぐると、藍蔵があとに続いた。

木戸の閂を下ろした鉄造の案内で、一郎太たちは暗さを感じさせる玄関に入った。

四十過ぎと思える女が、式台(しきだい)に座していることに気づき、一郎太は一瞬、ぎくりとした。

一郎太たちをじっと見てから、女が深く低頭した。臼田の内儀であろうが、どこか能面に通ずる顔立ちをしていた。

三和土(たたき)に立った一郎太たちは、改めて内儀に名乗った。内儀が名乗り返してくる。

「臼田の妻で、嘉代(かよ)と申します」

透き通るというのは、と一郎太は思った。こういう声のことをいうのだろう。若い頃は、鈴を転がすような、かわいらしい声をしていたのではないか。

「どうぞ、お上がりください」

一郎太たちをいざなって嘉代が立ち上がり、背後の廊下に下がった。一郎太たちは雪駄を脱ぎ、式台に上がった。愛刀を鞘ごと腰から抜く。

「刀は、どうすればよいかな」

たいていの武家屋敷では、刀を持って上がれないようになっている。屋敷内で刃傷沙汰が起きないようにするためで、刀を預かる係の者がいるものだ。

「どうぞ、そのままお持ちになってください」

「さようか……」

嘉代の先導で、一郎太たちは玄関に比べたら明るい客座敷に落ち着いた。一郎太の横に藍蔵が座し、向かいに嘉代が端座する。

嘉代は、どこか怒りをたたえたような目つきをしていた。一郎太たちの不意の訪れに、無礼だと腹を立てているのだろうか。

だが、ここは徒目付の屋敷である。深夜だろうと、これまでにいくらでも客や使者があったはずだ。

もしや怒っているわけではないのか、と一郎太は思った。初対面の二人の男を警戒し、気を張っているのかもしれない。

「お茶も出さずに申し訳ありませぬ」

意外に穏やかな声で嘉代が謝した。口調にも、怒りらしいものは感じられなかった。

「いや、どうか、お構いなく」

小さく笑(え)んで、一郎太は軽く手を上げた。改めて見ると、嘉代がかなりやつれているのに気づいた。

嘉代が気を張っていたのは、そうしていないと、どれほど疲れているか客に覚(さと)られてしまうのを、恐れたからではないか。

その気持ちは一郎太にもよくわかる。武家とはなにより体面を大事にする生き物なのだ。

「ご内儀は、だいぶお疲れのようだ。いろいろあって無理もなかろう」

一郎太は、心からのいたわりの言葉を投げた。小さく顎を引いた嘉代が微笑し、一郎太たちを見つめる。

「お気遣いいただき、ありがとうございます」

両肩から力を抜き、嘉代が深い吐息を漏らした。一郎太を見る目がずいぶん柔らかなものになった。

顔を包んでいた能面らしき雰囲気も消えた。一郎太たちに、心を許してもよいと考えたのかもしれない。

「我が家には四人の家臣がおりましたが、お目付に引っ張られて、今は若党、足軽、下男が残っているだけでして……。私は気が抜けてしまい、情けないことに、茶も切らしてしまっているのです」

「それはお気の毒に」

四人の主立った家臣は、いま目付屋敷にいるのだろう。臼田の行方について、きつい穿鑿がなされているはずだ。

多分、四人の家臣は臼田の悪行に関わっていないだろう。もし関わりがあるとしたら、臼田とともに行方知れずになっていなければおかしい。

目付の取り調べを受けている四人の家臣にあるのは、困惑のみにちがいない。臼田の行方についてどんなに強く問い質されても、答えようがないのではないか。

「家臣たちは臼田の行方など、まったく知りませぬ。あの者たちが私は不憫でなりませぬ」

嘉代は涙ぐみそうになっている、家臣のことが思いやられ、心から哀れんでいるようだ。

嘉代どのは、と一郎太は気づいた。家臣をつらい目に遭わせた臼田に対して、強い怒りを募らせているようだ。

顔をすっと上げ、嘉代が一郎太と藍蔵を交互に見た。

「それで月野さま、神酒さま。臼田を捜しているとのことですが、それはなにゆえでございますか」

一郎太は膝でわずかに前に進んだ。

「俺たちは目付の糸山玄蕃どのとは面識があるが、糸山どのに命じられて、ここに足を運んだわけではない」

それで、と嘉代が目で先を促す。

「実は、我らは臼田に襲われたのだ」

ええっ、と嘉代が大きく目を見開く。

「襲われたとは、いつのことでございますか」

「ほんの数日前のことだ」

「月野さまたちを襲ったのは、臼田でまちがいないのですか」

「まちがいない」

嘉代を凝視して一郎太は断じた。

「刺客は貫惣流の秘剣轟風を遣った。嘉代どのは轟風をご存じか」

「は、はい、存じております。臼田から聞いたことがございます。非番の日はよく昼から飲んでおりましたが、そういうとき、轟風は無敵の剣だと高言しておりました」

そうだったか、と一郎太は点頭した。

「この四十年ほどで、貫惣流の師範から轟風を授けられたのは、ただの四人しかおらぬ。その四人のうち臼田以外の三人は、俺たちを襲うことはできなかった。俺たちを襲えたのは臼田しかおらぬ」

「なにゆえ他の三人が襲うことができなかったと、言い切れるのでございますか」

嘉代にきかれて、一郎太は少し間を置いた。

「秘剣轟風を授けられた四人のうち、一人はすでにこの世になく、いま一人は枕も上がらぬ重い病の床にあり、残りの一人は遠く九州長崎におるゆえだ」

「ああ、さようでございましたか。残るは、臼田ただ一人……」

嘉代が納得の顔になった。

「臼田は今も生きて、この江戸におるのはまちがいない。俺たちを襲ったことで、それが露見したのは、臼田にとっては思わぬ不覚だったであろう」

いったん両目を閉じて、嘉代が深い呼吸をした。目を開け、一郎太を見る。

「それで月野さまたちは、襲われた仕返しをするために、臼田を捜し出そうというのでございますか」

そうではない、と一郎太は首を横に振った。

「仕返しという気持ちはない。俺は、悪事をはたらいた臼田を捕らえたいと思っている。悪行のつけを払わせなければならぬ」

眉根を寄せ、嘉代が厳しい表情になった。

「捕らえるのでございますか……」

「嘉代どの、捕らえることになにか不満でもあるのか」

一郎太にきかれて嘉代が、はっと気づいたような表情になった。

「いえ、そのようなことは……」

一郎太はすぐさま語を継いだ。

「臼田は、新田与五右衛門と深い関わりがあった」

はい、と嘉代が答えた。

「お目付からそのことを聞かされ、私は驚きました。私が一度も名を聞いたことがない方でございましたので……」

そうであったか、と一郎太は相槌(あいづち)を打った。

「新田与五右衛門は、若年寄を殺した男だ」

「えっ、若年寄さまを。まことでございますか」

嘉代が仰天し、質してくる。

「まことだ。若年寄を殺しただけでなく、その前からひどい悪行をはたらいていた。それゆえ、俺が与五右衛門を討った。だが、生前に与五右衛門は俺を殺すよう、臼田に命じていたらしい」

その言葉に嘉代が瞠目（どうもく）する。

「臼田は、新田さまの死後もその命（めい）を守ったのでございますか。そんな律儀な人だとは、夢にも思いませんでした……」

「嘉代どのも、臼田が義理堅い男だったことを知らなんだか」

「受けた恩は必ず返さねばならぬ、とはよく口にしていましたが、まさか本気でいっているとは……」

「臼田の行方に関し、嘉代どのに心当たりはないか」

うつむいた嘉代は一言も答えようとはせず、一郎太の問いとは別の話をはじめた。

「二十二歳のとき臼田は、養子としてこの家に入ってまいりました。六十八石取りの御家人の三男でしたが、婿入りが決まるまで、ひたすら剣術に励んでいたそうです。この家に来てからも、すさまじいまでの一人稽古をよく行っておりました」

「それはよくわかる。臼田は、確かにすさまじい腕をしておった」

――目付に連れていかれた四人は、臼田家のもともとの家臣なのかもしれぬ。嘉代が幼い時分より、馴染（なじ）んだ者たちなのではないか。家臣たちが心配でならないのも、かわいい家臣をつらい目に遭わせた臼田が憎いのも、当然のことだろう。

姿勢を正して嘉代が話を続ける。

「子供は二人できましたが、いずれも幼くして逝ってしまいました。三人目は流産を……。その後、私は子が産めない体になりました。そんな私に悪いと思ったのか、臼田は決して口にすることはなかったのですが、自分の子がほしかったはずなのです」

「我が子か……」

一郎太も、実の子がほしくないといったら嘘になる。できれば、愛する妻の静とのあいだに子を儲けたい。仮に跡継ぎができず、いつか養子を迎えるとしても、それは最後の手であろう。

「もともと我が臼田家の家禄は五十三石、小普請だったゆえに暮らしはかなりきつかったのですが、剣の腕を買われて臼田が徒目付に任じられたことで、少しだけ楽になりました」

小普請とは、三千石以下の無役の旗本と御家人のことをいう。

「徒目付になってからも、臼田はつましい暮らしを続けておりましたが、やはりわずかながらも余裕が生まれたのが、いけなかったのでしょう。女ができたのです」

やはり臼田には女がいたのか、と一郎太は思った。

「屋敷内に側女を置くのは構わないと伝えてあったのですが、私に遠慮したのか、臼田は外に囲いました」

「その側女のところに、いま臼田はいるのか」

「多分、そうではないかと存じます」

「その側女のことは、むろん目付には伝えたのだな」

一郎太が確かめると、いいえ、と嘉代がかぶりを振った。

「伝えておりませぬ」

「なにゆえ」

驚いて一郎太は質した。

「お目付に知らせては、臼田がその場で死ねぬからです」

なに、と一郎太は目をみはった。

「嘉代どのは臼田を殺してほしいのか」

「いいえ」

あっさりと嘉代が否定した。

「臼田には自害してほしいのです」

「なにゆえ自害させたいのだ」

「あの男は臼田家の恥ですから」

冷酷さを感じさせる口調で、嘉代が吐き捨てる。

「もし臼田が捕らえられ、お目付のもとに引っ立てられたら、我が家はまちがいなく取り潰しになりましょう。もし捕まる前に臼田が自害すれば、半分どころか、ほとんどの禄を取り上げられるかもしれませぬが、それでも臼田家は生き残れるのではないかと、私はかすかな望みを抱いているのです」

果たしてどうだろうか、と一郎太は内心で首をひねった。

臼田は徒目付だったにもかかわらず、与五右衛門に公儀の機密を漏らし、それと引き替えに大金を受け取っていたのだ。

しかも、一緒にいた同僚の厚山鯛造と中間二人を、平然と与五右衛門に殺させている。仮に自害してのけたとしても、臼田家の取り潰しは避けられないのではないか。

首を力なく振って、嘉代がうなだれる。

「あの男を婿に迎えたせいで我が家が取り潰しの憂き目に遭うなど、私は耐えられませぬ。虫のよすぎる話だと、重々承知しておりますが、月野さま、どうか、臼田を自害に追い込んでくださいませ」

両手を畳につき、嘉代が涙を流さんばかりの顔で懇願してきた。

――俺に頼むのか。

一郎太は目を剝きそうになった。もし再び臼田と白刃をまじえることになれば、と冷静に考える。

――やつは、また轟風を使ってくるにちがいあるまい。

だが一郎太たちは、轟風がどのような秘剣なのか、すでに一度、経験している。いくらすさまじい技だといっても、二度も同じ手を食うわけがない。

一郎太には確たる自信があった。

「どうすれば臼田を自害させられるかわからぬが、仮にそこまで追い込んだからといって、果たして嘉代どのの願い通りになるかどうか……」

「今は、どのような手であろうと、我が家を残すために、力を尽くしたいのです。手をこまねいて、後悔だけはしたくありませぬ」

目を真っ赤にした嘉代が面を上げた。この世に悪鬼がいるなら、こんな感じではなかろうかと思わせる顔つきをしている。

「月野さまが、臼田を自害に追い込んでくださるなら――」

そこで言葉を切り、嘉代が強い眼差しを一郎太に据えてきた。

「臼田の居場所を教えます」

なんと、と一郎太は驚愕した。

「嘉代どのは、臼田がどこにいるか存じておるのか」

「いえ、存じませぬ」

嘉代の答えに一郎太は混乱した。

「臼田の居場所を教えると、いま申したばかりではないか」

「詳しく知らぬだけです」

いいわけめいた言葉を嘉代が口にした。

「しかし、だいたいどのあたりにいるか、見当はつきます。その界隈を捜していただければ、必ずあの男は見つかるものと」

そういうことか、と一郎太は思った。

「いかがでございましょう。月野さま、臼田を自害させていただけますか」

どうすべきか、と一郎太は思案した。できれば臼田は捕らえ、裁きを受けさせるのが最もよい手立てだろう。

しかし居場所が知れて、一郎太たちが乗り込んだとき、臼田がおとなしく捕まるとは思えない。必ず刃向かってくる。むろん轟風も遣うはずだ。

もし捕らえられたら、切腹ではなく、斬首が待っていることは、臼田も承知しているにちがいない。

どうせ死を免れぬのであれば、と一郎太は考えた。その場で自害させるほうが、よいような気がする。

嘉代が一縷(いちる)の望みに懸けたいのであれば、願い通りにしてやるのがよいのではないか。

「わかった。嘉代どののいう通りにいたそう」

嘉代の目をじっと見て一郎太は請け合った。

「ありがとうございます」

嘉代が低頭し、ほっとしたように両肩を落とした。

「それで、臼田はどこにいる」

すぐさま一郎太は嘉代に質した。嘉代が面を上げる。

「おそらく生まれ育った麻布界隈にいるものと」

麻布と一口にいっても広い。範囲をしぼらなければならない。

「そうであったか」

「はい。臼田は千駄ヶ谷にやってきて、もう二十年近くもたつというのに、酔ったときなどに麻布を懐かしんで、帰りたいとよく申しておりました」

貫惣流板部岡道場は、麻布今井寺町にあった。臼田が板部岡道場に通っていたのは、やはり実家の近所だったからだろう。

「臼田の実家はなんという」

「郷良(ごうら)家と申します」

「屋敷は麻布今井寺町にあるのか」

「いえ、近くの麻布御簞笥町(おたんすまち)にございます」

その名を一郎太は脳裏に刻みつけた。

「臼田の二親(ふたおや)はどうしている」

「もうとうに亡くなっています。郷良家は臼田の兄が継いでいます」

「兄の名は」

「矢太郎（やたろう）さまといいます」

「どのような男だ」

「頻繁に会っているわけではありませんので、あまりよくは存じませぬが、実直な人との評判がございます」

「臼田との兄弟仲は」

「よいとは思えませぬ。臼田によれば、幼き頃より気が合わなかったそうにございます。家を出られてせいせいしたと申していました」

「ならば、矢太郎どのが臼田を屋敷に匿（かくま）うということはないか」

「ないのではないかと……。いま矢太郎さまは、具足奉行の同心を務めていらっしゃいます。もし臼田を匿ったりしたら、お役目を失ってしまいましょう。危ない橋を渡るような真似をするとは思えませぬ」

「兄は役目を得たばかりか」

「半年ほど前に、ようやくと聞いております。それに、郷良家へはすでにお目付がまいり、徹底して家捜しをしたのではありませぬか」

「その通りだな。臼田は、郷良屋敷にはいなかったのであろう」

一郎太は少し身を乗り出した。

「非番の日に昼間から飲んでいたのなら、臼田はかなりの酒好きだったのだな。これしか飲まぬという銘柄はなかったか」

「ございました」

間を置くことなく嘉代が肯定する。

「銀寂（ぎんじゃく）という信州の酒を、特に好んでおりました」

知らない酒だ。もっとも、この世に聞いたことのない酒の銘柄など、ごまんとある。

「銀寂というのは、近所の酒問屋で売っているのか」

「はい。臼田は下男に、音無屋（おとなしや）という酒問屋に買いに行かせておりました」

「音無屋の場所を教えてくれぬか」

はい、と嘉代が道順を述べた。一郎太はそれを頭に叩き込んだ。

「麻布のほうでも、銀寂を売っている酒問屋はあるのか」

一郎太の問いに、どうでございましょうか、と嘉代が首をひねる。

「まったく存じませぬ。ただ、銀寂は臼田が実家暮らしの頃から、好きで飲んでいたお酒のようにございます。わしは銀寂以外の酒は飲めぬと、繰り返し申しておりましたので。さすがに若い頃は、今のように浴びるようには飲んでいなかったのではないかと存じますが……」

ならば、と一郎太は思った。実家の近所にも銀寂を扱う酒問屋があるにちがいない。酒に溺れている者は、よほどのことがない限り、酒を断つことはできぬ。

——臼田は、姿をくらました今も銀寂を飲んでいるにちがいない。

一郎太は、麻布で銀寂を扱う酒問屋を探し出し、張ってみるかと考えた。その店に臼田が買いに来るかもしれない。銀寂を家へ届けに行くなどして、奉公人が臼田の住処を知っていることも考えられる。

——いや、どうせ臼田は酒屋の近所に隠れ住んでいるのであろう。隠れ家を探し出すほうが手っ取り早い。

その後、一郎太は藍蔵に臼田の人相書を描くよう命じ、その上で嘉代に頼み込んだ。

「臼田の人相書のために、力を貸していただけるか」

「もちろんでございます」

嘉代が快諾する。腰にぶら下げていた矢立から筆をつまみ出し、藍蔵が懐から数枚の紙を取り出した。畳に一枚の紙を置き、嘉代に臼田の人相を問いながら、すらすらと筆を走らせていく。

四半刻後、三枚ほどの反故を出しつつも、臼田の人相書ができ上がった。

「よく似ております」

手にした人相書に真剣な目を当て、嘉代が太鼓判を押す。

「それはよかった」

ほっと息をつき、藍蔵が額の汗を手ふきで拭った。一郎太は、嘉代から渡された人相書をじっくりと見た。

――臼田という男は、こんな顔をしておったのか……。

狐を思わせる目をし、鼻が高い。唇が薄く、いかにも酷薄そうな顔をしている。

墨が乾いていることを確かめてから丁寧に折りたたんで、一郎太は人相書を懐にしまい込んだ。

「月野さま。先ほどの件、どうか、どうか、よろしくお願いいたします」

嘉代が畳に額をすりつける。

「よくわかっている。嘉代どのの望み通りになるよう、できるだけ力を尽くそう」

「なにとぞ、なにとぞ」

平伏している嘉代に暇を告げ、一郎太たちは客座敷をあとにした。廊下を歩いて暗い玄関に赴き、雪駄を履く。

一郎太たちのあとをついてきて式台に端座した嘉代に礼を述べて玄関を出、木戸をくぐり抜けた。

三

藍蔵が、一郎太の前に出て歩き出す。

「藍蔵、どこに行くのか、わかっておるのか」

一郎太は藍蔵の背中に声をかけた。

「むろんわかっておりもうす。酒問屋の音無屋でございましょう」

「ほう、よくわかったな」

「わからぬはずがございませぬ。月野さまはご内儀に、酒問屋の場所をきかれていましたからな」

「なにゆえ俺が酒問屋のことをきいたか、藍蔵は見当がついておるのか」

「むろん」

自信満々に藍蔵が答えた。

「麻布で銀寂を扱っている店がどこにあるのか、音無屋でおききになるのでございましょう。その上で麻布に赴き、それがしが描いた人相書を使って、臼田を捜し出すおつもりなのではありませぬか」

「その通りだ。さすがは藍蔵だ」

褒めたたえると、藍蔵が忠実な犬のような顔をして喜んだ。

音無屋の暖簾をくぐり、奉公人に話をきくと、麻布で銀寂を扱っている酒問屋は二軒あるとのことだ。銀寂を売っている酒問屋自体、江戸で十軒に満たないらしい。

そのうちの一軒で麻布御箪笥町にある中館屋は、臼田の実家郷良家の近所にある店のようだ。

臼田は中館屋の者とは懇意にしているはずで、おそらく顔を知られているだろうから、さすがにそちらには近づかないのではあるまいか。

もう一軒の酒問屋は鮫島屋といい、麻布三軒家町にあるとのことだ。臼田はまちがいなくその近くにおる、と一郎太は確信を抱いた。

音無屋の奉公人に礼をいって、一郎太たちは麻布三軒家町に足を向けた。

「しかし月野さま」

前を行く藍蔵が呼びかけて、こちらを振り向いた。案じ顔をしている。

「まことに、臼田のご内儀の望み通りになさるおつもりでございますか」

「臼田を自害させることか。臼田はどのみち死は免れぬ。ならば、嘉代どのの望むようにしてやろうと思ったまでだ」

「果たしてうまく自害に追い込めますか」

「力は尽くしてみるが、自害させられなかったら、討つしかあるまい。臼田がおとなしく捕まるはずもない」

「抗うことなく、刀を捨ててくれたらよいのですが……」

「それは望み薄であろう。俺たちを道連れにしてやろうと、死物狂いで立ち向かってくるにちがいない」

急ぎ足で歩いた一郎太たちは半刻後、麻布三軒家町に踏み入った。町自体かなり狭く、鮫島屋は大して探すまでもなく見つかった。

暖簾を払って中に入ると、酒の香りが鼻をついた。一郎太は酒を断って久しいが、体が欲するのか喉の奥がひくついた。体はまだ飲みたがっておるのか、と少し驚いた。

いらっしゃいませ、と揉み手をして若い奉公人が寄ってきた。

「我らは、北町奉行から頼まれて探索に動いている者だ。実は今、この男を捜している」

懐から人相書を取り出し、藍蔵が奉公人に見せた。

「この男に見覚えはないか。銀寂を買いに店に来たことがあるはずだが……」

北町奉行という言葉が効いたか、奉公人が真剣な顔で人相書を見る。

「いえ、このお方がうちに見えたことはありません」

奉公人があっさりと否定する。なに、と一郎太は驚いた。

――まさか臼田が来たことがないとは。

「まことか。よく見てくれ」

噛みつかんばかりの顔で、藍蔵が奉公人に食い下がる。

「は、はい。わかりました」

気圧された様子の奉公人が最初より熱心な顔で、人相書に目を落とした。顔を上げ、藍蔵を済まなそうに見る。

「いえ、やはりうちにはいらしていないように存じます」

「手数をかけて済まぬが、他の者にもきいてほしい。誰か連れてきてくれぬか」

「はい、わかりました」

奉公人が奥に引っ込み、一人の男を連れてきた。二人とも似たような歳の頃である。

「この者も、お客さまの応対をよくしておりますので、人相書のお方を知っているかもしれません」

新しく顔を見せた奉公人に、藍蔵が人相書を手渡す。

「うーん、手前も存じ上げないお方ですね」

申し訳なさそうに口にしたのち、あれ、と声を出し、首をひねった。

「どうかしたか」

勢い込んで藍蔵がたずねる。

「このお方の目はもしかして……」

奉公人が人相書の上で右手を動かし、臼田の頭を手のひらで隠した。

「ああ、やっぱり」

納得したような明るい声を上げて、奉公人が笑った。

「この少しつり気味の目に見覚えがあったのです。ただ、この人相書には髪があるので、なかなかしっくりこなかった……」

「では、今は坊主頭にしているというのか」

「はい。うちに銀寂を求めにいらっしゃるお方は、頭を丸められています」

——追手の目をくらませるには、そのくらいやらねばならぬか……。

そこまで頭が回らなかったことを、一郎太は反省した。だが、とすぐに思った。

——案の定、臼田はこのあたりに身をひそめておったぞ。

手応(てごた)えを得た一郎太は、ぎゅっと拳(こぶし)を握り締めた。

——酒で身を滅ぼすというが、臼田もその一人といってよいのではないか。

「おぬし、この男の家を存じておるか」

高ぶりを抑え込んだような顔で、藍蔵が奉公人に問う。

「いえ、存じません」

「この人相書の男はどのくらいの割で、銀寂を買いに来る」

奉公人はほとんど考えなかった。

「ほぼ毎日でございます。銀寂と書かれた一升入りの通い徳利を持って、いらっしゃいます」

通い徳利とは、酒問屋が小売の客に対して貸し出す徳利のことだ。酒問屋の名や酒の銘柄が記されている。

「今日も来たか」

「朝早くいらっしゃいました」

ならば、さすがに今日はもう来ないだろう。一郎太と藍蔵は礼を口にして、いったん鮫島屋の外に出た。往来の邪魔にならぬよう、道の端に寄る。

「いかがいたしますか」

押し殺した声で藍蔵がきいてくる。

「鮫島屋を張りもうすか」

いや、と一郎太はかぶりを振った。

「臼田はこの狭い町か、近隣の町に隠れ住んでいるのであろう。待つよりも、捜すほうが手っ取り早い」

「承知いたしました。臼田はすぐに見つかるかもしれませぬが、それがしとしては万全を期したく存じます。月野さま、このあたりに、落ち着ける場所はございませぬか」

藍蔵がなにをしたいのか、一郎太は察した。

「ならば、あの蕎麦屋(そばや)に入ろう」

一郎太は、十間ほど先に見えている蕎麦屋を指さした。

「ああ、それはよろしいですな」

藍蔵がにこにこした。一郎太もさすがに喉が渇き、腹も減っている。

店構えはあまり立派とはいえないが、暖簾はかなり年季が入っていた。きっと長くこの地で商売をしているのだろう。

菜代屋(なしろや)という蕎麦屋に入り、一郎太たちは蕎麦切りで腹ごしらえをした。

蕎麦切りは腰があって喉越しもよく、とてもうまかった。出汁(だし)がよく利いたつゆも、蕎麦切りによく合った。

蕎麦湯をすすりながら藍蔵が、坊主頭の臼田の人相書を新たに描き上げた。

「月野さま、これでいかがでございましょう」

畳の上の人相書を、藍蔵が一郎太の前に滑らせてきた。

手に取り、一郎太は見つめた。

「よいのではないか。きっとよく似ておろう」

「ありがたし」

一郎太たちは菜代屋に厠も借りて、用足しをした。

代を払って菜代屋をあとにした一郎太たちは暑さがさらに増していく中、新しい人相書を手に、界隈の聞き込みを行った。大袈裟でなく、会う人すべてに人相書を見せていった。

すると、臼田のことを知っているという男の子がいた。

「家もわかるか」

一郎太は男の子を凝視してきいた。

「わかるよ」

「案内してくれぬか」

「お駄賃をくれれば」

「よし、わかった」

男の子に請け合った一郎太は、藍蔵の肩を叩いた。

「藍蔵、財布を出せ」

「えっ、それがしが出すのでございますか」

「当たり前だ。俺は金がない」

「別に威張っていうようなことではないと存じますが……」

「四の五のいわず、早く出すのだ」

「わかりもうした」

しぶしぶという顔で、藍蔵が懐から財布を取り出した。

「いくらあげれば、ようございますか」

「そうさな」

一郎太は藍蔵の財布をのぞき込み、次いで男の子に目を当てた。男の子は期待に満ちた顔をしている。

「そなた、名はなんという」

「五郎吉だよ」

「よし、五郎吉、まずは五文やろう。この人相書の男の家に着いたら、さらに五文だ」

「やった、十文ももらえるんだ」

破顔した五郎吉が手のひらを差し出してきた。藍蔵が財布から五文をつまみ出し、小さな手のひらにのせた。

「ありがとう」

五文を袂に落とし込んだ五郎吉が、勇んで歩き出す。一郎太たちは後に続いた。

「人相書の人はなにか悪いことをしたの」

振り向いて五郎吉がきいてきた。

「そういうことだ。それゆえ、これから懲らしめに行く。五郎吉、家が見えたら教えてくれ。前まで行かずともよいからな」

「わかった」

一町半ほどで五郎吉が足を止め、五間ばかり先に建つ一軒の家を指さした。

「あそこだよ」

なかなか広い一軒家で、五部屋は優にあるのではないかと思えた。

「まちがいなくあの家か」

藍蔵が五郎吉に確認する。うん、と五郎吉が大きくうなずく。

「人相書に描かれた人が、通い徳利を持って家に入っていくのを何度も見てるからね」

通い徳利のことを知っているのなら、と一郎太は思った。

――五郎吉は嘘をいっておらぬ。

「よし、駄賃だ」

藍蔵が新たに五文を五郎吉に差し出した。

「ありがとう」

後金（あときん）を受け取ったにもかかわらず、五郎吉は立ち去ろうとしない。

「どうかしたか」

藍蔵が五郎吉にきいた。

「ねえ、人相書の人を懲らしめるところを見物していてい」

「駄目だ」

藍蔵がすぐさま首を横に振る。

「そんな真似をすれば、危ない目に遭うやもしれぬ。さあ、五郎吉、行くのだ」

いやだようといいたげな顔をしてみせたものの、ずいと前に出た一郎太が怖い目をつくってにらみつけると、五郎吉が、えっ、と声を漏らして顔色を変えた。後ずさり、あわてて走りはじめた。あっという間に姿が見えなくなった。

「これでよし。藍蔵、まいろう」

手を軽く打ち合わせて、一郎太は藍蔵に声をかけた。

「月野さまは、まこと怖いお顔をされますなあ。鬼神でさえ逃げ出しそうでございますぞ」

「時と場合による。今はなんとしても五郎吉を追い払わねばならなかったからな」

「確かにおっしゃる通りでございますな。それで月野さま、斬り込みますか」

いや、と一郎太は首を横に振った。

「まず中の気配を探ってみよう。女がいるのなら、闇雲に斬り込まぬほうがよい。女まで死なせるわけにはいかぬ」

間を置かずに一郎太は言葉を続けた。

「藍蔵は裏に回ってくれ。いきなり斬り込むことにはならぬと思うが、もしそうなれば戸を蹴倒すゆえ、その音を合図に藍蔵も討ち入ってくれ」

それを聞いて藍蔵が眉を曇らせる。

「できれば、月野さまをお一人にはしたくないのでございますが……」

「致し方あるまい。もし椎葉虎南が襲ってきたとしても、自分の身は必ず守る。約束だ。藍蔵、行ってくれ」

「承知いたしました」

意を決した顔の藍蔵がその場を離れ、右手に口を開けている路地へ入っていく。

藍蔵を見送った一郎太は、胸のうちで十ばかりを数えたのちに歩き出し、臼田の家の戸口近くに立った。気息をととのえ、中の気配を探る。

ひっそりとして静かだ。それでも精神を集中し続けていると、人の気配がかすかながら伝わってきた。

気配は二つ、臼田と女であろう。

――よし、臼田はまちがいなくおる。

一郎太は高ぶる気持ちを、深く息をすることで抑え込んだ。

不意に、中から甲高い赤子の泣き声が聞こえてきた。

なんと、と一郎太は目をみはった。臼田には子が生まれたのだ。今度こそすくすく育ってほしいと、切に願っているはずである。

――せっかく子ができたというのに、なにゆえ俺を襲うような真似をしたのか……。なにもせず、ひたすら動かずにいれば、こうして住処を突き止められるようなことにはならなかった。

赤子の声は続いている。泣き声の激しさからして、男の子ではないか。さてどうするか、と一郎太は思案した。

――子がいるのなら、臼田は抗わぬかもしれぬ。

一郎太はそんな気がした。

――よし、まず戸を開けてみるか。

一郎太は引手に指を入れ、戸を横に滑らせようとした。心張り棒が支われているらしく、戸は少しがたついただけだ。今の音は、まちがいなく臼田の耳に届いただろう。

それでも、中で人の動く気配はない。風のいたずらとでも思ったのか。

今度は、一郎太は拳で戸を三度ばかり叩いた。中で人の気配が動き、戸のそばまでやってきたのが知れた。

臼田なのか、と一郎太は少し緊張したが、気配は柔らかなものだ。臼田ではないのではないか。赤子の泣き声は、今も奥から聞こえている。

「どちらさまでしょう」

戸越しにきいてきたのは、案の定というべきか、女のか細い声である。

「月野鬼一と申す。臼田どのはおるな」

「そのような者は、うちにはおりません」

「いや、おるのはわかっている。ここを開けてくれ」

「いないものは、いないのです」

「そういい張るのであれば、この戸を蹴破るが、よいか」

「そのようなご無体(むたい)をいわれても……」

「どうしても開けぬというのなら、本当に蹴破るぞ」

一郎太に強くいわれて、女が黙り込んだ。しばし無言のときが流れる。

やはり蹴破るしかないか、と一郎太が決意しかけたとき、赤子の泣き声が徐々に大きくなって近づいてきた。

すぐさま男の声が戸越しに響く。

「いま開けるゆえ、待ってくれ」

臼田であろう。どこか諦観したような声音である。

――この様子では、やはり抗う気はなさそうだが、油断はできぬ……。

気を緩めることなく一郎太は腰を落とし、いつでも刀を抜けるように身構えた。

心張り棒が外される音がし、戸がするすると滑っていく。新たな人相書に描かれた通りの面立ちをした男が、顔をのぞかせた。

赤子の泣き声がひときわ大きくなって、一郎太の耳を打った。臼田は赤子を抱いていた。

目に力を込め、一郎太はにらみつけた。臼田はまるで生気のない顔をしていた。徹夜をしたかのように目が充血している。

つるつるに丸めた頭は、ほとんど光沢らしいものが感じられない。逃げ隠れが続く暮らしの辛さが、表情や肌つやにあらわれているようだ。

しかも、ひどく酒臭い。全身から、酒の臭いが発せられていた。赤子が泣き止まないのは、そのせいではないか。

昼間から酒を飲む者は珍しくないが、臼田は朝から酒浸りなのだ。日々、酒を切らしたことがないにちがいない。毎日、鮫島屋に来ているのが、その証であろう。

もともと戦う気もないのか、臼田は丸腰である。

この男は、と一郎太は臼田を見つめて思った。酒を飲みたくて飲んでいるわけではなく、なにかから逃れようとして、ひたすらがぶ飲みしているのではないか。

——それとも、なにか忘れたいことでもあるのか。

臼田が赤子を女にそっと渡した。手は震えていない。

　一郎太など目に入っていないような顔で、女が赤子をあやしはじめた。女はきれいな顔立ちをしていた。

「見逃してくれ、この通りだ」

　ふらふらと外に出てきた臼田が、がばっと土下座をした。そんな無様な姿を女に見せたくなく、一郎太は戸を閉めた。女と赤子が視界から消える。

「それは無理だ」

　臼田を見据え、一郎太は拒絶した。臼田が面を上げ、一郎太を仰ぎ見る。

「見ての通り、生まれたばかりの子がいるのだ。頼む、見逃してくれ」

「ならぬ」

「そんな殺生なことをいわんでくれ」

「おぬしは、これまでの悪行のつけを払わねばならぬ」

「いやだ」

　駄々（だだ）っ子のように臼田が首を横に振った。

「男なら覚悟を決めよ」

「わしはもともと女々しいのだ。そんな男が覚悟など、決められるわけがない」

「ならば、なにゆえ俺を襲った。あれは覚悟の上での所業であろう」

「新田与五右衛門に、おぬしを亡き者にするように頼まれたからに過ぎぬ。恩があるゆえ、裏切れなかった」

「だが、新田は死んだのだぞ。わざわざ俺を襲わずとも、よかったのではないか」

一郎太の言葉を聞いて、臼田が悔しそうに唇を嚙み締めた。

「むろん、わしも約束など放っておけばよいと考えた。だが新田が毎晩、夢枕に立ち、なにやらぶつぶつといっておるのだ。耳を澄ますと、月野鬼一を殺せ、殺すのだ、といっているのがわかった」

地面に顔を向け、臼田がつぶやいた。

「新田の陰気臭い声が耳を離れなかった。気がおかしくなりそうで、わしは仕方なくおぬしを襲ったのだ。仕方なくだ。やりたくなかった。正直いえば、おぬしに勝てるとも思っていなかった」

倒す自信があったのなら、天蓋をかぶる必要はなかった。

「今も新田は夢枕に立つのか」

「おぬしがこうして生きているのだからな。うらめしそうな顔で枕元に立ち、ぶつぶつといい続けておる」

暗い目で臼田が語った。

——このせいで、こやつは朝から酒を飲んでいるのだな……。

一郎太は合点がいった。臼田は酒に逃げているのだ。

「臼田、正義の心が最も大事な徒目付という役目にありながら、なにゆえ悪事に手を染めたのだ」

「つまらぬことをきくものよ」

馬鹿にしたような目で臼田が一郎太を見る。

「なんとしても、自由にできる金が欲しかったのだ。臼田家では財布は妻に握られておったゆえ、わしは遊びどころか、ちょっとした買物ですら、伺いを立てなければならなかった。窮屈で窮屈で、死にそうだった」

「そのような者は、おぬしだけではない。多くの者は欲心を抑えて真面目に働き、必死に生きておる」

臼田がせせら笑うような顔をした。

「そのような者も、目の前に大金をぶら下げられたら、果たしてどうかな。金があれば、なんでも手に入るのだぞ。心から愛する女になんでも買ってやれる」

一郎太は背筋を伸ばし、臼田をじっと見た。

「とにかく、おぬしは道を踏み外したのだ。言い訳など聞かぬ。どんなわけがあろうと、おぬしを見逃すわけにはいかぬ。立て」

いわれて臼田が一郎太を見上げる。なにをいわれているのかわからないようなぼんやりとした瞳をしていたが、それが不意にぎらりと獰猛（どうもう）な光を帯びた。

むっ、と一郎太が身構えた瞬間、臼田が立ち上がり、いきなり走り出した。思いもかけぬ速さで一郎太の横を抜けていく。

一郎太は臼田を捕らえようと手を伸ばしたが、わずかに及ばなかった。

よろけつつも臼田が駆けていく。一郎太はすぐさま追った。

――臼田め、どういう気だ。あのざまで逃げ切れるはずもないのに。

しかし、臼田は本気で逃げようとしているらしく、必死に足を動かしている。上体はふらついているが、意外に足取りはしっかりしていた。厳しい稽古に長いあいだ耐えてきた賜物(たまもの)といえるのか。

一郎太も足を速めたが、臼田との差はなかなか縮まらない。いや、徐々に距離は広がっている。

――俺はこんなに足が遅かったのか。

駆けつつ一郎太は暗澹(あんたん)とした。

やがて臼田が長い坂を登りはじめた。息を切らしているようには見えない。坂にかかってむしろ速さが増したようだ。汗が出たことで、酒が抜けてきたのかもしれない。

――負けるものか。

一郎太は全身に力を込めた。

一気に坂を駆け上がった臼田が、つと左に曲がったのが見えた。寺の山門をくぐっていったようだ。

一郎太も坂を上がりきった。なんとなく気配を感じて、ちらりと後ろを見た。まだ一町ばかり離れているが、藍蔵が走ってくるのが眺められた。臼田の家の戸口でなにが起きたか、裏手にいたにもかかわらず覚ってくれたようだ。

ありがたし、と一郎太は感謝した。寺の前で足を止めて、山門に掲げられた扁額を見上げる。

扁額には堂々とした字で、同頓寺とあった。高台にあるというのに、境内は意外な広さを誇っている。

なかなか由緒がありそうな寺だが、ここに入って臼田はいったいどうする気なのか。臼田の意図が解せず、一郎太は首を傾げた。それでも、すぐさま土を蹴って山門を抜け、境内に足を踏み入れる。

臼田は石畳の上を走っていた。境内に臼田以外の人影はない。人の気配も感じない。樹木の手入れがよくされ、あたりの掃除も行き届いている様子から、破れ寺などではない。住職は檀家にでも用事があり、他出しているのかもしれない。寺男の姿はどこにも見えなかった。

臼田は、ちんまりとした本堂を目指しているように思えた。実際、本堂に突き当たるや、階段を駆け上がっていく。

だが、本堂の扉には見向きもせずに右へ曲がり、回廊を勢いよく走りはじめた。

一郎太も本堂に急ぎ近づいていった。回廊にひらりと上がり、臼田を追う。

本堂の裏手に出た臼田が、回廊から地面に飛び降りた。裏手には墓地が広がっており、そちらへ一目散に駆けていく。

一郎太も欄干を乗り越え、地面に音もなく立った。臼田が墓地に入っていくのが見えた。

墓地は地面が軟らかく、いつ陥没したり、崩れたりするか知れたものではないが、そのあたりは心得ているらしく、臼田は躊躇なく突っ走っている。

——この寺を、臼田はよく知っているようだ。実家の菩提寺かもしれぬ。

一郎太も、臼田の足跡を踏むように続いた。

墓地の奥に、箒を手に掃除をしている初老の男がいた。作務衣を着ているから、寺男であろう。

猪突の勢いで走り寄ってくる臼田に仰天したらしく、寺男がひっくり返るようにして尻餅をついた。臼田は寺男など見向きもせず、ひたすら駆けていく。

臼田から十拍ほど遅れて、一郎太は寺男に走り寄った。

「大丈夫か」

腰を抜かして立ち上がれそうにない寺男に、声をかける。

「は、はい、大丈夫です」

驚きはまだ去っていないらしいが、どうやら怪我などしていないようだ。一郎太は再び走り出した。

墓地の背後には、緑濃い林が広がっていた。速さを減ずることなく、臼田はその中に入り込んでいった。

生い茂る木々に邪魔されて、臼田の姿が一瞬で見えなくなった。

林に躍り込むような真似はせず、一郎太は立ち止まり、中の様子をうかがった。

臼田は丸腰だが、なにかしらの体術を会得しているかもしれない。林の暗さに目が慣れない一郎太に、いきなり襲いかかってくることも十分に考えられる。

藍蔵は一郎太のあとに続いていないようだ。どうしたというのか。もしや、この寺を素通りしたのではあるまいか。

——藍蔵は間の抜けたところがあるゆえ、あり得る……。

藍蔵がいなくても、臼田一人くらいなんとかできるとの思いは、一郎太の中で微塵も揺らがない。それでも、用心して林に足を踏み入れた。

ほとんど日光が射し込まず、風もあまり通らない林だ。木々のかぐわしい香りが充満しており、一郎太は思い切り吸い込みたかったが、今は息を殺して臼田を捜さなければならなかった。

人が滅多に立ち入らない林に思えたが、背の低い草が踏みつけられて、一筋の小道ができていた。その道を、一郎太はゆっくりと進んだ。

あたりに臼田の気配はない。もう林を抜けており、近くにいないのではないか。

——もしや逃げられてしまったか……。

顔をゆがめそうになったが、一郎太は即座に考え直した。

——いや、やつはこの林にいる。

なんらかの目的があって、臼田はこの林に来たはずなのだ。

しばらく獣道を進むと、右手に苔むした小さな地蔵堂らしきものがあった。ちょうど人一人が入れるくらいの大きさだ。扉は半開きになっている。

——まさか、臼田はこの中に隠れているわけではあるまいな。

地蔵堂の中に人の気配は感じられない。ここに臼田はおらぬな、と思いつつ扉を大きく開け、一郎太は中をのぞき込んだ。

一体の小さな地蔵が立っているだけで、やはり臼田はいなかった。

臼田はどこにいるのか。まさか戦うつもりでいるのではないか。

——丸腰なのに……。いや、もしかするとそうではないかもしれぬ。

一郎太は、はっとした。そのとき背後から殺気が一気に迫ってきた。

一郎太はくるりと体を返し、同時に抜刀した。一郎太をめがけて落ちてきた斬撃を、愛刀の腹で受け止める。

がきん、と鉄同士が激しく鳴る音が立った。手や腕ばかりではなく、腰のあたりにまで衝撃が響いてきたが、一郎太はびくともしなかった。臼田の斬撃は確かに強烈だったが、この程度でぐらついてはいられない。

――臼田め、地蔵堂に刀を隠してあったのだな……。

鍔迫り合いになり、臼田がぐいぐい押してきた。臼田から酒臭さは消えておらず、今も鼻をつく。

当たり前のことだが、かなり走ったからといって、体からすべての酒が抜けるわけがないのだ。

えいっ、と鋭い気合を放つや一郎太は、ぐいっと臼田を押し返した。あっさりと臼田がよろけ、足をもつれさせる。

すかさず一郎太は、愛刀を上段から振り下ろしていった。かろうじて体勢を立て直した臼田が刀を右手のみで振るい、一郎太の斬撃を弾き返した。

その瞬間、酒の臭いがひときわ強くなった。臼田の息が荒くなったせいだろう。

臼田が刀を正眼に構え直したが、左肩に大きな隙がのぞいていた。俺を陥れるための罠ではない、と断じ、一郎太は姿勢を低くして、突きを見舞った。

秘剣滝止である。

紛うかたなく、刀尖が臼田の左肩を貫いた。一郎太はすぐさま愛刀を引き抜いた。血しぶきが飛び、ううっ、と臼田が苦しげにうめいた。それでも、全身に力を込めたらしく、一郎太に向かって刀を振り下ろそうとする。

だが、その斬撃にはまったく速さが感じられなかった。一郎太は悠々とかわし、峰を返した愛刀を臼田の腹に叩き込んだ。

うっ、と息が詰まったような声を発し、臼田が地面に両膝をついた。刀をぽろりと手のうちからこぼすと、ごろりと体を地面に横たわらせる。息ができなくなったらしく、体をよじり、地面をごろごろと転がりはじめた。

一郎太は前に出て、地面に落ちている刀を蹴った。一間ばかり飛んだ刀は木にぶつかって動きを止めた。

臼田は一つ咳が出て息が通ったのか、それからは体が楽になったようだ。横たわったまま激しく咳き込んでいたが、やがてそれもやんだ。うらめしげな目を一郎太に向けてくる。

「おぬし、地蔵堂に刀を隠していたのだな」

そうだ、と臼田が認めた。

「幼い頃の遊び場だ。捕手が家に踏み込んできたとき、もしここまで逃げてこられれば、なんとかなるのではと考えていた。足には自信があったが、万が一、捕手を振り切れなかったときに備え、刀を隠しておいたのだ」

「無駄なことを……。おとなしく捕らえられれば、痛い目に遭うこともなかった」

「きさま、わしを捕らえる気か」

「そうだ」

臼田の目に暗い色が宿った。

「妻に会ったか」

「会った」

「なにかいっておらなんだか」

「臼田家を守るために、おぬしに自害してほしいとのことだ」

臼田の顔には驚きの色はあらわれなかった。

「きさまに、わしを自害させるよう頼んだのか。いかにも、あの女のやりそうなことだ。あの女は、家のことしか頭にないからな」

顔をゆがめた臼田が、立ってもよいか、ときいてきた。

「ああ、立て」

臼田がよろよろと立ち上がった。腹を押さえ、息をととのえている。

ちらりと一郎太に目を当ててきた。それがなにかを企(たくら)んでいるように見え、一郎太は刀を握り直した。

その瞬間、またしても臼田がだっと駆けはじめた。

——なんと、あきらめの悪い……。

臼田のあとを一郎太は追った。だが、ほんの五間ばかり行ったところで、林が途切れた。臼田の姿が目の前から忽然と消えた。

一郎太はあわてて足を止めた。眼下をのぞき込む。

そこは急峻な崖になっていた。高さは優に十丈はあるだろう。

真っ逆さまに落ちていった臼田は、崖から突き出している岩に、顔を激しくぶつけた。その拍子に体がくるりと回り、さらに落下していった。

最後は、下を流れる幅二間ほどの川に落ち、大きな水柱を上げた。

臼田の体はいったん水中に没したが、すぐに浮かび上がってきた。泳いでいるわけではなく、ただゆっくりと流れている。

臼田の首が妙な形に曲がっているのが、一郎太にはわかった。

——首の骨が折れたか……。

岩にぶつかったときであろう。

——どうやら死ぬ覚悟を持って、身を躍らせたようだ……。

川を流れる死骸は岸に流れ着かない限り、犯罪として成立しない。たいていの者は面倒を恐れ、死骸を竿でつついたりして、流れに戻してしまう。臼田の骸も同じ運命をたどるかもしれない。

もっとも、一郎太としては、北町奉行所の服部左門に、これまでのすべての顚末を届け出る必要があった。そうすれば、川を流れていった臼田の骸もどこかで引き上げられるのではないか。

――臼田は自害したといえるのだろうが、嘉代の望む形だったとは思えない。

――仕方あるまい。やれるだけのことはやった。

とにかくこれで一つ終わったな、と一郎太は流れ去ろうとしている臼田の死骸を見下ろした。

――次は椎葉虎南だ。

臼田とは比べものにならない強敵である。腹をくくって戦わなければならない。

刀を鞘にしまい、一郎太は踵を返して歩きはじめた。墓地に、寺男の姿は見当たらなかった。

同頓寺の境内を突っ切り、一郎太は山門を抜けた。

――藍蔵はどこに行ったのか。

付近を見渡してみたが、どこにもいない。まず北町奉行所に赴き、それから家に帰ればよかろう、と一郎太は思った。そうすれば、藍蔵もきっと戻ってくるにちがいない。

山門を出て一郎太は足早に歩き出した。すると、後ろから、月野さま、と呼ぶ声が聞こえてきた。

やはり藍蔵はこの寺を行き過ぎておったのだな、と思い、一郎太は振り返った。

藍蔵が一目散に駆けてくる。そのさまが先ほどと同じように忠実な犬の如く見えて、一郎太は微笑した。

四

気が満ちたのを椎葉虎南は、はっきりと感じた。

――いよいよだ。

百目鬼一郎太のやる気が、すべて自分に向けられているのがわかる。

――明日、わしはあの男と戦い、葬ることになろう。一人では死なせぬゆえ、安心するがよい。一緒に藍蔵もあの世に送ってやる。

一郎太とどこで戦うことになるのか。

広々として邪魔が入らないところがよい。そういうところなら、術を駆使して存分に戦える。

いま虎南が頭に思い描いているのは、田端村にある備楽寺である。

境内が広い割に建築物はあまりなく、木々が多い。昼間でも参詣する者はほとんどなく、それが夜ともなれば、人っ子一人いない。

住職だけでなく、少なくない数の学僧も修行しているが、あの者たちはとにかく夜が早い。あの寺なら、と虎南は思った。闇に紛れて一郎太たちと戦うのに、恰好の場所ではないか。

虎南が備楽寺のことをよく知っているのは、あの寺で位の高い僧侶を始末したことがあるからだ。備楽寺については前もって詳しく調べたから、庫裏に忍び込み、標的の僧侶をあの世に送り込むことなど、造作もなかった。

——どうすれば、一郎太たちを備楽寺に来させられるか。

それに関して、虎南はすでに手を考えてあった。一通の文を一郎太に送りつければ済む話だ。

その文を読めば、一郎太は備楽寺に来るしかなくなる。

文はもう書き上げてあり、いつでも一郎太に届けられる。

——よし、そのあたりの子供にでも使いを頼むとするか。

決意した虎南は、目の前の薪に向かって鉈を振るった。小気味よい音がして薪が真っ二つに割れる。それだけで気持ちが爽快になる。

——百目鬼一郎太もこのようにしてやる。

いつものように虎南は『稗搗節』を口ずさんだ。心の高ぶりはほとんどない。凪いだように平静である。

――わしは必ず百目鬼一郎太と神酒藍蔵を倒す。

一郎太を殺すよう、虎南は新田与五右衛門に大金を積まれて頼まれたのだ。与五右衛門はもうこの世にいないとはいえ、道場にいたときには世話になった。

――あの男との約束は守らなければならぬ。

義理を欠いては、殺し屋は務まらない。信用をなくした殺し屋など、この世に存在する価値はない。

五

北町奉行所に赴き、左門に臼田に関するすべての報告をしてから、一郎太と藍蔵は家に戻った。

その頃には闇の帳が降りはじめていた。藍蔵が台所に立ち、夕餉をつくった。でき上がったそれを、一郎太は藍蔵と差し向かいでありがたく食した。

椎葉虎南はどういうふうにあらわれるのか。やはりいきなり吹矢を放ってくるのか。そんなことを考えつつ茶を喫していると、外から一郎太のことを呼ぶ声が聞こえた。

声はずいぶんと甲高かった。どうやら男の子のようだ。

――誰だろう。

首をひねったが、一郎太に心当たりはない。用心を怠ることなく藍蔵が応対に出た。気にかかり、一郎太も戸口のそばまで足を運び、耳をそばだてた。

「ここは、月野さまのおうちでまちがいないかい」

男の子が藍蔵に確かめてくる。

「そうだが、月野さまになにか用か」

「これを渡してほしいって、使いを頼まれたんだ」

男の子が差し出した物を、藍蔵が受け取ったのが知れた。

「これは文か。誰からだ」

「知らないお年寄りだよ」

――年寄りだと。まさか……。

眉根を寄せた一郎太は、こちらに背中を見せている藍蔵にさらに近づいた。

戸を半分ほど開けて、藍蔵は男の子と相対している。男の子から受け取った文の表と裏をしげしげと見ているようだ。

「誰からだ……」

文から目を離し、藍蔵が男の子を見る。

「おまえはどこから来た」

「牛込だよ」

「牛込だと」

藍蔵の声が裏返りそうになった。牛込といえば、木賀道場がある。

「藍蔵、文を見せてくれ」

「あっ、はい、どうぞ」

藍蔵が文を一郎太に手渡してきた。一郎太は受け取り、裏返してみた。差出人の名は書いてないが、椎葉虎南が男の子に文を託したのはまちがいないであろう。

「ねえ、もう用事は済んだから、帰るよ」

いわれて藍蔵が男の子に向き直る。

「ああ、済まなかった。気をつけて帰れ」

「うん、そうするよ」

「あっ、駄賃は」

「お年寄りからたんまりともらったから、いらないよ」

笑みを浮かべた男の子が体を返し、さっと走りはじめた。その姿は一瞬で見えなくなった。藍蔵が戸を閉め、心張り棒を支う。

「文にはなんと書いてありますか」

居間に戻り、向き合って座るや藍蔵がきいてきた。

「藍蔵も読んでくれ」

一郎太は、すでに目を通した短い文を藍蔵に渡した。藍蔵はあっという間に読み終えた。

「明日の暮れ六つ、田端村の備楽寺に来い。町奉行所には知らせるな。もし知らせたら、槐屋徳兵衛と志乃の命はない」

文を手にしたまま藍蔵が歯嚙みする。

「椎葉虎南め、徳兵衛どのと志乃どのに手を出したら、ただではおかぬ」

とにかく、と一郎太はいった。

「俺たちが田端村にある備楽寺という寺に行けば、徳兵衛と志乃の身には、なにも起こらぬということだ」

「椎葉虎南の言葉を信じても、よろしいのでございますか」

「徳兵衛と志乃に関しては、信じてよいのではないかと思う。殺し屋は、頼まれたことしかせぬはず。関わりのない者に、手を出すことはまずあるまい」

確かに、と藍蔵がうなずいた。

「椎葉虎南は、月野さまとそれがしを、まとめて殺すつもりなのでございますな」

「死出の旅路が寂しくないようにとの、やつなりの配慮であろう」

「二人がかりの我らを、まちがいなく殺せると、しかと思っているのでございますな。くそう、なめられたものだ」

藍蔵がぎりぎりと歯ぎしりする。

「藍蔵、返り討ちにしてやろう」

「もちろんでございます」

その夜、一郎太は気持ちが高ぶり、なかなか寝つけなかった。というよりも、油断したくなかった。

――明日というのは、もしや罠ではないのか。明日に備えて我らが深い眠りに落ちるのを、やつは今も待っているのではないか。

すでに戦気は満ちている。一郎太たちの居場所を知っている椎葉虎南こそが、ときを選べるのだ。

――やつは忍びだ。勝つためにはどのような手も使おう。

だが、眠らずに夜を徹するわけにはいかない。虎南が本当に備楽寺において決戦をする気なら、不眠では勝てるはずもない。体調は万全にしなければならないのだ。一郎太は目を閉じた。

しかし、やはりどうしても寝つけない。眠ろうとしても、目は逆に冴えてきてしまう。

いま何刻か。おそらく、とうに七つ近くになっているのではあるまいか。夜明けは近いはずだ。

ここまで来れば、もう眠るのはあきらめるほうがいい。朝まで起きて待とう、と思ったが、いつまでたっても夜が明けなかった。

数羽の小鳥の鳴き声がしはじめた頃、少しうつらうつらしただけで、すぐに目が覚めた。

「いよいよでございますな」

ぐっすりと眠ったらしい藍蔵が隣室から起き出してきて、腕を撫す。そういえば、昨晩藍蔵はいびきをかいていなかった。

いびきは熟睡の証などではありませぬ。むしろ眠りの浅さをあらわしております。そう、百目鬼家の御典医の一人がいったことがある。

藍蔵は熟睡できたのだろう。それに比べ、一郎太はおのれの神経の細さが情けなかった。

「月野さま、朝餉が済んだら、さっそく備楽寺に赴き、どんな寺か見ておきませぬか」

「いや、藍蔵。俺たちにはそれより先にすべきことがある」

「はて、なんでございましょう」

「市谷の斜香流道場へ行かねばならぬ」

「照元斎どののもとに……」

「そうだ。椎葉虎南の文には、照元斎のことは触れられていなかった。一緒に備楽寺に行っても構わぬということであろう。照元斎は弥佑の無念を晴らしたいと考えているはずだ。備楽寺における虎南との戦いは、絶好の機会だとしかいいようがない」

「まことにございますな。このことを照元斎どのに知らせなければ、人としてどうかしているという話になりましょう」

急ぎ朝餉を終えた一郎太たちは家を出ようとした。だが、戸口で一人の男と鉢合わせた。徳兵衛である。

「ああ、お出かけされるのでございますな。行き違いにならず、よかった、よかった」

徳兵衛が安堵の色を顔に浮かべた。徳兵衛には供が三人ついている。

その三人は風呂敷包みを背負っていた。なにかを持ってきたようだ。中身はなんなのか、と一郎太はいぶかった。

「徳兵衛、入ってくれ」

「いえ、月野さまと神酒さまはお出かけになるのでございますから、こちらでけっこうでございます」

戸口のそばで徳兵衛が背筋を伸ばし、一郎太を見上げてくる。

「月野さま、椎葉虎南とやらとの対決は、もうお済みでございますか」

「いや、これからだ」

一郎太はかぶりを振った。

「それならば、お渡ししたい物がございまして……」

徳兵衛が、三人の供が背負っている風呂敷包みに目を向けた。

「あの、月野さま。ちとおたずねいたしますが、吹矢に対する方策はできましたか」

案じ顔の徳兵衛がきいてきた。

「いや、なにもできておらぬ」

一郎太は正直に答えた。

「月野さまは、歌舞伎十八番の『毛抜』という演し物をご覧になったことはございますか」

「『毛抜』とな。いや、知らぬ。見たことはない」

「それがしは存じておりもうす」

横で藍蔵がうれしげな声を上げた。

「それがしは歌舞伎が大好きでございますからな。『毛抜』は、天井裏から強力な磁石を使って姫君の髪を逆立て、奇病だと言い立てて婚姻を妨げるという筋書でございます」

「神酒さまのおっしゃる通りでございます」

徳兵衛が供の三人を振り返った。

「差し出がましいかと存じますが、強力な磁石を張り合わせた鉄扇をこしらえてみました。同じ物を三本、用意いたしております」

徳兵衛の合図で、供の一人が立ったまま風呂敷包みを解き、一本の鉄扇を取り出した。

一郎太は、その鉄扇を手に取った。もっと重いかと思ったが、さほどでもない。手にしっくりきて、握りやすい。

重みをあまり感じないのは、きっとその手の工夫がなされているからだろう。これなら、軽々と振れるのではあるまいか。

実際に一郎太は鉄扇を振ってみた。ひゅん、と風を切る小気味よい音がした。

「これは、磁石でできておるのか」

徳兵衛を見つめて一郎太はきいた。きりりとまじめな顔をつくり、徳兵衛が大きくうなずく。

「さようにございます」

椎葉虎南の吹矢は、と一郎太は考えた。

――弥佑を襲ったときのように、左右や背後から放たれるはずだ。吹矢の気配を察したら、すかさずこの鉄扇を使えばよい。毒針はこの鉄扇に吸い寄せられよう。

「徳兵衛、これは素晴らしい得物(えもの)だな」

感嘆して一郎太は褒めた。

「そう思っていただけますか。ならば、つくった甲斐(かい)があったというもの。月野さま、是非とも椎葉虎南との戦いに、お持ちくださいませ」

「そうさせてもらう。鉄扇が三本あるのは、照元斎の分も用意してあるゆえだな」

「さようにございます」

徳兵衛が深く顎を引いた。

「照元斎さまは、弥佑さまを椎葉虎南に討たれてしまいました。ご子息の無念を、なんとしても晴らしたいとお考えになっているのではないかと思いまして……」

「その通りであろう。実は、俺たちが今から向かおうとしていたのは照元斎の道場だ」

「ああ、さようにございましたか」

徳兵衛が大仰なほどに安堵の声を出した。

「徳兵衛、こちらこそかたじけなく思う。このような鉄扇をこしらえてくれて、恩に着る」

一郎太は心から礼を述べた。本当にこの鉄扇が椎葉虎南との実戦で役に立つかどうか、使ってみないとわからないが、徳兵衛の厚意が身にしみた。

——殺すというのはおそらく虎南の脅しに過ぎぬであろうが、徳兵衛や一人娘の志乃を、危険な目に遭わせるわけにはいかぬ。左門には申し訳ないが、やはり備楽寺での一件を伝えるわけにはいかぬな……。

左門が知れば、多くの捕手を引き連れて備楽寺に駆けつけるだろう。だが、町奉行所の捕手のほとんどは、戦いの場ではまず役に立たない。

死者や負傷者を、いたずらに増やすだけだろう。余計な犠牲を出さないためにも、左門には黙っているほうがよい。

椎葉虎南は町奉行所の捕手を恐れて、知らせるなと文に書いてきたわけではなかろう。ただ、勝負を邪魔されたくないだけの話ではないか。

——もともと俺は藍蔵、照元斎とともに戦うつもりでいたしな……。

徳兵衛のように、我が事も同然に応援してくれる者もいる。椎葉虎南だろうと、勝てないはずがない。

——そうだ、俺たちは必ず勝つ。

そのことを確信した一郎太は風呂敷包みに鉄扇をしまい、それを背負った。残りの二つの風呂敷包みを藍蔵が担ぐ。

よくよく礼をいってから徳兵衛と別れ、一郎太は藍蔵とともに市谷に向かった。斜香流道場に赴き、見所で照元斎と会った。すでに朝の稽古ははじまっており、道場内は活気に満ちていた。

大勢の門人が竹刀で打ち合っているのを目の当たりにして血が騒いだが、気持ちの高ぶりを抑え込み、一郎太は虎南からの文を照元斎に見せた。

文を読み終えた照元斎が驚きの顔を見せる。

「なんと、椎葉虎南のほうから、対決の場所を決めてまいりましたか。その上で堂々の戦いを望んでくるとは、まこと、殺し屋とは思えぬやり方でございます」

「それだけやつには自信があるのだろう。弥佑とも、堂々と戦ったにちがいあるまい」

「そうかもしれませぬ……」

照元斎がうなずいてみせ、すぐに言葉を続ける。

「この文には町奉行所には知らせるなと書いてありもうすが、それがしのことは触れておりませぬな」

「その通りだ。それゆえそなたを誘いに来た。弥佑の無念を晴らしたかろうと思うてな」

「ご配慮、痛み入ります」

うつむくように照元斎がこうべを垂れた。

「それから、これは槐屋徳兵衛が持たせてくれた物だ」

一郎太がうなずいてみせると、藍蔵が風呂敷包みから鉄扇を取り出した。どのような細工になっているか、一郎太は話した。

「ほう、磁石でできているのでございますか」

「よければ使ってくれ」

「まことに畏れ多いことではございますが」

低頭し、照元斎は断ってきた。

「こちらは、それがしには不要の物でございます。それを持っていては、椎葉虎南の速さに応じられませぬ」

「これを手に速く動けというのは、確かに無理であろう」

「せっかくの槐屋どののご厚意を無にしてしまい、申し訳ないのでございますが……」

「いや、要らぬ物を無理に押しつけようという気はない。では、これは持って帰ろう」

「いえ、置いていっていただけませぬか」

「それは構わぬが……」

「それがしが実際の戦いの場に持ち込むわけにはいきませぬが、門人での稽古に使えそうに存じます。このような武器があるのだと門人に教えられますし、武術への興を抱かせるのに、恰好の物ではないかと存じます」

「ならば、置いていこう。今から俺たちは備楽寺に行くが、そなたはどうする」

はっ、と照元斎がかしこまる。

「それがしには、門人がおります。椎葉虎南との対決を前に気は逸りますが、門人たちにみっちり稽古をつけてから、備楽寺にまいろうと存じます」

「そうか。門人を大事にするのは、とてもよい心がけだ」

「できれば、皆に悔いのない稽古をつけてやりたいと思っております」

照元斎、と一郎太は鋭く呼びかけた。

「そなた、もしや死ぬ気でいるのではなかろうな」

「死ぬ気はございませぬ」

照元斎がきっぱりと答えた。

「ただし、いつ死んでもよいように覚悟は決めてあります。椎葉虎南とやり合うなら、今日がそれがしの命日になるかもしれませぬし」

確かに覚悟はしておかねばならぬであろう、と一郎太は思った。

「では、俺たちは行くぞ」

「はっ。それがしは刻限に遅れぬようにまいりますゆえ、ご安心を」

「端から案じてなどおらぬ。ならば照元斎、備楽寺で会おう。門前で待ち合わせるか」

「門前でございますね。承知いたしました」

畳に両手を揃えて照元斎が頭を下げる。うなずき返した一郎太は、藍蔵とともに斜香流道場をあとにした。

六

頭上に君臨する太陽から光が降り注ぎ、暑いくらいだ。雲は日光に蹴散らされたかのようにどこにも見えず、真夏のような青空が広がっている。

備楽寺の山門の前で、一郎太と藍蔵は足を止めた。

源台山備楽寺と記された扁額が掲げられている山門は開かれ、そこから境内が見渡せた。

山門をくぐる前に、一郎太は境内を見やった。参詣に来ている者はほとんどいないようで、本堂の裏手にあるらしい墓へ、閼伽桶を手に向かおうとしている者が、散見できるだけだ。

ここ備楽寺には、人々を引きつける宝や仏像の類がないのかもしれない。

――人があまりおらぬゆえ、椎葉虎南はこの寺を対決の場に選んだのだな。夜ともなれば、人けはさらになかろう……。

「よし、藍蔵、入るとするか」

一郎太と藍蔵は山門を抜け、境内に足を踏み入れた。

境内自体はかなり広いが、あまり建物がなかった。本堂と庫裏、鐘楼、経堂などが目につくくらいだ。

「椎葉虎南は、この広さを好んでいるかもしれませぬ」

「素早さという椎葉虎南の長所を、最も生かせるからな」

背伸びをして藍蔵が境内を見回し、一郎太に眼差しを移す。

「月野さま、椎葉虎南を倒すために、なにか妙案はございますか」

「今のところ、頼りにしているのは徳兵衛の鉄扇だけだ」

「月野さまとそれがしが背中合わせになり、互いに守り合うのはいかがでございますか」

「まず守りから入るということか。よいかもしれぬ。攻撃にはいつ移る」

「椎葉虎南に疲れが見えたら、ではいかがでございましょう」

「果たしてやつが疲れを見せるかどうか……」

「さすがに六十を超えた今、ずっと動き回るのは無理ではございませぬか」

「そうかもしれぬが、椎葉虎南を甘く見るのはやめたほうがよい。やつは今も疲れ知らずということで、手立てを考えるべきだ。やつの吹矢がすべて尽きたら、こちらから攻めを仕掛けるというのはどうだ」

「それは、よろしゅうございますな。射ってこなくなったときが、吹矢が尽きたという証になりましょう」

「俺たちが背中合わせで守り合っている最中、照元斎はどう動くであろうか」

　新たな問いを一郎太は口にした。

「できるだけ吹矢を射たせぬよう、椎葉虎南を追いかけ回すのではございませぬか」

「だが、追いかけて追いつける相手か。照元斎もかなり速いとは思うが、果たして椎葉虎南に伍するだけの速さかどうか……」

　渋い顔で藍蔵がうなずく。

「照元斎どのは、椎葉虎南に恐れを抱いているように見えましたし、追いかけても翻弄されるだけかもしれませぬな……」

「椎葉虎南を追いかけるのは、やめさせるほうがよさそうだ」

「では、照元斎どのにはどう動いてもらうのがよいのでございましょう」

「動かず、じっとしていてもらう」

藍蔵が目を大きく見開く。

「どういうことでございますか」

「どこかにひそみ、そこに椎葉虎南が来た瞬間、襲いかかるのだ」

「待ち伏せでございますな」

「そういうことだ。広い境内といえども、戦いの最中、忍びが動く場所はおそらく限られよう。照元斎がこの境内を見れば、どこにひそめばよいか、すぐにわかるはずだ」

「照元斎どのがひそんだ場所を椎葉虎南が通るよう、我らが仕向けてもようございますな」

「それはならぬ」

強い口調で一郎太は打ち消した。

「なにゆえでございますか」

意外との思いを表情に出して藍蔵がきく。

「仕向けるような真似をすれば、椎葉虎南は俺たちの狙いを必ず解するからだ」

「ああ、そうかもしれませぬ」

藍蔵は納得がいった顔だ。

「浅慮(せんりょ)でございました」

「だから、照元斎には俺たちが知らぬ場所にひそんでもらうのがよい」

「さようでございますな。それが最もよい手立てだと、それがしも思います」

「藍蔵が賛成してくれるなら、よし、その策で行こう」

「わかりました」

手庇(てびさし)をつくって藍蔵が空を仰ぎ見る。

「月野さま、暮れ六つまでまだだいぶございますな。太陽が燦々(さんさん)と輝いておりもうすよ」

「まず飯を食おう。じき昼であろうし」

「そういえば、腹が減ってまいりましたな」

一郎太たちは備楽寺を出て、道を根津のほうへと取った。最初に目についた蕎麦屋に入り、蕎麦切りで腹を満たす。

「誰が考えたか知れませぬが、蕎麦切りというのは、実にうまい食べ物でございますなあ」

蕎麦湯を飲みながら藍蔵がしみじみいう。

「考えついた者に、感謝しなければならぬ。毎日食べても飽きが来ぬ食べ物など、そうはない」

「明日もまたおいしい蕎麦切りを、たらふく食べたいものでございますな」

「そのためには藍蔵、勝たねばならぬ」

「よくわかっておりもうす」

きらりと瞳を光らせて、藍蔵が深いうなずきを見せた。

「我らは勝ちもうす」

「俺も信じておる。ここで椎葉虎南に屈しては、これまで幾多の戦いを、なんのために勝ち抜いてきたか、わからなくなってしまう。俺たちは決して負けぬ」

満足して蕎麦屋を出た一郎太たちは、今度は根津権現に向かった。根津権現は備楽寺からおよそ半里、遠く離れているわけではない。

一郎太たちは、根津権現の鳥居の前に立った。備楽寺とは異なり、昼間から大勢の者が参詣に来ていた。

その者たちに混じって鳥居をくぐった一郎太と藍蔵は本殿で鈴を鳴らし、奮発して賽銭（さいせん）を投げた。二礼二拍手一礼し、熱心に勝利を祈る。

「必ず勝つといっておきながら、神頼みをするとは妙だが、今日に限ってはよかろう」

「椎葉虎南は、強敵でございますからな。もしかすると、最後の最後で頼みになるのは、神さまのひと押しかもしれませぬし……」

それは十分に考えられるな、と一郎太は思った。

その後、根津権現のそばにある茶店に入って茶を飲み、団子や饅頭を食した。静や志乃に似合いそうな簪を探して、小間物屋を冷やかしたりもした。心を平らかにすることを第一に考えて、一郎太たちはくつろいだ。

体に力を込めるのは虎南と戦うときだ。それまでは、ゆったりと過ごせばよい。勝負事は、めりはりが大事だ。

——勝負事といえば、俺は賽の目が読めなくなったのだったな。おそらく、二度と元に戻らぬだろう。

これからは博打で負けることも多々あろうが、鉄火場と呼ぶにふさわしい、肌がひりひりと焼けつくような勝負を味わえるはずだ。

だがそれも、椎葉虎南との勝負に勝ってからの話だ。勝たなければ明日はない。

そうこうするうちに日が大きく傾き、暮れ六つが近づいてきた。一郎太たちは備楽寺に向かった。

暮れ六つにはまだなっていないが、山門は閉まっていた。

山門の陰に照元斎が立っており、一郎太たちに近づいてきた。

一郎太は照元斎に、どういう戦い方をするつもりか、胸のうちを語った。一郎太のやり方に、照元斎は反対しなかった。

「では、それがしはひと足早く境内に入らせていただきます」

どこにひそむべきか、照元斎は境内を見てから決めるのだろう。

「照元斎、頼んだぞ」

「承知いたしました。では」

一礼して照元斎が歩き出す。山門には見向きもせず、塀沿いを進んでいく。

一郎太たちが見守るうちに、すいと一瞬で姿が消えた。まるで薄闇に呑(の)み込まれたかのようだ。

「相変わらず、すさまじい腕をされておりますな」

感嘆の色を隠さずに藍蔵がいった。あれだけの腕があるのに、と一郎太は思った。照元斎は椎葉虎南を恐れているのだ。

椎葉虎南とはどれほど強いのか。実力の底知れなさを、一郎太は思い知った気分だ。

七

低く垂れ込めはじめた雲を伝(つた)うように、暮れ六つの鐘が響いてきた。

それを合図に、一郎太と藍蔵は背中の風呂敷包みから鉄扇を取り出した。

さらに袖をからげ、股立(ももだち)を取り、額に鉢巻をした。これで準備万端ととのった。

戦意がみなぎっている。一郎太は、必ず椎葉虎南を倒すとの気概に満ちていた。

「よし、俺たちも入るとするか」

鉄扇を手に、一郎太は藍蔵をいざなった。

「どこから入りもうすか」

「そこからだ」

一郎太は山門を指さした。

「えっ、閉まっておりもうすぞ。くぐり戸も同じでございましょう」

「藍蔵、いいから来い」

山門の前に進むと、一郎太はくぐり戸をそっと押した。軋(きし)む音を立てて戸が開く。

それを見て藍蔵が驚いた。

「えっ、開いておりもうしたか。寺の者が門を下ろし忘れもうしたか」

「椎葉虎南が、勝負はこの刻限、この場所だといってきたのだ。くぐり戸くらい、開くようにしてなければおかしい」

「それはそうでございますな。——あっ、それがしが先に入りもうす」

藍蔵があわててくぐり戸に身を入れた。

「藍蔵、急ぐことはないぞ」

「はっ、よくわかっておりもうす」

強い警戒の気を発した藍蔵のあとに、一郎太はくぐり戸を抜けた。おっ、と声が漏れ出たのは境内が清澄な気に満ちていたからだ。

あまり人が来ないせいで、境内の気がかき回されていないのだろうか。

――この寺を椎葉虎南が選んだのは、このこともあるのかもしれぬ……。清澄な気こそ、術を冴(さ)えやすくするということか。

となれば、ここは虎南の庭のようなものか。来たのはまちがいだったか。

だが、ここに来るしか、一郎太たちに道はなかった。

照元斎がどこに隠れたのか気になったが、一郎太も藍蔵もあたりを見回すような真似は、しなかった。

どこから虎南が見ているか知れたものではない。照元斎がひそんでいると、気取られるような真似は、厳に慎むべきであろう。

暮れ六つを過ぎたばかりだというのに、空が深夜の如く、ひどく暗く感じられた。見上げてみると、先ほどよりもさらに雲が厚く寄り集まっており、星が一つも見えなくなっていた。風も冷たさを帯び、一郎太はぶるりと身震いが出た。

――この闇の深さは忍びに利があるな。だが、今さら気にしても仕方がない。

一郎太たちは石畳を踏んで本堂を目指した。石畳沿いにいくつもの灯籠(とうろう)が配されているが、灯は入れられておらず、境内は暗いままだ。

備楽寺のどこへ来いという指示は虎南からの文にはなく、なんとなく足を運んでいるにすぎないが、一郎太の中で椎葉虎南は本堂付近にいるとの勘が働いている。

一郎太たちは、本堂の前で足を止めた。その途端、瓦屋根から一つの影が飛び降りてきた。やはりおったか、と一郎太は藍蔵とともに身構えた。

影は、一郎太たちから五間ばかり離れたところに音もなく降り立った。

全身を黒装束で包んでおり、顔は見えなかったが、木賀道場にいた下男の陸兵衛で、まずまちがいなさそうだ。

「椎葉虎南か」

確かめるまでもないと思ったが、一郎太はあえてきいた。

「ほかに誰がいるという」

小馬鹿にするように男が笑った。腰に長脇差を差している。

ほかに得物らしき物は見当たらないが、吹矢や苦無(くない)の類は、どこにでも隠せるだろう。毒針を持つ吹矢には、やはり特に注意しなければならない。肌をかすっただけで命取りだ。

「百目鬼一郎太、おまえらが手に持っているそれはなんだ」

虎南が不思議そうにきいてきた。

「鉄扇だ」

一郎太は少し振ってみせた。

「わしの吹矢を恐れ、そんな物を持ってきたのだな。だがそんな物で、わしの吹矢をよけられると思っているのか」

「思っている」

「甘い。甘すぎるぞ、百目鬼一郎太」

虎南のせせら笑いを一郎太は無視した。

「この鉄扇があれば、きさまの吹矢など怖くない。椎葉虎南、なにゆえ興梠弥佑を殺した」

「わしは殺しておらぬ」

平静な声音で虎南が返してきた。

一郎太がにらみつけると虎南が、くっくっ、と忍び笑いを漏らした。

「嘘をつくな」

「この期に及んで嘘をつくと思うか」

ならば、と一郎太は戸惑った。

——誰が弥佑を殺害したというのだ……。

亡き母の法要を行った天栄寺で会った侍か。まさか臼田ではあるまい。それに、三方から吹矢で襲い、そののち真っ向から斬りかかるというやり方は、木賀道場の戦法ではないか。

——虎南は嘘をついておらぬようだ……。

わけがわからなくなったが、落ち着きを取り戻すために一郎太は深く息を吸い、言葉を発した。

「椎葉虎南、きさまは本名を木賀九之丞というのか」

「おぬしは、わしが木賀道場の跡取りだと思っているのか」

意外そうに虎南がきき返してきた。

「ちがうのか」

「ちがう。わしは木賀九之丞などではない」

「ならば、岩名判五郎か」

「その通りだ。よくわかったな」

どこかうれしげに虎南が点頭した。

「きさまは、五頭道場では新田与五右衛門とともに汗を流したのだな。俺を狙うのは、与五右衛門に頼まれたゆえか」

「与五右衛門には世話になった。その恩返しもある」

間を置くことなく虎南が続ける。

「与五右衛門は、大川の屋形船にいた若年寄の松平伯耆守と北町奉行に襲いかかったらしいが、そんな愚かな真似はせず、端からわしを頼ればよかったのだ」

――その通りかもしれぬ。

虎南なら、松平伯耆守をなんの証拠も残さず、殺してのけていただろう。そうしていれば、一郎太が与五右衛門の一件に首を突っ込むことはなかったかもしれない。

「わしは若い頃、国中を放浪した」

こちらがきいてもいないのに、虎南が語りはじめた。

「路銀がなくなるたびに山賊や悪党どもを殺したり、民を苦しめるあくどい商家に押し込んだりした。九州にも足を延ばした。豊後国（ぶんごのくに）のさる道場で、戦国の頃にすさまじい業前を披露した椎葉鼓太郎という忍びの話を聞き、興を抱いたわしは椎葉の里に足を向けた」

そこで言葉をいったん切った。

「里の者によくしてもらったこともあり、しばらくそこで暮らした。そのとき村人が口ずさんでいたのが『稗搗節』だ。それを覚えたわしは椎葉虎南と名乗ることにした」

「椎葉はわかるが、なにゆえ虎南だ」

「椎葉の里には小さいながらも剣術道場があり、そこの道場主が虎北（こほく）といった。弟子になったわしは、虎南と名乗るよう命じられた」

「その命を素直に受け容れたのか」

「人というのは素直こそが一番だ。素直であれば、技も伸びる」

それはいえるな、と一郎太も同意した。

「百目鬼一郎太、まだ知りたいことはあるか」

「ない」

一郎太ははっきりと答えた。

「ならば、そろそろはじめるか」

「望むところだ」

「百目鬼一郎太、決して苦しませぬゆえ、安心せよ」

「俺も、おぬしを一太刀であの世に送るつもりだ」

ふん、と虎南が鼻を鳴らした。

「大口を叩くものよ。だが、その勇ましさもいつまで続くかな」

いきなり虎南が跳躍した。暗い空に吸い込まれたかのように姿が見えなくなった。

「藍蔵」

「はっ」

一郎太と藍蔵は背中合わせになった。

いきなり一本の吹矢が飛んできた。それを目にした一郎太は鉄扇を上げた。

かきん、と音がし、鉄扇にくっつくことなく吹矢が土に落ちたのが知れた。次に飛来した吹矢も鉄扇で払ったが、きん、という音だけを残し、地面に転がった。

──おかしいな。

眼前の闇に目を凝らしつつ一郎太は首をひねった。

──吹矢が鉄扇につかぬ……。もしや椎葉虎南の吹矢は、鉄でできておらぬのか。

そうとしか考えられない。それならば、この鉄扇の意味はないことになるが、刀より面が遥かに大きいために、飛んでくる吹矢はこちらのほうがずっと防ぎやすい。

──十分に使えるぞ。

そのことを徳兵衛に伝えたかった。きっと顔をしわくちゃにして喜ぶであろう。

さらに五本の吹矢が三方向から立て続けに飛んできたが、一郎太は鉄扇でそれらをすべてはたき落とした。

一郎太を屠るのはまだ無理とみたか、虎南は藍蔵に狙いをつけたようだ。藍蔵は冷静に吹矢がどこから飛んでくるか見極めているらしく、鉄扇で確実に撥ね飛ばしている。

藍蔵に顔を向けずとも、一郎太にはそのことがはっきりとわかった。さすがに藍蔵だ。頼りになる。

藍蔵も全部で七、八本の吹矢を防いだはずだ。それで、いったん吹矢の攻撃がやんだ。

だが、数瞬ののち、頭上から吹矢が降り注いできた。高々と宙を飛び、夜空に弧を描いた虎南が吹矢を立て続けに射ってきたのだ。

虎南は、宙を飛んだ気配をまったく感じさせなかった。そのために、まさかそんな方角から吹矢が来るなど、一郎太は想定していなかった。

面食らったものの、藍蔵とともに十本近い吹矢を鉄扇ですべて弾き返した。

また吹矢の攻撃が止まった。虎南が宙を飛んでいたのなら、そのときは無防備になるから、斬りかかる絶好の機会だったが、姿がまるで見えないのでは無理だ。虎南がどこに着地したのかも知れなかった。

一郎太と藍蔵は、背中合わせの態勢を崩さずにいた。

「吹矢が尽きましたかな」

ささやき声で藍蔵がきいてくる。

「まだわからぬ。俺たちを誘うための罠かもしれぬ」

「では、まだ攻めには移らず、吹矢を待ちますか」

「今から十を数える。それで吹矢が来なかったら、攻めに出よう。俺たちが攻めに出れば、きっとやつは襲いかかってくるぞ」

「まちがいありませぬ。月野さま、それがしはどう動けばよいのでございましょう」

「俺の後ろを守ってくれぬか」

「承知いたしました。月野さま、鉄扇はどういたしますか。それがしは刀で戦おうと考えておりもうすが……」

「俺も愛刀で戦うつもりだ。鉄扇は腰に差しておけばよい。さほど重くないゆえ、差していても十分に動けるだろう」

一郎太は、背中の帯のところに鉄扇をねじ込んだ。藍蔵も同じようにする。

それから一郎太は胸中で十を数えはじめた。数え終えたが、吹矢は飛んでこなかった。

「よし、行くぞ」

一郎太は、だっと前に出た。数歩も行かないうちに、地面から煙のような物がもくもくと立ち上がった。それが人の形を取って、一郎太の前に立ちふさがる。

――なんというあらわれ方をするのか。

驚いたが、一郎太は影に向かって愛刀を袈裟懸けに落としていった。あっさりとその斬撃はよけられた。

右に動きながら虎南が苦無を飛ばしてきた。一郎太は頭を低くしてそれをよけようとしたが、そんなことをすれば後ろにいる藍蔵に当たってしまうことに気づいた。

愛刀をさっと振り、苦無を、びしっ、と弾いた。苦無は視界の外に飛んでいったが、その瞬間、おのれの胴にわずかな隙ができたのを一郎太は覚った。

それを虎南が見逃すはずもなかった。深く踏み込みざま長脇差を横に払ってくる。

虎南は動きだけでなく、斬撃も恐ろしく速く、目にも留まらなかった。それでも、一郎太は愛刀の柄（つか）で長脇差を受け止めた。

下手をすれば何本か指が飛ぶところだったが、柄を握る手と手のあいだに、うまく長脇差を入れることができた。骨までしびれるような衝撃が柄を震わせたが、愛刀も取り落とさずに済んだ。

一郎太は刀を下にぐいっとねじることで、虎南から長脇差を絡め取ろうとした。しかし、その一瞬前に虎南が長脇差を引いて、後ろに飛び退（の）いた。下がり際に、再び苦無を飛ばしてくる。

それも一本ではなく、二本である。苦無は一郎太の顔と胸を狙っていた。

一郎太は体をねじって避けようとしたが、それではまたしても苦無が藍蔵に当たりかねないことを知り、上段からまっすぐに愛刀を振り下ろしていった。

びしっ、びしっ、と続けざまに音が発せられ、二本の苦無がほぼ同時に地面に落ちた。

そのときには、虎南は一郎太の真横に出てきていた。一郎太が、その姿を見失ったほどの素速さである。

一郎太が気づいたときには、虎南は木の筒を口にくわえていた。半間もない距離から、吹矢を射とうというのだ。まだ吹矢は尽きていなかったのであろう。

しゅっ、と息を短く吐く音がし、次の瞬間には吹矢が顔面に突き立とうとしているのを、一郎太は勘だけで知った。顔を横に振ってはみたが、吹矢をよけられたか自信はなかった。

少なくとも、頬をかすられたような気がした。そうなれば傷ができ、体に毒が回りはじめてくるだろう。

――俺はここで死ぬのか。

暗澹とした。今にも体がだるくなり、目がかすみはじめるのではないか。

だが、そうはならなかった。一郎太は、吹矢がかすりもしなかったことを知った。吹矢が顔のそばを通り過ぎるときに風が起こり、そう感じただけに過ぎなかったのだろう。

――助かった。

体に力が一気によみがえる。

「月野さま、大丈夫でございますか」

後ろから藍蔵が案じる声をかけてきた。

「大丈夫だ。虎南はどこに行った」

今は姿が見えなくなっている。一郎太が首を伸ばして捜してみると、闇の向こうから饅頭ほどの大きさの玉が、いくつも投げつけられた。

それらは一郎太たちの近くの地面に落ち、ぼんぼんと音を発して次々に二つに割れていく。割れた玉から煙が噴き出し、あたりを灰色に染めていく。一郎太の周りには火薬の臭いが充満した。

――これは忍びが使うという煙玉か。初めて見たぞ。

一郎太は振り返って、藍蔵に目を当てた。すぐ後ろにいる藍蔵の顔も、煙のせいでうっすらとしか見えない。

「藍蔵、注意しろ。煙の向こうから、吹矢や苦無が飛んでくるかもしれぬぞ」

「はっ」

藍蔵が応じた瞬間、ひゅん、という風切り音がし、どす、と重い音が立った。うっ、と藍蔵がうめき声を漏らした。

「藍蔵、やられたのか」

すぐさま一郎太はたずねた。

「苦無が肩に……」

苦しげな声で藍蔵が答えた。

「なんだと。大丈夫か」

火薬臭い煙が濃く漂う中、一郎太は藍蔵に顔を寄せた。藍蔵が右肩を押さえ、表情をゆがめていた。苦無は背中側に刺さっているようだ。

つまり虎南は、藍蔵の背後にいたということか。変幻自在の動きとしかいいようがない。あちらと思えばまたこちらというやつだ。

「深手か」

「いえ、大したことはありませぬ」

苦無に毒は塗っておらぬのだろうか、と一郎太は案じた。もし毒が塗られていたら、藍蔵の命が危ない。

「藍蔵、こっちに来い」

今にも虎南が攻撃を仕掛けてくるのではないかと危惧しつつ、一郎太は藍蔵の肩を抱いた。そばに立っている灯籠のところに、連れていく。藍蔵を地面に座らせ、灯籠にもたれかからせる。

一郎太は、藍蔵の肩に刺さった苦無を抜いた。血がついている尖端に鼻を寄せてみる。よくはわからないが、毒とおぼしき臭いはしなかった。

「目がかすまぬか」

一郎太は藍蔵に質した。

「はい、今のところは」

「体はだるくないか」

「元気一杯でございます」

「強がりをいうな。藍蔵、戦いが終わるまで、ここでじっとしておれ」

「いえ、それがしは戦います」

体をよじって藍蔵が立ち上がろうとする。

「藍蔵、それでは俺が戦いにくくなる。藍蔵を守りながら、虎南と戦うなど無理な相談だ」

「しかし月野さま、なにもしないで座しているというのは、あまりにも情けなく……」

「なに、よいのだ。俺に任せておけ」

「月野さま……」

「大丈夫だ。俺は負けぬ」

一郎太は懐から手ぬぐいを取り出し、藍蔵の傷に当てた。

「血は止まっているようだ。大したことはなさそうだぞ」

「月野さまは、もしや死にゆくそれがしを元気づけようとされているのでございますか」

「死にゆくなどと縁起でもない。俺はまことのことをいっているだけだ」

「しかし、目がかすみはじめました。体もだるくなってまいりました」

「なにっ」

藍蔵はぐったりしている。今すぐ藍蔵を医者のところに連れていきたいが、虎南を倒さない限り、それは望めることではない。

——一刻も早く、虎南と決着をつけなければならぬ。

刀を握り締めて一郎太は立ち上がった。そこにつむじ風が沸き起こった。

虎南が襲いかかってきたのを一郎太は覚った。一本の苦無が、あたりに滞っている煙を裂くように飛んできた。

それを一郎太は愛刀で弾いた。一郎太が愛刀を動かすのを待っていたかのように、目の前にいきなりあらわれた虎南が、一郎太の懐に入り込もうとした。一郎太は後ろに下がればつけ込まれると判断し、素早く横に動いて上段から愛刀を振り下ろした。

斬撃は空を切った。そこに虎南はいなかった。いったいどういう動きをしたのか、一郎太の背後にいた。それを一郎太は気配で知り、体ごと振り向こうとしたが、すでに虎南は長脇差を横に払っていた。

——まずい、よけられぬ。

だが、がきん、と音がし、一郎太の腰のあたりに痺(しび)れが走った。なんだ、と思ってよく見ると、虎南の長脇差が、一郎太が帯に挟んでおいた鉄扇を叩いていた。

——なんと、助かった。これも神の加護であろう。

根津権現に参っておいてよかった、と一郎太は心から思った。

そのあいだに一郎太は虎南に向き直り、愛刀を正眼に構えた。

「そんなところに鉄扇を入れておったか。命冥加なやつよ」

命冥加とは、神仏の守りによって命拾いをすることをいう。まさにそのものではないか、と一郎太は思った。

――この勝負、勝った。

一郎太は確信した。神が守ってくれているのだ。虎南は恐ろしいまでの強敵だが、これなら負けるはずがない。

「戦いというのは、運のよき者が勝つと決まっているものだ」

高らかに一郎太は宣した。

「愚かなことをいうものだ。運のよさのみで勝負が決するわけがない。すべては、実力が物をいうのだ。そのことを、今からきっちり教えてやる」

じりじりと横に移動した虎南がまたしても跳躍した。そのとき虎南の背後に一つの影が立ち上がった。影が虎南に向かって、脇差らしい物を突き出した。

――照元斎か。

照元斎は、まるで地面から湧いたように見えた。虎南の最初のあらわれ方と同じである。照元斎も地面と一体となる術を我が物としており、虎南に気づかれぬよう、一切の気配を絶って身をひそめていたのだろう。

やったか、と一郎太は愛刀を握る手に力が入ったが、虎南がまたしても宙に躍り上がってそれをかわした。とんぼを切って、軽々と照元斎の向こう側に着地する。

素早く振り返った照元斎が地を蹴って虎南に斬りかかる。虎南が照元斎の斬撃を軽々と弾き返す。

照元斎が負けじと脇差を振り下ろしていく。それも楽々とかわし、虎南が再び苦無を放った。それが照元斎の右足に当たった。虎南は端から照元斎の足を狙っていたようだ。

照元斎がたたらを踏み、よろけた。虎南が照元斎に飛びかかる。

そうはさせじとばかりに、一郎太は虎南に斬りかかった。虎南を間合に入れたのを見て、愛刀を振り下ろそうとした。

――引っかかりおったな。

そんな声が確かに聞こえた。

――まずい。誘われたのだ。

だが、虎南の背中はすぐそばに見えている。

――構わぬ。

深く踏み込み、一郎太は愛刀を袈裟懸けに振っていった。

刃が虎南の背中を斬り裂いていく。一郎太はその様子を目の当たりにした。

だが、愛刀に手応えはまったくなかった。どういうことだ、と一郎太は訝しんだ。

その途端、今までそこにあった虎南の姿が霧のように消えた。術を使われたのだ、と一郎太は覚った。

はっ、として振り返ろうとした。そこに虎南がいるはずだ。

一郎太の目が捉えたのは、おのれの胸に吸い込まれようとしている長脇差の切っ先だった。それが、心の臓をあやまたず貫こうとしている。

もはやどうすることもできない。一郎太は死を覚悟するしかなかった。気前よく賽銭を投げたのに神の加護はなかったということか。

だが、長脇差の切っ先が一郎太の着物を割り、胸をわずかに突いたところで止まった。虎南が背後を振り向いた。そこにもう一つの影があらわれたのだ。

——藍蔵か。

ちがう。ほっそりとして、ずっと小柄だ。

——なにっ。

一郎太は目をみはった。見まちがいなのではないか。

だが、そこで刀を振っているのはまちがいなく興梠弥佑である。

——なにゆえ弥佑が……。

一郎太は頭が混乱した。

──生きておったのか。だが、路地で見たあの死骸はいったい……。

弥佑は虎南を押しまくっている。虎南の速さにも負けない。速さを見切っている。

弥佑は、虎南の投ずる苦無を刀であっさりと打ち返していた。その苦無が虎南を狙うように逆に飛んでいくのだ。しかも速さを増していた。その技のすさまじさに、一郎太は度肝を抜かれた。

虎南は苦無を投げるたびに体勢を崩す羽目になっている。しまいには、苦無を投げなくなった。

弥佑は、虎南を追いかけ回していた。虎南の動きを読んで左に出た弥佑が刀を振り下ろしていく。よけきれずに虎南の左肩に傷が入り、血が噴き出てきた。それだけで虎南の動きが、がたっと鈍くなった。

さらに弥佑が攻勢に出る。虎南の体にいくつもの傷ができた。もう虎南はほとんど動けなくなっているように見えた。

──さすが弥佑だ。

虎南が少しずつ動いて弥佑から距離を取ろうとしていた。弥佑の邪魔にならないように一郎太は虎南に斬りかかった。虎南がその斬撃をぎりぎりでかわす。

虎南の動きを読んで、弥佑が先回りしていた。下段から斬撃を見舞っていく。

虎南はよけられなかった。弥佑の刀は虎南の右の太ももを切り裂いた。そこから血がどっと噴き出た。力尽きたように虎南が、がくりと片膝をつく。

「きさま、生きておったのか」

弥佑を見つめて、虎南が悔しげに顔をゆがめる。

「おぬしの息の根を止めるために、死んだ振りをさせてもらった」

「わしを殺すために、そこまで……」

「それだけ強敵と認めていたということだ」

くそう、と虎南がつぶやきを漏らした。足からの血は止まる気配がない。黒装束から滴り、地面を暗い色に染めていく。

——動脈を切ったな。

一郎太が思ったとき、虎南が懐に手を入れた。なにかをつかみ出し、それを自分の足元に投げつけた。同時に虎南がしゃがみ込む。ぼん、と盛大な音がし、猛烈な火炎が上がった。もうもうと煙が立ち上る。

あっ、と一郎太は駆け寄った。虎南が逃げ去ったと思ったのだ。

だが、そこには骸が横たわっていた。虎南は自ら死んでのけたのだ。

「顔を潰しましたね」

そばに来た弥佑がいった。

「もう生きておらぬか」

弥佑がかがみ込み、死骸を改めた。

「生きておりませぬ」

「まちがいないか。俺は死んだと思わせて生きている男を一人、知っておるのだ」

「まちがいなく死んでおります」

苦笑して弥佑が立ち上がった。

「弥佑、もっとよく顔を見せてくれ」

一郎太は両手で弥佑の顔を挟んだ。じんわりと温もりが伝わってくる。

「ああ、本当に弥佑だ」

うれしくて一郎太は涙が出そうだ。

「あっ、そうだ。藍蔵はどうしておる」

一郎太は灯籠のところにあわてて近づいた。一郎太に気づき、藍蔵がふらふらと立ち上がった。

「藍蔵、生きているのか」

「はい、まだこの世におります」

「毒が効いてきたのではなかったのか」

「苦無にやられたことで、気力を失ったようでございます。しばらく休んでいたら、目のかすみも体のだるさも取れもうした。体を動かすのがまだ億劫でございますが、大したことはございませぬ」

藍蔵の顔色は少し青いようだが、これは毒のせいではないだろう。血を流したからにちがいない。

「それはよかった」

一郎太は胸をなでおろした。

「それで弥佑、どういうことだ。種明かしはしてもらえるのだろうな」

照元斎が前に出てきて、一郎太に説明をはじめる。

「すべては、それがしの書いた筋書でございます」

「そうか、そなたの策だったのか」

はい、と照元斎がうなずいた。

「椎葉虎南はあまりに強い。強すぎる。知れば知るほど恐ろしい相手でございます。それがしは考えに考えました。勝つとするなら、弥佑が不意を突いたときだけだと」

「それで一計を案じたのか」

「さようにございます」

虎南の苦無にやられた傷を軽く押さえて、照元斎が認める。すでに傷の手当は終えてあるようで、顔色も別段、悪くない。

「弥佑が死んだことにし、虎南の油断を誘う。虎南は、自分が弥佑を殺ってはいないことは知っているとはいえ、とにかく、月野さまの警固役である弥佑が死んだことで、月野さま殺しが楽になると考えるはず」

「実際に、照元斎の目論見通りにことは運んだようだな」

「はい、うまくいきました。これだけの策を弄さぬと、椎葉虎南は倒せませぬ」

「それほどの強敵だったということだな。だが、あの路地に倒れていた弥佑は、まことに死んでいるように見えたが……」

「我が斜香流には麓命丸という秘薬があるのでございます。それを飲んで弥佑は、まるで死んだも同然になったのでございます」

「秘薬とな……」

　そんな物がこの世にあるのだ。さすがに一郎太は驚かざるを得ない。

「しかし、検死医師の源篤は、弥佑は斬り殺されたといっていたが……」

「それがしは、検死前に源篤どのに事情を話し、斬られたことにしてほしいと頼んだのでございます。そのときに、毒針の件もいい含めました」

「源篤にそのようなことをしたのか」

　照元斎が路地で源篤に話しかけていた光景が思い起こされる。

「もともと源篤どのとは旧知の仲でございます。道場で怪我をした者を、これまでに何人も治してもらっております」

「そうだったのか。だが、弥佑が倒れていた地面におびただしい血が流れていたようだが、あれはなんだ」

「あれは牛のものでございます。牛の血は人の血に近いものですから」

「ああ、そうなのか」

初めて知った。確かに、血が妙に生臭かったのを一郎太は覚えている。

「弥佑を斬ったのは、頭巾をかぶった男とのことだったが、あれはもしや……」

一郎太は照元斎をじっと見た。

「はい、それがしでございます」

申し訳なさそうに照元斎が頭を下げた。

「月野さまと神酒さまを欺くのは心苦しかったのでございますが、お二人を騙せぬようでは、椎葉虎南を欺くことなど、夢のまた夢と考えまして……」

「しかしすごいことを思いついたものだな」

「もう少し楽に倒せる相手ならよかったのでございますが、椎葉虎南はそういう敵ではございませぬ。虎南が月野さまを倒そうとするぎりぎりの瞬間まで、斬りかかるなと弥佑には厳しく命じておりました。虎南のすべての神経が月野さまに向かった瞬間、斬りかかれと」

「弥佑はその通りの動きをしたな」

「はい、我がせがれながら、見事でございました」

「正直、俺はあのとき死んだと思った」

「その瞬間まで弥佑は待たねばなりませなんだ。月野さまには申し訳ないことをいたしました。この通りでございます」

照元斎と弥佑が深々と腰を折った。

「いや、助けられたのは俺のほうだ。そのような真似をせずともよい。二人とも顔を上げてくれ」

——しかし、照元斎は椎葉虎南になんともすさまじい策を仕掛けたものだ。さすがの椎葉虎南も見破れなかったか……。

一郎太は感嘆するしかなかった。

「見事にやられたな」

一郎太は藍蔵に語りかけた。

「はい、まったくでございます。しかし、弥佑どのが生きていて本当によかった」

藍蔵は涙ぐんでいる。やがて大泣きしはじめた。その様子を見て一郎太は、確かに、と思った。こんなにうれしいことはない。一郎太も涙があふれてきた。

「照元斎。椎葉虎南のことを俺たちに話したとき、そなたはおののいているように見えたが、あれも芝居だったのか」

「いえ、芝居ではありませぬ」

即座に照元斎が否定した。

「それがしは、まことに椎葉虎南に会っております。椎葉虎南のすごさも、よく存じております。正直、椎葉虎南と戦うのが怖くてなりませんでした」

「どこで会ったのだ」

一郎太はすぐさまきいた。

「まだ若い頃、それがしが廻国修行をしていたときでございます。飛騨国の山中で、椎葉虎南と出会いました」

「飛騨国の山中でな……。どのような出会いだった」

「当時、その地では山賊が旅人を襲ったり、近隣の村を襲って金や食べ物、女を略奪したりするなど、悪事の限りを尽くしていました。それを聞いたそれがしは、山賊どもを退治してやろうと山中に踏み入りました」

「それはまた勇ましいな」

「若気の至りというやつでございます」

少し照れたように照元斎が笑う。

「山中に入って二日で、山賊どもの隠れ家を見つけました。それがしは杉の木に登り、いつ隠れ家に斬り込むべきか、時を計っておりました。山賊は、全部で二十人近くいたと思います」

「なんと。それだけの人数を、一人で退治してやろうと考えたのか」

「闇に紛れれば、なんとかなるだろうと思っておりました。いま思えば、無謀でございましたな。忍びの技は、まだまだ未熟でございましたし……」

今と比べればそうだったかもしれぬな、と一郎太は思った。

照元斎が虎南についての思い出話を続ける。

「日が暮れ、あたりが暗くなりました。潮時だと考えたとき、一人の男が無造作に隠れ家に入っていくのが見えました。山賊どもの仲間かと思いましたが、隠れ家から悲鳴やら怒声やらが聞こえてまいりました。先ほどの影が、山賊どもを襲ったのだと知れました」

そのときのことがはっきりと脳裏によみがえったか、照元斎がごくりと唾を飲んだ。

「それがしが瞬き(まばた)を三度ばかりしたのち、隠れ家は静かになりました。山賊どもは全滅させられたのだと、それがしは覚りました」

「ふむ、それで」

一郎太は先を促した。

「それがしは木の上で、隠れ家から男が出てくるのを待っておりました。しかし一向に姿を見せませぬ。もしや相討ちのようにやられてしまったのかと思い、それがしは木を降りようとしました。ところが、降りられませんでした」

「なにゆえだ」

間髪を容れずに一郎太は問うた。

「『きさまは何者だ』とささやく声が耳元でしたからでございます。あの男はそれがしが杉の木にひそんでいることに気づいており、いつの間にか背後から忍び寄っていたのでございます。苦無らしい刃物を、それがしの首に突きつけておりました」

「そなたにまったく気づかせずそこまでやるとは、やはりすさまじいまでの手練よな」

「まったくでございます」

照元斎が額の汗を手ふきで拭った。

「あまりの腕のちがいにどうすることもできず、それがしは正直に、山賊退治に来たことを告げました。『きさま程度の腕では、いくら山賊どもが弱いといえども無理だ。やらずによかったな』といわれました。それがしはうなずくしかありませんでした」

ふう、と照元斎が息をついた。

「気づいたときには、男はおりませんでした。助かったのだと思ったら、汗が全身からだらだら流れてまいりました。椎葉虎南とはその後、一度も会っておりませぬ」

「では、その折、杉の木の上にいたのが照元斎だと、椎葉虎南は気づいていなかったのだな」

「おそらく、そうでしょう」

一郎太は頭に浮かんだ疑問を口にした。

「それが椎葉虎南だと、なにゆえわかった。そのとき名乗ったのか」

「いえ、名乗りはしませんでした」

いったん言葉を切り、照元斎が続ける。

「しかし、椎葉虎南という忍びが山賊どもを始末したという風聞が、その後、近隣に流れました。山賊退治をした者の名を突き止められる者がいたことが、それがしは不思議でなりませんでしたが、いま思えば、あれはおそらく椎葉虎南本人が流した噂でございましょう。若い頃の椎葉虎南は、自分の名を売りたいと、強く願っていたのかもしれませぬ」

照元斎が首筋を手のひらでなでた。

「今も、あのときの苦無の冷たさは、忘れられませぬ」

そういうものであろうな、と一郎太は思った。自分自身、先ほどは完全に殺られたと思った。あの瞬間は生涯、忘れまい。

八

翌日、一郎太と藍蔵は徳兵衛に夕餉の席に招かれた。たっぷりと休養を取ったことで、一郎太は心身ともにすっきりしていた。

肩をやられた藍蔵は源篤の手当を受けた。毒はやはり苦無には仕込んでなかったようで、半月ばかりで治りましょう、とのことだ。今は肩に晒しを巻いている。

生きている弥佑を見て、徳兵衛と志乃があっけにとられた。なにかのまちがいではないかといわんばかりに、何度も瞬きを繰り返していた。

「えっ、あの、どういうことでございますか」

徳兵衛にきかれ、すべての顛末を一郎太は語った。

「それはまた一杯食わされましたな」

頭を叩いて徳兵衛が苦笑する。

「それは俺と藍蔵も同じだ」

「しかし、興梠さまが生きていらっしゃるなど、これ以上の喜びはございませんな」

「うむ、徳兵衛のいう通りだ。藍蔵など、あまりにうれしくて泣きっぱなしだった」

「それは月野さまも同じでございましょう」

突っかかるように藍蔵がいった。

「泣くには泣いたが、藍蔵ほどではない」

「いえ、月野さまもかなりのものでしたぞ」

「そのようなことはない」

「まあ、お二人、こんなところでいい争わずとも……」

「それはそうだな」

　一郎太は徳兵衛に向き直った。

「考えてみれば、照元斎は徳兵衛に劣らぬ狸親父(たぬきおやじ)だ」

「でしたら、狸同士、気が合いましょう」

「そうであろう。ところで徳兵衛。一応、持ってきたが、鉄扇は返さずともよいな」

「もちろんでございます。ずっとお持ちくださいませ」

　一郎太は風呂敷包みから鉄扇を取り出した。

「これは磁石でつくられているはずなのに、吹矢の毒針はみんなこの鉄扇に弾かれてしまったぞ。あとで確かめたが、毒針はまちがいなく鉄でできておった。この鉄扇の磁石は本当に効いておるのか」

　徳兵衛が真剣な顔を崩さず、かたわらに置いてある火鉢に目を当てる。火鉢に置かれた鉄瓶から、湯気が上がりはじめていた。

「月野さま、そこにある火鉢の火箸で、鉄扇を叩いてみてくださいませんか」

「わかった」

一郎太は徳兵衛にいわれた通りにした。火箸は鉄扇にくっつかない。

「これはやはり……」

「はい、申し訳ないことでございますが、その鉄扇はただの鉄でできております」

「なんだと。徳兵衛、なにゆえそのような真似をしたのだ」

徳兵衛がにんまりと相好を崩した。

「『毛抜』は、あくまでお芝居に過ぎません。実際に磁石でできた鉄扇など、この世にあるわけがございません」

「なんと……」

「仮にあったとしても、つくるのにはかなりのときがかかりましょう。そのような職人もおりませんし。椎葉虎南との対決には、まず間に合いません」

「だったら俺は……」

はい、と徳兵衛が深くうなずいた。

「月野さまは、細工のない鉄扇で椎葉虎南という強敵と戦われたのでございます」

声を張って徳兵衛が続ける。

「鉄扇があるのとないのとでは、心の持ちようが異なったはずでございます。鉄扇を持つことで余裕が生まれれば、気持ちが落ち着き、焦りなど生じようもありません。月野さまほどの業前の持ち主が平静さを保っていれば、どのような相手であろうと負けようがございません。その鉄扇は、椎葉虎南との勝負の行方を大きく左右したものと存じます」

いい終えると徳兵衛が胸を張った。

「その通りであろう。これがあったからこそ、俺は吹矢に対して恐れを抱かなかった。しかし、磁石でできておらぬとは、まいったな」

一郎太は苦笑するしかない。

「徳兵衛には畏れ入った。そなたは、まったく油断も隙もない狸親父だ」

「はい、ありがとうございます」

「別に褒めてはおらぬが……。だがそなたのいう通り、この鉄扇のおかげで存分に力を発揮できたような気がする。もっとも、弥佑が来てくれなかったら、正直、危うかったが」

「ああ、さようでございましたか」

徳兵衛が事もなげにいう。弥佑はにこにこ笑っている。

「とにかく、ご無事でようございました。もっとも、手前も人のことを案じてばかりいるわけにはまいりません。いくら人事を尽くしたところで、商売の一寸先は闇だと覚悟しておりますので……」

「徳兵衛の座右の銘はなにかかな」

ふと気になって一郎太はたずねた。

「手前は元来ちゃらんぽらんで、まあ、我が身はすべてお天道さまにお預けしております。というわけで、人事を尽くさずに天命を待つ、これが手前の座右の銘でございましょうかな」

徳兵衛が呵々大笑(かかたいしょう)した。

人事を尽くさずか、と一郎太も笑い出しそうになったが、むっ、と不意に思い出したことがあった。

天栄寺で襲ってきた謎の侍である。あの侍がいまだに残っている。

——決して油断できぬ。

一郎太は気を引き締めたが、すぐに、椎葉虎南という強敵を倒した今だけは、と思い直した。

徳兵衛のように、存分に笑ってもよいのではないだろうか。笑って生きるほうが、性に合っている。

小学館文庫
好評既刊

突きの鬼一

鈴木英治

ISBN978-4-09-406544-2

美濃北山三万石の主百目鬼一郎太の楽しみは月に一度の賭場通いだ。秘密の抜け穴を通り、城下外れの賭場に現れた一郎太が、あろうことか、命を狙われた。頭格は大垣半象、二天一流の遣い手で、国家老・黒岩監物の配下だ。突きの鬼一と異名をとる一郎太は二十人以上を斬り捨てて虎口を脱する。だが、襲撃者の中に城代家老・伊吹勘助の倅で、一郎太が打ち出した年貢半減令に賛同していた進兵衛がいた。俺の策は家臣を苦しめていたのか。忸怩たる思いの一郎太は藩主の座を降りることを即刻決意、実母桜香院が偏愛する弟・重二郎に後事を託して単身、江戸に向かう。

小学館文庫
好評既刊

突きの鬼一 夕立

鈴木英治

ISBN978-4-09-406545-9

母桜香院が寵愛する弟重二郎に藩主代理を承諾させた百目鬼一郎太は、竹馬の友で忠義の士・神酒藍蔵とともに、江戸の青物市場・駒込土物店を差配する槐屋徳兵衛方に身を落ち着ける。暮らしの費えを稼ごうと本郷の賭場で遊んだ一郎太は、九歳のみぎり、北山藩江戸下屋敷長屋門の中間部屋で博打の手ほどきをしてくれた駿蔵と思いもかけず再会し、命を助けることに。そんな折、国元の様子を探るため、父の江戸家老・神酒五十八と面談した藍蔵は桜香院の江戸上府を知らされる。桜香院は国家老・黒岩監物に一郎太抹殺を命じた張本人だった。白熱のシリーズ第2弾。

小学館文庫
好評既刊

突きの鬼一
赤蜻(あかとんぼ)

鈴木英治

ISBN978-4-09-406631-9

弟・重二郎に藩政をまかせ、江戸に出奔した博打好きの殿さま・百目鬼一郎太(どうめきいちろうた)は、ひとまず、駒込土物(こまごめつちもの)店(だな)を差配する槐屋徳兵衛(さいかちやとくべえ)の世話で根津に身を落ち着ける。重二郎可愛さに、嫡男・一郎太の命を狙う実母桜香院(おうこういん)とその腹心の国家老・黒岩監物(くろいわけんもつ)。江戸家老・神酒五十八(みきいそや)によれば、黒岩家の用人が密かに羽摺り（忍び）の隠れ里に向かったという。一方、一郎太と暮らす五十八の嫡男・藍蔵(らんぞう)の心配をよそに、江戸の賭場八十八か所巡りを企てる一郎太。監物の放った羽摺り四天王との息詰まる死闘。いま明らかになる、突きの鬼一こと一郎太の秘剣・滝止(たきどめ)の由来！　大好評シリーズ第3弾。

小学館文庫
好評既刊

突きの鬼一　岩燕（いわつばめ）

鈴木英治

ISBN978-4-09-406645-6

突きの鬼一こと百目鬼一郎太と供侍・神酒藍蔵の江戸暮らしは風雲急を告げていた。実母桜香院とその腹心の国家老・黒岩監物が放った羽摺り四天王の生き残りが虎視眈々と一郎太の命を狙っている。そんな最中、草創名主・槐屋徳兵衛の一人娘・志乃の幼馴染みで、女郎屋から逃げ出してきたお竹が助けを求めてくる。さらに旗本屋敷の賭場帰り、一郎太の乗った船に武家娘が悲鳴を上げて飛び込んできた。じりじりと包囲網を狭めてくる羽摺りの者との激闘！　秘剣滝止が快刀乱麻を断つと思われたのだが……。大好評！　突きの鬼一2ケ月連続刊行、シリーズ第4弾。

小学館文庫
好評既刊

突きの鬼一 雪崩（なだれ）

鈴木英治

ISBN978-4-09-406696-8

次男・重二郎を溺愛するあまり、なりふり構わぬ振舞いに出る実母・桜香院に腹心の江戸家老・黒岩監物が目を剝いた。北山藩の財政は、伊豆国諏久宇（すくう）の飛び地に産する良質の天草から作る寒天収入に支えられていた。桜香院が跡目相続の御沙汰を得んと、幕府に飛び地返上を申し出たというのだ。城下の寒天問屋から多額の賄賂を手にしていた監物が黙って見ているわけがない。母の命が危うい。これまでの確執、母子（おやこ）の恩讐を越えて嫡男一郎太が立ち上がった。だが、それは北山藩を揺るがす大騒動の序章にすぎなかった。累計15万部突破！　大好評「鬼一シリーズ」第5弾。

小学館文庫
好評既刊

突きの鬼一 春雷(しゅんらい)

鈴木英治

ISBN978-4-09-406788-0

城下の寒天問屋から賄賂を手にしていた江戸家老・黒岩監物が牙をむいた。それまで手を組んでいた桜香院の殺害を忍びの頭・東御万太夫に命じたのだ。一郎太は母・桜香院を訪ね、子細を伝える。時あたかも、国元より一郎太の弟・重二郎の一粒種・重太郎が病に倒れたとの報に接した桜香院は、甲州路を美濃へ向かう。道中警固につく一郎太と神酒藍蔵。隙あらば、と機を窺う万太夫。一郎太の身を案じ、後を追う正室の静。北山藩を揺るがす大騒動は目前に迫っていた。大好評書き下ろし痛快時代小説第6弾。累計20万部！　突きの鬼一シリーズ前半のクライマックス！

小学館文庫
好評既刊

突きの鬼一 饗宴（きょうえん）

鈴木英治

ISBN978-4-09-407037-8

お家騒動で殺された桜香院の四十九日法要は御成道沿いの天栄寺で行われた。葉桜に目をやり、母の思い出に浸るかとみえた一郎太が場所柄もわきまえず、博打場に行くぞ、と言い出した。呆れ果てて絶句する神酒藍蔵と興梠弥佑。博打には勝ったが、好事魔多し。大川を舟で戻る途中、四艘の猪牙舟に襲われる屋形船に遭遇する。火矢が放たれ、炎に包まれた屋形船に飛び移った一郎太が目にしたのは、幕府の要人と思しき二人の人物。しかも、その一人には見覚えがあった。江戸を舞台に一郎太の新たなる人生が始まる！　累計22万部、好評書き下ろし痛快時代小説第7弾！

小学館文庫
好評既刊

若殿八方破れ（一）

鈴木英治

ISBN978-4-09-406818-4

信州真田家の若殿、俊介が江戸上屋敷の寝所で襲われた。誰の仕業か分からぬまま、無二の忠臣にして友垣の寺岡辰之助とともに犯人探索に乗り出す。だが、旧知の東田道場師範代・皆川仁八郎に頼まれ、やくざの出入りに加勢する羽目になるやら、錺（かざり）職人殺しに巻き込まれるやら、なかなか思うようにいかない。そんな中、こともあろうに辰之助が胸を一突きにされ殺される。悲嘆にくれる俊介に殺害犯の名を告げたのは、意外や意外、俊介の寝所を襲った男で——。逃げる真犯人が向かった先は九州・筑後久留米。全ては亡き友垣のため、御法度の仇討ち旅が今、始まる！

小学館文庫
好評既刊

若殿八方破れ（二）木曽の神隠し

鈴木英治

ISBN978-4-09-406828-3

名門真田家の若さま俊介は、忠臣を殺した仇敵・似鳥幹之丞を追い仲間とともに江戸を出た。中山道に別れを告げ、下街道・釜戸宿へとたどり着く。しかし突如、母の薬を買うため帯同していたおきみが姿を消してしまう。幹之丞にかどわかされたのか、それとも神隠しに遭ったのか。行方を捜すべく俊介は名古屋へ向かう。そこで柳生新陰流の遣い手・井戸田保之助や同心の稲熊郷蔵の協力をあおぐも、手がかりは摑めなかった。そんな矢先、一行に声をかけてきた男がいた。江戸で俊介の寝込みを襲った弥八だった。仇を求め諸国を巡る痛快時代小説シリーズ白熱の第2弾！

小学館文庫
好評既刊

若殿八方破れ（三）姫路の恨み木綿

鈴木英治

ISBN978-4-09-406853-5

仇敵・似鳥幹之丞を追い、西を目指す名門真田家の若さま俊介とその仲間たち。姫路城下へ入った一行は、旅籠の女中から、このところ木綿問屋が立て続けに押し込まれた、と耳にする。その夜、旅籠の隣にある木綿問屋・都倉屋に不穏な動きが。いち早く気づいた俊介が駆けつけたが、押し込み犯は、あっという間に遁走する。この一件をきっかけに木綿の専売制を敷いて姫路酒井家を立て直した筆頭家老・河合道臣の知己を得た俊介一行は、城下に蠢（うごめ）く大陰謀に巻き込まれていく。それは明石宿で俊介がなした人助けと思わぬ糸で繫がっていた。白熱の若殿シリーズ第3弾！

小学館文庫
好評既刊

若殿八方破れ（四）安芸の夫婦貝

鈴木英治

ISBN978-4-09-406887-0

仇敵・似鳥幹之丞を追い、西を目指す真田俊介とその仲間たち。一行は広島・才蔵寺で小指を切り取られた女の死体を発見する。しかも女は投宿先の隣の旅籠で働く飯盛女だった。死骸の発見者として俊介の取り調べにあたった広島町奉行所の町廻り同心・上迫広兵衛は、俊介たちに事件が解決するまで広島に留まることを厳命する。もとより知らぬ顔などできようのない俊介は、上迫に探索の協力を申し出る。一方、そんな俊介たちを影から付け狙う男がいた。男はかつて中山道馬籠の茶屋に立ち寄った俊介を銃撃した、あの善造であった——。傑作廻国活劇、大興奮の第4弾！

小学館文庫
好評既刊

若殿八方破れ（五）久留米の恋絣

鈴木英治

ISBN978-4-09-407110-8

仇敵・似鳥幹之丞を追う真田俊介と仇討ち旅一行。天才剣士・皆川仁八郎と入れ替わるように加わった有馬家の姫君・良美とともに、一行は有馬家二十一万石の城下町、筑後久留米に到着する。さっそく本丸奥御殿に入った良美は筆頭国家老・吉田玄蕃から、父の藩主・頼房が蠍に刺されて人事不省に陥っていると知らされる。なんとも面妖な暗殺手法に頭をかかえる俊介。いったい、誰が大名家の藩主を狙ったのか。この期に及んで、似鳥はいかなる手練手管を使って俊介に挑んでくるのか。多事多難の旅に思いも寄らぬ試練！　手に汗握る傑作廻国活劇、まさかの大団円！

本書のプロフィール

本書は、小学館文庫のために書き下ろされた作品です。

小学館文庫

突きの鬼一　鉄扇

著者　鈴木英治

二〇二二年九月十一日　初版第一刷発行

発行人　石川和男

発行所　株式会社　小学館
〒一〇一-八〇〇一
東京都千代田区一ツ橋二-三-一
電話　編集〇三-三二三〇-五九五九
　　　販売〇三-五二八一-三五五五
印刷所―――中央精版印刷株式会社

造本には十分注意しておりますが、印刷、製本など製造上の不備がございましたら「制作局コールセンター」（フリーダイヤル〇一二〇-三三六-三四〇）にご連絡ください。（電話受付は、土・日・祝休日を除く九時三〇分～一七時三〇分）
本書の無断での複写（コピー）、上演、放送等の二次利用、翻案等は、著作権法上の例外を除き禁じられています。本書の電子データ化などの無断複製は著作権法上の例外を除き禁じられています。代行業者等の第三者による本書の電子的複製も認められておりません。

この文庫の詳しい内容はインターネットで24時間ご覧になれます。
小学館公式ホームページ　https://www.shogakukan.co.jp

©Eiji Suzuki 2022　Printed in Japan

ISBN978-4-09-407181-8

第2回

警察小説新人賞
作品募集

大賞賞金 **300万円**

選考委員

今野 敏氏
（作家）

相場英雄氏（作家）　月村了衛氏（作家）　長岡弘樹氏（作家）　東山彰良氏（作家）

募集要項

募集対象

エンターテインメント性に富んだ、広義の警察小説。警察小説であれば、ホラー、SF、ファンタジーなどの要素を持つ作品も対象に含みます。自作未発表（WEBも含む）、日本語で書かれたものに限ります。

原稿規格

▶ 400字詰め原稿用紙換算で200枚以上500枚以内。

▶ A4サイズの用紙に縦組み、40字×40行、横向きに印字、必ず通し番号を入れてください。

▶ ❶表紙【題名、住所、氏名(筆名)、年齢、性別、職業、略歴、文芸賞応募歴、電話番号、メールアドレス（※あれば）を明記】、❷梗概【800字程度】、❸原稿の順に重ね、郵送の場合、右肩をダブルクリップで綴じてください。

▶ WEBでの応募も、書式などは上記に則り、原稿データ形式はMS Word（doc、docx）、テキストでの投稿を推奨します。一太郎データはMS Wordに変換のうえ、投稿してください。

▶ なお手書き原稿の作品は選考対象外となります。

締切

2023年2月末日

（当日消印有効／WEBの場合は当日24時まで）

応募宛先

▼郵送

〒101-8001 東京都千代田区一ツ橋2-3-1
小学館 出版局文芸編集室
「第2回 警察小説新人賞」係

▼WEB投稿

小説丸サイト内の警察小説新人賞ページのWEB投稿「こちらから応募する」をクリックし、原稿をアップロードしてください。

発表

▼最終候補作

「STORY BOX」2023年8月号誌上、
および文芸情報サイト「小説丸」

▼受賞作

「STORY BOX」2023年9月号誌上、
および文芸情報サイト「小説丸」

出版権他

受賞作の出版権は小学館に帰属し、出版に際しては規定の印税が支払われます。また、雑誌掲載権、WEB上の掲載権及び二次的利用権（映像化、コミック化、ゲーム化など）も小学館に帰属します。

警察小説新人賞 検索　くわしくは文芸情報サイト「小説丸」で
www.shosetsu-maru.com/pr/keisatsu-shosetsu/